Kling und Glöckchen

Elke Pistor, Jahrgang 1967, studierte Pädagogik und Psychologie. Seit 2009 ist sie als Autorin, Publizistin und Medien-Dozentin tätig. 2014 wurde sie für ihre Arbeit mit dem Töwerland-Stipendium ausgezeichnet und 2015 für den Friedrich-Glauser-Preis in der Kategorie »Kurzkrimi« nominiert. Elke Pistor lebt mit ihrer Familie in Köln.
www.elke-pistor.de

Dieses Buch ist ein Roman. Handlungen und Personen sind frei erfunden. Ähnlichkeiten mit lebenden oder toten Personen sind nicht gewollt und rein zufällig.

ELKE PISTOR

Kling und Glöckchen

EIN WEIHNACHTSKRIMI

emons:

Bibliografische Information der Deutschen Nationalbibliothek
Die Deutsche Nationalbibliothek verzeichnet diese Publikation in der Deutschen Nationalbibliografie; detaillierte bibliografische Daten sind im Internet über http://dnb.d-nb.de abrufbar.

© Emons Verlag GmbH
Alle Rechte vorbehalten
Umschlagmotiv: shutterstock.com/SunshineVector
Umschlaggestaltung: Nina Schäfer
Gestaltung Innenteil: DÜDE Satz und Grafik, Odenthal
Lektorat: Marit Obsen
Druck und Bindung: CPI – Clausen & Bosse, Leck
Printed in Germany 2021
ISBN 978-3-7408-1249-2
Ein Weihnachtskrimi
Originalausgabe

Unser Newsletter informiert Sie
regelmäßig über Neues von emons:
Kostenlos bestellen unter
www.emons-verlag.de

Dieser Roman wurde vermittelt durch die Autoren- und Verlagsagentur Peter Molden, Köln.

Weihnachten ist, wenn die besten Geschenke am Tisch sitzen und nicht unterm Baum liegen.
Netzfund, Verfasser/-in unbekannt

Kapitel 1

Jemand hatte meine am Vorabend mühevoll hergestellte Ordnung zunichtegemacht. Mutwillig und mit Vorsatz, wie es schien. Die Mülltonnen standen kreuz und quer über den Hinterhof verteilt, statt sich nach ihren Farben sortiert an der Wand aufzureihen. Mehrere waren sogar umgestürzt. Ihr Inhalt lag auf dem Boden. Wobei »auf dem Boden« nicht ganz korrekt war. Denn zwischen dem Müll und dem Asphalt befand sich ein Körper, dessen absolute Reglosigkeit den Schluss nahelegte, dass es sich hierbei um eine Leiche handelte. Der Neuschnee, der große Teile des Gesichts und andere Körperteile bedeckte, unterstrich diesen Eindruck.

Mein erster Impuls war, den Müll wieder zurück in die entsprechenden Tonnen zu sortieren, denn wenn auch nur eine Plastiktüte im Altpapier landet, weigert sich die Müllabfuhr, die Tonnen mitzunehmen. Und überfüllte Abfallbehälter wollte ich auf keinen Fall riskieren. Dann wurde mir klar, dass selbst eine sehr gut aufgeräumte Leiche immer noch eine Leiche war und als solche eigentlich nicht an einen Ort wie diesen hier gehörte, weshalb ich besser die Polizei informieren sollte.

Ich riss mich also los, ging zurück in den Laden und griff zum Hörer. Die hiesige Ordnungshüterschaft machte einen nur halb begeisterten Eindruck, was ich der frühen Tageszeit zurechnete, versicherte mir aber, einen Wagen vorbeizuschicken. Ich sah auf die Uhr. Um kurz vor halb sechs waren die Straßen meist frei, und es dürfte daher nicht allzu lange dauern, bis die Damen und Herren in Blau erscheinen würden.

Ich fragte mich, ob sie sich an die herrschende Einbahnstraßenregelung halten würden, die die Stadt hier seit Neuestem eingeführt hatte. Rund um unseren hübschen Altstadtkern aus historischen Fachwerkhäusern führte die Ringstraße nur in eine Richtung. Und obwohl die Polizeistation lediglich wenige hundert Meter von meinem Ladengeschäft entfernt war, müssten sie entweder einmal die komplette Runde absolvieren oder das Gesetz brechen und gegen die Einbahnstraße fahren. Ich zog mir eine Jacke über und ging zur Vordertür, um Ausschau zu halten.

Das gelbe Licht der Straßenleuchten ließ den Schnee unappetitlich aussehen. Dabei mochte ich die unberührte Reinheit einer neuen Schneedecke sehr. Sie beruhigte mich. Von Blaulicht allerdings keine Spur. Sie hielten sich also an die Regeln.

Um die Wartezeit zu überbrücken und meine aufkeimende Neugierde zu befriedigen, ging ich zurück in den Hinterhof, intuitiv nach meinem Handy greifend. Eine Leiche ist ja nun mal kein alltägliches Ereignis. Das schrie nach einem Foto. Was, wenn die Tote – und dass es sich um eine Frau handelte, konnte auch der Müll nicht verbergen – was, wenn sie berühmt war? Ein Filmstar? Eine Sängerin? Der Spross einer verarmten Adelsfamilie? Ich sah schon die Schlagzeilen vor mir: »Letzte Bühne Müllcontainer, Abgesang im Hinterhof« oder »Adel: recycelt«.

Ich betrachtete die Tote. Die erkennbaren Teile des Gesichts sahen nicht schlecht aus. Ebenmäßige Züge, glatte Haut. Ihr Haar war lang. Welche Farbe es genau hatte, konnte ich nicht erkennen. Irgendwie schien es am Kopf dunkler zu sein als an den Haarspitzen. So etwas kannte ich von einigen meiner Kundinnen und fand es nicht unattraktiv, wenn auch für meine Haare eher ungeeignet. Zumal bei dieser Farbgestaltung nicht Mutter Natur, sondern eine geschickte Haarkünstlerin den Pinsel geführt hatte. Auch ihre Kleidung machte, abgesehen vom Müll natürlich, aber den hatte sie sich ja nicht mit Absicht übergeschüttet, einen sehr adretten Eindruck. Dunkelblaue Hose samt passendem Blazer, dazu eine hellblaue Bluse. Das gefiel mir sehr gut, auch wenn ich es jahreszeitlich nicht ganz passend fand.

Vielleicht schrieben die Zeitungen dann ja auch über mich? »Dianne G. aus D.: So schicksalhaft war ihre Begegnung mit dem Tod.« Dann läge ich in allen Arztpraxen, Friseursalons und sämtlichen Wartezimmern des Ortes aus. Ob die Leute mich erkennen würden? Die Vorstellung war mir unangenehm. Es reichte mir schon, wenn unsere Kunden mich mit Namen begrüßten.

Um mich zu beruhigen, griff ich doch zum Kehrblech. Der Müll lag auch in den hintersten Ecken, einige Meter weit weg von der Leiche. Das war für die Polizei sicher nicht interessant. Ich bückte mich und sammelte einige Papierfetzen und anderen Dreck auf. Ganz hinten an der Mauer lag etwas, das ich zuerst für ein Lederarmband hielt. Ich bückte mich, hob es auf und wischte den matschigen Schnee ab. Dunkelrotes Leder, kleine Strasssteine und ein funkelnder goldener Anhänger, der sich als kleine Kapsel herausstellte. Ich drehte daran, und die Kapsel öffnete sich. Ein kleiner Zettel fiel heraus. Fast wäre er mir entglitten, aber ich fing ihn auf, bevor er auf die nächste Schneewehe segelte.

Mein Name ist Ronald Egidius von Xanten. Am besten höre ich aber auf »Rex«. Wenn Sie mich finden, rufen Sie bitte diese Nummer an.

Dann folgte eine Handynummer.

Ich überlegte kurz, ob ich die Nummer anrufen sollte, verwarf den Gedanken aber wieder, da kein Kausalzusammenhang zwischen Anruf und Lederband zu erkennen war. Vermutlich bezog sich die Aufforderung ja nicht auf das Halsband, sondern auf das Tier, das im Normalfall darin stecken sollte. Obgleich der Name Rex Assoziationen von Hunden in Kalbsgröße mit dem dazugehörigen Karnivorengebiss in mir hervorrief, war mir klar, dass das in diesem Fall nicht stimmen konnte. Dieses Lederband ließ sich im Höchstfall um den Hals einer Katze schlingen. Oder, sollte es doch für einen Hund bestimmt sein, um den eines kleinen Hundes. Eines sehr kleinen Hundes. Einer von denen, die gern von irgendwelchen Frauen in quietschbunten Handtaschen herumgetragen wurden, nur dass sie dabei nicht sehr glücklich aussahen. Die Hunde, nicht die Frauen. Wobei ich nicht abschätzen konnte, ob sie das wegen ihrer aktuellen oder der grundsätzlichen Lage taten. Vermutlich war es weder

angenehm, in einer Handtasche zu stecken, noch, so klein zu sein, dass dies überhaupt möglich war.
Ich steckte das Halsband ein. Es war viel zu schade, um hier im Dreck zu vergammeln. Wenn ich die Kapsel ein bisschen polierte, passte es wunderbar ins Warensortiment und würde bestimmt einen Abnehmer finden.

Die anrückende Polizei vergrößerte die ohnehin schon bestehende Unordnung noch. So viele Menschen in unserem eher überschaubaren Hinterhof, die Tonnen, der Müll und die Leiche. Zum Glück nahm eine freundlich lächelnde Polizistin die Gelegenheit wahr und bugsierte mich in das Ladenlokal. Hier allerdings fiel die Freundlichkeit wie schlecht geklebter Glitzer von ihr ab, und sie begann, mich ernst zu befragen. Wer ich denn sei – Dianne Glöckchen –, wie meine Daten lauteten – neunundzwanzig Jahre, ledig, keine Kinder –, warum ich zu dieser frühen Stunde überhaupt schon im Laden sei – weil ich hier wohne. Also, temporär.

An dieser Stelle unseres Gesprächs verspürte sie wohl das Bedürfnis nach mehr Tiefe und bat mich, mit auf die Polizeistation zu kommen. Hier wurden die Fragen aufdringlicher. Aber es half ja nichts. Schließlich hatte ich das Opfer – so nannte die Polizistin die Leiche, seit sich herausgestellt hatte, dass eine große Kopfverletzung deren Ableben mutmaßlich Vorschub geleistet hatte – gefunden.

Kurz erwog ich, ihr den sehr unwahrscheinlichen Zusammenhang zwischen meiner Zeugen- und einer möglichen Täterschaft zu erläutern, nahm aber schnell davon Abstand. Sie hätte mir, schon aus rein berufsethischen Gründen, sowieso nicht vorbehaltlos glauben dürfen. Also stellte ich mich den Fragen und lieferte Antworten, angefangen mit meiner Wohnsituation.

Dazu muss man wissen, dass das »Kling und Glöckchen«, der Laden, in dem ich arbeitete, nicht mein Laden war, sondern der verwirklichte Lebenstraum von Irmgard Kling, nach eigenen Angaben ihres Zeichens die größte Liebhaberin von Weihnachtsschmuck aus aller Welt. Und weil sie ebenso auch alle

Welt an ihrer Liebhaberei teilhaben lassen wollte, hatte sie vor vielen Jahren das »Kling und Glöckchen« eröffnet und brachte seitdem ihre Schätze unters Volk. Krippen in allen Größen, Farben und Materialien, Baumschmuck in jeglicher Form mit und ohne Glitzer, Deko aus Glas, Holz, Metall und etwas, das mich entfernt an die Sandkuchen meiner Kindheit erinnerte, T-Shirts, Mützen, Schürzen und Kleider mit Weihnachtsmotiven, Schmuck, Poster, Bilder, Bücher, Kerzen und, und, und. Mein persönlicher Favorit war ein in einen weißen Mantel gehüllter Elefant mit Weihnachtsmütze aus Glas, der aussah wie Udo Jürgens bei seiner letzten Zugabe. Die Gesamtlänge aller vorrätigen Lichterketten reichte vermutlich dreimal um das gesamte Fachwerk-Altstadt-Arrangement von Dieckenbeck herum, wenn nicht noch weit darüber hinaus.

Mich hatte Irmgard Kling ursprünglich Ende Oktober als Aushilfe für den zu erwartenden hauptsaisonalen Ansturm eingestellt. Auf Stundenbasis, montags bis freitags von drei bis sieben, samstags von neun bis Ladenschluss. Sie ging inzwischen auf Mitte siebzig zu und wollte ein bisschen kürzertreten. Anfangs war sie skeptisch gewesen, ob ich diesem Job gewachsen war. Ich hatte sie im Verdacht, dass sie mich nur wegen meines Namens eingestellt hatte. Besser ginge es mir mit dem Gedanken, ich hätte sie mit meinen Qualifikationen und meiner absoluten Begeisterung von mir überzeugen können. Dabei war es der Mangel an Ersterem, was sie hatte zweifeln lassen. Immerhin konnte ich mit einem abgeschlossenen Germanistikstudium und einer Menge anderweitiger praktischer Erfahrung in unterschiedlichen Berufsfeldern aufwarten.

Gut, die praktischen Erfahrungen hatten in dem jeweiligen Berufsfeld nie länger als drei Monate betragen. So lange, wie ein Praktikum nun mal eben dauert. Aber dafür hatte ich viele mögliche Arbeitsstellen kennengelernt. In Verlagen, bei Zeitungen, in Werbeagenturen, in der Abteilung für Öffentlichkeitsarbeit einer großen Firma, in einem Jugendtreff, in einem Theater, einer Bibliothek und einem Museum. Sogar ein großes Bestattungsinstitut war darunter gewesen. Leider war aus diesen möglichen Arbeitsplätzen nie ein tatsächlicher geworden, und ich sah mich schließlich gezwungen, mir eine Arbeit zu suchen, die mir die Miete, das Essen und ab und an einen neuen Pulli finanzierte.

Aber auch dieses Unterfangen stellte sich als nicht ganz leicht zu bewerkstelligen heraus. Regale im Lebensmittelladen einräumen, einfache Bürotätigkeiten ausüben, Nachtdienst an einer Tankstelle. All das hätte die Essenskasse gefüllt, das stimmt. Aber wenn ich schon eine andere und deutlich schlechter bezahlte Arbeit ausüben sollte als die, für die ich mich durch mein Studium qualifiziert hatte, dann sollte sie wenigstens Spaß machen. Oder mir »etwas geben«, wie es immer so schön hieß. Da kam mir der Job in Irmgard Klings Laden wie ein vorgezogenes Weihnachtsgeschenk vor. Mit extragroßer roter Schleife.

Ich liebte Weihnachtsdekoration. Immer schon. Ich war verrückt nach Weihnachtsdekoration. Ich konnte mich in weihnachtlichen Pomp immer wieder aufs Neue hineinsteigern. Oft hatte ich mich gefragt, ob nicht einer meiner Vorfahren aus den USA stammte. Irgendwoher musste ich das Weihnachtskitsch-Gen doch haben. Denn eigentlich widersprach die Vorstellung, Dinge nur zu kaufen, um sie im Anschluss herumstehen zu lassen, meinem inneren Wunsch nach Klarheit, Sauberkeit, Ordnung und Struktur zutiefst. Blumentöpfe – Fehlanzeige. Kleine Figuren, Trockensträuße, Häkeldeckchen – auf keinen Fall. Bilderrahmen mit Fotos näherer und ferner Freunde oder Verwandter – niemals. Abgesehen davon hätte ich mangels Masse nicht gewusst, welche Freunde ich denn in die Bilderrahmen hätte packen sollen. Es wäre wohl bei den bereits vorgedruckten Familienglückabbildungen geblieben. Gut also, dass die mir ohnehin nicht ins Haus kamen. Ganzjährige Dekorationsartikel waren wie Haustiere. Sie kosteten Geld, nahmen Platz weg und machten Dreck. Nur bei der Weihnachtsdeko eskalierte ich hemmungslos. Sechs Wochen lang mutierte meine ansonsten der gestrengen Logik eines Mister Spock folgende Wohnung zu einem Winter Wonderland mit allem, was man sich vorstellen konnte. Glitzer, Lichter, Tannengrün.

Hier zu arbeiten, fühlte sich für mich von der ersten Sekunde wie ein Sechser im Lotto an. Mit Zusatzzahl.

Deswegen freute es mich auch, als Irmgard Kling mir nach der ersten Woche eröffnete, ich könne mehr Stunden kommen. Dann jedoch geschahen zwei Dinge beinahe gleichzeitig, mit denen wir beide nicht gerechnet hatten.

Als Erstes explodierte mein Nachbar. Genau genommen sein Gasherd, bei dessen Bedienung ihm anscheinend gröbere Fehler unterlaufen waren. Ob mit Absicht oder aus Unwissenheit, konnte ich nicht sagen, denn so gut kannte ich ihn nicht. Letztlich war das auch unerheblich für die daraus resultierende Situation: Das Haus, in dem ich eine Zwei-Zimmer-Wohnung gemietet hatte, wurde renoviert, und ich musste so lange aus meiner Wohnung raus. Nur wusste ich nicht, wohin. Dieckenbeck war eine kleine Stadt mit einer mittelgroßen Universität. Die Chance auf eine freie Single-Wohnung war in etwa genau so groß wie die, ein Lichterkettenknäuel mit einmal irgendwo Ziehen zu entwirren.

Als Nächstes stürzte Irmgard Kling die Treppe zum Keller des Geschäfts hinunter. So etwas ist immer gefährlich, auch wenn dabei manch einer Glück im Unglück hat, besonders gefährlich aber ist es, wenn die stürzende Person schon etwas älter und körperlich nicht mehr ganz auf der Höhe ist. Deswegen raten Sicherheitsexperten auch immer zu einer ausreichenden Beleuchtung der brisanten Stellen im Haus, um Gefahrenquellen auszuschalten. Irmgard Kling hatte beides nicht. Weder die ausreichende Beleuchtung noch das Glück im Unglück. Irmgard Kling fiel ganz einfach im Dunkeln die Treppe hinunter, brach sich den Oberschenkel und verblutete an einer durch den Bruch verletzten Arterie.

So zumindest stellte sich die Situation für mich dar, als ich gestern Morgen in den Laden kam und Nachschub für die Filzwichtel in Regenbogenfarben holen wollte. Beim Anblick meiner Chefin war mir sehr schnell klar – anscheinend war das Praktikum beim Bestattungsunternehmen doch nicht ganz umsonst gewesen –, dass sie schon seit mehreren Stunden tot war.

Ich war geschockt und musste mich erst einmal setzen, um nachzudenken. Irmgard Kling war tot. Daran konnte auch der fähigste Arzt definitiv nichts mehr ändern. Die logische Schlussfolgerung aber lautete: Wenn Irmgard Kling tot war, würde das »Kling und Glöckchen« geschlossen. Erben hatte sie keine, das hatte sie mir erst vor Kurzem erzählt. Ihre Liebe zur Welt des Weihnachtsschmucks hatte in ihrem Leben keinen Platz für eine Familie gelassen. Wenn aber der Laden geschlossen würde, stünde ich wieder auf der Straße. Mehr noch. Wenn der Laden geschlossen würde, wäre ich meine absolute Lieblingsarbeitsstelle schneller wieder los, als ich sie ergattert hatte. Keine Strohsterne mehr. Keine Glitzerengel. Keine gepuzzelten Weihnachtskugeln. Keine singenden Plüschrentiere. Und kein Einkommen. Wobei ich das mit dem Geld in dem Moment als zweitrangig empfand. Den Laden schließen? Das durfte ich nicht zulassen. Zumal es auch sicherlich nicht in Irmgards Sinne wäre, hier kling- und glöckchenlos die Tür zuzuziehen.

Also zog ich stattdessen Irmgard in einen der hinteren Kellerräume, bettete sie dort behutsam auf einen alten, langen Holztisch, auf dem ich zuvor eine Decke ordentlich drapiert hatte, und öffnete das Fenster. Die Temperatur hier unten war definitiv im niedrigen einstelligen Bereich an der Grenze zum Nullpunkt. Das gab mir etwas Zeit für Überlegungen, wie ich weiter mit ihr verfahren sollte. Das Weihnachtsgeschäft würde sie sicher in halbwegs anständigem Zustand überstehen. Und danach konnten wir weitersehen. Offiziell wäre Irmgard spontan zu einer erkrankten Cousine gereist. Nur falls jemand fragen sollte.

Erfreulicherweise ermöglichte mir Irmgards spontanes Ableben die Lösung meines ersten Problems. Das »Kling und Glöckchen« verfügte nicht nur über einen sehr kalten Keller und einen großzügigen Lagerraum, sondern auch über eine mit Warenkartons zugestellte Duschkabine in der Toilette. In Irmgard Klings Wohnung zu ziehen, die ein Stockwerk höher lag, erschien mir dann doch zu übergriffig. Die Warenkartons hatte ich natürlich aus der Dusche geräumt, ordentlich zerkleinert und in der Papiertonne entsorgt. Die letzten heute Morgen.

Und dabei war ich ja dann über die Leiche gestolpert. Meine zweite Leiche innerhalb von vierundzwanzig Stunden. Womit wir wieder beim Thema wären.

Natürlich verschwieg ich der Polizistin Irmgards wahren Aufenthaltsort. Ansonsten aber antwortete ich wahrheitsgemäß – wobei Verschweigen ja nicht gleich Lügen ist.

Nein, ich hatte nichts gehört.
Nein, ich hatte nichts gesehen.
Nein, ich kannte die Tote nicht.

Ja, ganz sicher, auch nicht, nachdem sie mir ein Foto von ihr im lebendigen Zustand unter die Nase geschoben hatte, wobei ich mich wunderte, wie schnell sie herausgefunden hatten, wer die junge Frau war.

Nein, ich konnte mir nicht vorstellen, was sie dort gesucht hatte.

Nein, als ich das letzte Mal am Abend im Hof gewesen war, um den Plastikmüll im gelben Sack zu entsorgen, war sie noch nicht da gewesen. Weder tot noch lebendig.

Das wäre mir aufgefallen. Ganz bestimmt.

Die Polizistin machte einen frustrierten Eindruck, und ich entwickelte ein gewisses Verständnis für sie. Es musste anstrengend sein, so ins Leere zu laufen, aber ich konnte ihr nun mal nicht weiterhelfen. Nachdem sie das nach einer Weile wohl endlich ebenfalls eingesehen hatte, entließ sie mich, jedoch nicht ohne mir vorher zu versichern, sie werde sich schon bald noch einmal bei mir melden.

Zurück im »Kling und Glöckchen« blieb mir lediglich eine halbe Stunde Zeit, bis ich das Geschäft öffnen musste. Das brachte mich in erhebliche Schwierigkeiten, denn nun meinen morgendlichen Routinen zu folgen, war damit so gut wie unmöglich geworden.

Im Normalfall frühstückte ich erst ausgiebig, zog mich an und räumte den Laden auf, bevor ich mit dem Staubwedel zu Felde zog. Diese Tätigkeit darf man in einem Laden wie dem »Kling und Glöckchen« weder vernachlässigen noch unterschätzen. Beides würde innerhalb kürzester Zeit den Reiz der ausgestellten Waren unter dicken Staubschichten verschwinden und sie unverkäuflich werden lassen. Irmgard Kling legte sehr großen Wert auf akribische Reinlichkeit im Verkaufsraum. Denn wer möchte schon einen Erzgebirge-Engel mit Staubstatt Lichterkrone mit nach Hause nehmen? Oder einen grau verschleierten Wichtel? Ganz zu schweigen von dem traurigen Anblick matt gewordenen Glitzers auf pinken Strohsternen. In diesem Punkt waren wir uns sehr schnell einig, und Irmgard Kling lobte meine Gründlichkeit in solchen Dingen.

Das freute mich wiederum sehr, denn Lob an sich war ich nicht gewohnt.

Meine Eltern hatten mich damit nicht gerade überschüttet. Genau genommen hatten sie sich grundsätzlich wenig mit mir beschäftigt. Sie waren das Musterbeispiel erfolgreicher Geschäftsleute. Von morgens bis abends in Sachen Business unterwegs. Termine, Meetings, Konferenzen. Eine Zeit lang dachte ich, mein Vater schliefe in seinen Maßanzügen, denn er kam damit morgens aus seinem Zimmer und trug sie, bis er am Abend ins Bett ging.

Meine Mutter sammelte Aktenkoffer wie andere Frauen Handtaschen. Sie hatte sie in allen Farben und Materialien. Immer passend zum Kostüm und zu den Schuhen. Beide jetteten ständig um die Welt. Wenn sie sich in unserem riesigen, kostspielig eingerichteten Haus begegneten, begrüßten sie sich wie Fremde. Mehr als einmal hatte ich mich gefragt, wie und vor allem warum sie mich überhaupt gezeugt hatten. Vermutlich, weil sie dachten, ein Kind im Lebenslauf fördere die Karriere.

Eine schwermütige Haushälterin namens Frau Olga Hundgeburth und ständig wechselnde Kindermädchen kümmerten sich um mich, bis mir Letztere im fortschreitenden Teenageralter auf die Nerven gingen und ich sie so konsequent vergraulte, dass meine Eltern sich damit abfanden und keinen Ersatz mehr suchten.

Irgendwann kam ein großer Wagen, und Männer in blauen Overalls luden die Maßanzüge meines Vaters und einige seiner

Möbel in einen Lkw und fuhren damit davon. Er hätte eine Position im Ausland angenommen, klärte mich Frau Olga auf, und würde vermutlich in ein paar Jahren wieder zurückkommen. Oder auch nicht. Wer wisse das schon.

Auch meine Mutter wurde ans andere Ende des Landes versetzt und legte sich dort einen Wohnsitz zu. Für mich sei es jedoch besser, die restlichen vier Schuljahre in meinem gewohnten Umfeld zu verbringen.

Zu Beginn kam sie noch jedes Wochenende nach Hause, um, wie sie sagte, »Quality time« mit mir zu verbringen, aber ich hatte zu dem Zeitpunkt schon andere Interessen. Zumindest gab ich vor, die zu haben, und erzählte ihr etwas von Freundinnen und Shoppingtouren und gemeinsamen Kinobesuchen. Dass ich von meinen Klassenkameradinnen in Wirklichkeit eher geduldet als gemocht wurde und bloß keine Lust auf ihre ewigen Fragen nach meinen Leistungen in der Schule (absolutes Mittelmaß) und meinen Plänen für die Zukunft hatte (auf keinen Fall so werden wie sie), bekam sie nicht mit. Vielleicht wollte sie es auch nicht sehen.

Aus den wöchentlichen Besuchen wurden vierzehntägige, dann kehrte sie nur noch einmal im Monat zurück. Irgendwann rief sie nur noch an und fragte nach mir. Mir machte es nichts aus. Frau Olga und ich kamen gut klar. Von ihr lernte ich eine Menge fürs Leben. Vorrangig über das Saubermachen und Ordnunghalten, aber es kamen auch andere Aspekte zum Tragen. Ab und an verschwanden Dinge. Kleine Skulpturen, Silberkannen und edle Vasen. Frau Olga wusste, dass ich wusste, dass sie dafür verantwortlich war, aber wir schwiegen darüber in einer Art gegenseitigem Stillhalteabkommen. Sie berichtete meinen Eltern nichts von meinen sich stetig verschlechternden Schulnoten, und ich hinderte sie nicht daran, ihr Gehalt auf kreative Art und Weise aufzubessern. Zumal so auch viel leichter Ordnung zu halten war.

Bis zum Tagesordnungspunkt Aufräumen hatte ich es heute Morgen geschafft, dann war die Leiche dazwischengekommen. Jetzt blieben mir dreißig Minuten für die Staubwedelei, die aber niemals ausreichen würden, denn ich musste auch noch das Wechselgeld zählen, den Boden kehren und die Postkartenständer auffüllen.

Zu allem Überfluss klopfte es jetzt an der Schaufensterscheibe. Vermutlich der Paketbote. Irmgard hatte im Sommer auf diversen Messen neue Waren bestellt und auch bereits bezahlt, weshalb nun täglich Pakete bei uns eintrudelten und die Regale nie leer wurden. Ich fand es wunderbar, welche Mengen an unterschiedlichen Dekorationsartikeln die Menschen kauften. Bei einigen unserer Stammkunden stellte ich mir oft vor, wie es in ihren Wohnungen aussah. Vermutlich glänzte, glitzerte und bimmelte es in allen Ecken. Oft war ich nahe dran gewesen, darum zu bitten, mir Fotos von den Einsatzorten der neu erworbenen Schätze zu senden, hatte mich aber bisher noch nicht getraut. Ich nahm mir fest vor, den Vorsatz heute in die Tat umzusetzen.

Es klopfte erneut, und ich eilte zur Ladentür, bereit, dem Paketmenschen gehörig den Kopf zu waschen, denn es hing ein deutlich lesbares Schild an der Tür mit dem Hinweis, die Waren am Hintereingang und nur zu den Geschäftszeiten abzuliefern.

Allerdings war es kein Paketbote, der da Einlass forderte. Vor der Tür stand ein großer, breitschultriger, um die dreißig Jahre alter Mann in Jogginghosen und Daunenjacke, dessen Lächeln durch einen kurzen blonden Bart blitzte. Ich starrte ihn an und spürte, wie ich rot wurde. Nur die Damenhandtasche unter seinem Arm irritierte mich.

# Kapitel 2

Ich schüttelte heftig den Kopf, tippte von innen auf das Schild mit dem Hinweis und das darüber hängende Schild mit unseren Öffnungszeiten und hob dann mein Handgelenk, um auf meine nicht existierende Armbanduhr zu zeigen. Diese Geste hatte ich von Frau Olga übernommen, die immer, zu jeder Tages- und ich glaube auch Nachtzeit, eine schwere Armbanduhr aus rötlichem Gold mit glitzernden Steinchen trug. Einmal hatte ich sie gefragt, ob ich die Uhr auch einmal umbinden dürfe, aber sie hatte nur den Kopf bedächtig hin- und hergewiegt, das Schmuckstück liebevoll gestreichelt und was von Rentenversicherung gemurmelt. Natürlich durfte ich die Uhr nicht umbinden. Stattdessen hatte sie mich im nächsten Augenblick mit besagter Geste und dem Hinweis auf meine nicht erledigten Aufgaben aus der Küche gescheucht.

Ob es daran lag, dass der Mann vor meiner Ladentür Frau Olga und ihre goldene Uhr nicht kannte, oder ob er grundsätzlich etwas begriffsstutzig war, konnte ich nicht beurteilen. Auf jeden Fall ließ er sich nicht abwimmeln. Er klopfte weiter beherzt an die Scheibe. Um deutlicher zu werden, drehte ich mich um, steuerte den hinteren Teil des Geschäftes an und stellte mich so neben ein Regal, dass ich ihn, aber er mich nicht sehen konnte.

Er ließ nicht locker. Als er schließlich sein Gesicht gegen die Scheibe presste und mit der flachen Hand neben sich ans Glas schlug, reichte es mir. So ein ungehobelter Klotz! Es würde mich mindestens zwanzig Minuten kosten, die Fettspuren seiner Haut vom Glas der Eingangstür zu putzen.

»Gehen Sie weg!«, schnauzte ich ihn an, noch während ich die Tür aufriss. »Können Sie nicht lesen?« Erneut tippte ich auf das Schild mit den Öffnungszeiten.

»Doch, ich –« Er brach ab, richtete sich zu voller Größe auf und schenkte mir das, was andere als strahlendes Lächeln bezeichnet hätten. Sicher war er es gewohnt, auf diese Weise seinen Willen zu bekommen. Ich war gespannt, wie er auf mein Nichtwollen reagieren würde.

»Kommen Sie in einer halben Stunde wieder. Jetzt habe ich keine Zeit, für was auch immer.« Ich schloss die Tür und drehte den Schlüssel um. Nur zur Sicherheit. Man weiß ja nie.

Kurz wirkte er komplett verdutzt. Dann wechselte sein Gesichtsausdruck zu flehentlich, und als auch das erkennbar nichts nutzte, lehnte er sich mit dem Rücken gegen die Scheibe und sank langsam in die Hocke, die Handtasche wie den Heiligen Gral umklammert.

Ich wandte mich ab, griff mit einer Hand zum Staubwedel und mit der anderen nach dem Postkartenständer. Erst mit links abstauben, dann mit rechts auffüllen. So ging es am schnellsten. Trotzdem machte mich das Wissen um seine Anwesenheit nervös. Nicht etwa, weil ich auf seine nicht zu übersehende Attraktivität reagiert hätte – dergleichen hatte ich mir schon vor vielen Jahren abgewöhnt. Mädchen beziehungsweise Frauen wie ich wurden von Angehörigen des männlichen Geschlechts im besten Fall ignoriert. Vermutlich entsprach ich nicht ihren irgendwelchen geheimen Regeln folgenden Kriterien. Was mir inzwischen aber nichts mehr ausmachte. Früher war das anders gewesen. Ich erinnerte mich an Dennis Selmenhorst, für den ich einst in frühpubertärer Liebe erblüht war und der mich, nachdem er mich einmal geküsst und meinen Busen gesucht, aber nicht gefunden hatte, am nächsten Tag in der Schule eiskalt abservierte und grinsend Lisa Kibulke den Arm um die Schulter legte. Das anschließende Gelächter und die hämischen Bemerkungen der Klasse hatten mir die schmerzvolle Erkenntnis gebracht, dass ich lediglich der Gegenstand einer Wette gewesen war.

Das war eine der seltenen Gelegenheiten gewesen, bei denen ich Einschneidendes erlebte, als meine Mutter zu Hause war und mein Elend zwischen zwei Telefonaten auch tatsächlich wahrnahm. Sie hatte mich tröstend in den Arm genommen – ein vollkommen ungewohntes Gefühl für mich –, mir über den

Kopf gestrichen und selbigen dann an ihren im Gegensatz zu meinem in reichem Maße vorhandenen Busen gedrückt.

»Weißt du, Dianne, schöne Männer hat man nie für sich allein«, hörte ich sie sagen. »Deswegen habe ich auch deinen Vater geheiratet.«

Dass sie damit einen großen Teil zur genetischen Ursache meines Problems beigetragen hatte, war ihr vermutlich weder bei der damaligen Wahl ihres Partners noch in diesem Moment klar gewesen. Ein gut aussehender Vater wäre als Lieferant für mein Erbmaterial vermutlich die bessere Wahl gewesen, denn aus unserem Leben verschwunden war der andere ja auch.

Außerdem irritierte es mich, wenn sie mich Dianne nannte. Für alle außer Frau Olga war ich seit dem Kindergarten die Janne. Dort war ständig die Rede von »der Marit« und »dem Yannick« gewesen und dass »die Marit« jetzt doch bitte die Schaukel für »Dianne« freimachen sollte. »Die Dianne« war den Damen dann vermutlich doch zu zungenbrechend gewesen. Für die Kinder hörte sich »Dianne« aber wie »die Janne« an, und dabei war es dann geblieben. Ich war die Janne. Und die Janne ließ sich auf keinen Fall zu irgendetwas drängen.

Doch dieser Typ mit seiner Damenhandtasche saß immer noch dort draußen vor der Tür und schien jetzt sogar mit der Tasche zu sprechen.

Ich erbarmte mich und schloss die Tür auf. Sofort sprang er auf die Beine.

»Darf ich bitte reinkommen?«

Ich nickte, trat einen Schritt zurück und ließ ihn in den Laden.

»Was kann ich für Sie tun? Suchen Sie etwas Bestimmtes? Wir haben neue Einhorn-Anhänger bekommen. Als Figur und als Kugel.« Ich streckte die Hand aus und zeigte über seine Schulter hinweg in die pinke Abteilung des Ladens. Irmgard Kling hatte den Laden in Farbzonen eingeteilt. Die Einhorn-Sachen standen bei Pink, aber schon sehr nahe an der Grenze zum Elfenbein.

»Nein, ich wollte –« Er brach schon wieder ab. Dafür, dass

er so hartnäckig war, konnte er seine Wünsche nicht allzu gut artikulieren. Er räusperte sich. »Ich wollte mit Ihnen sprechen.«
»Das tun Sie ja jetzt.«
»Über Laura.« Er sah mich erwartungsvoll an und schob, als er meinen Gesichtsausdruck der völligen Ahnungslosigkeit vollkommen richtig als völlige Ahnungslosigkeit einstufte, nach: »Meine Ex-Freundin.«
Nicht dass mir das weitergeholfen hätte. Ich überlegte angestrengt, ging verschiedene Möglichkeiten durch, kam aber immer zum selben Ergebnis.
»Ich kenne keine Laura.«
»Doch, also …« Er druckste herum. So langsam ging er mir mit seinen Sprechpausen und der Stotterei auf die Nerven. »Sie haben sie heute Morgen gefunden.«
»Ich *habe* keine Laura –«
Diesmal war ich es, die mitten im Satz abbrach. Die Tote. Sie hatte einen Namen. Laura. Und einen Ex-Freund.
»Wie heißen Sie?«, wollte ich von ihm wissen, obwohl das eigentlich nichts zur Sache tat.
»Ich bin der Elias.« Er hielt mir seine Hand hin und lächelte wieder dieses Lächeln, nur lag diesmal eine Prise Wehmut darin. Hatte er dieselbe Kindergärtnerin gehabt wie ich, der Elias?
Beinahe automatisch griff ich seine Hand und schüttelte sie.
»Janne«, sagte ich.
Dass diese Höflichkeit ein großer Fehler gewesen war, wurde mir klar, als er die Handtasche fallen ließ und mich seitlich an sich heranzog. Was dann passierte, passierte sehr schnell. Zu schnell für mich und mit dem Ergebnis, dass mir erst schlecht und dann schwarz vor Augen wurde.

Ich wusste nicht, wie lange ich ohnmächtig gewesen war. Vor allem aber wusste ich nicht, warum ich das Bewusstsein verloren hatte. So schön war der Kerl nun wirklich nicht, dass ich bei der ersten Berührung vor Begeisterung zusammenklappte. Genau genommen war ich noch nie zusammengeklappt. Weder vor einem Mann noch vor einer Frau. Zusammenzuklappen passte überhaupt nicht zu mir. Deswegen irritierte mich die Situation sehr. Sie klärte sich etwas auf, als ich versuchte, mich zu bewegen.

Ich saß auf einem Stuhl im Büro. Das war zunächst nichts Ungewöhnliches. Hier hatte ich bereits öfter gesessen, mit und seit Kurzem ohne Irmgard, Geld zählend, Kaffee trinkend oder die kleinen Schleifen, mit denen wir die Geschenke verzierten, vorbereitend. Allerdings hatte ich bei den anderen Gelegenheiten ohne Probleme aufstehen und fortgehen können. In den Laden zum Beispiel oder zur Hintertür. Das ging jetzt nicht. Der freundliche junge Mann hatte meine Füße mit Kabelbinder an jeweils ein Stuhlbein und meine Hände aneinandergefesselt. Um meine Körpermitte herum sah ich zudem aus wie ein schlecht verpacktes Geschenk. Der Elias hatte mehrere Bahnen rotes Geschenkband um mich und die Stuhllehne gewickelt. Ob er auch eine schön aufgetuffte Schleife fabriziert hatte, konnte ich nicht sehen, denn die losen Enden befanden sich in meinem Rücken.

Das wiederum ließ den Schluss zu, dass die Ohnmacht nicht einfach so aus heiterem Himmel über mich gekommen, sondern gezielt von ihm herbeigeführt worden war. Jetzt erinnerte ich mich auch an seinen Arm, der sich von hinten um meinen Hals gelegt und zugedrückt hatte.

Aus dem Laden drangen Geräusche, die mich noch mehr beunruhigten als meine fixierte Lage.

Es raschelte, klackte, schabte. Dann ein Geräusch, als zöge jemand einen sich verweigernden Postkartenständer so lange über den Boden, bis dieser umfiel. Das Fluchen im Anschluss bestätigte meine Vermutung. Irgendetwas lief ganz und gar nicht so, wie mein Besucher es sich erhofft hatte. Wenn er nicht gerade jemand war, der unter Anwendung von Gewalt in fremde Geschäfte eindrang, um sodann seine höchstpersönlichen Vorstellungen eines gelungenen Shop-Konzeptes darin umzusetzen, suchte er etwas. Nur was?

Ich dachte nach. Um diese Uhrzeit Geld zu stehlen, wäre sehr unüberlegt. Am frühen Morgen lagen in den Kassen nur ein paar einsame Wechselgeldrollen. Dafür das Risiko eines Überfalls einzugehen, wäre mehr als dumm. Dabei hatte der junge Mann auf mich einen recht aufgeweckten Eindruck gemacht. Gut, die Stammelei und seine mangelnde Fähigkeit zur stringenten Kommunikation sprachen für ein einfacheres Gemüt. Aber das könnte auch Nervosität gewesen sein. Vielleicht war dies sein erster Überfall, und es mangelte ihm schlicht an Erfahrung.

Wollte er die Dekoartikel klauen? Das ließe sich doch ebenfalls einfacher bewerkstelligen. Zwar musste ich mich wegen meiner Aufmerksamkeit selbst loben – ich hatte in meiner kurzen Zeit hier bei Irmgard bereits vier Ladendiebe gestellt und war nicht zuletzt deswegen von meiner Chefin um mehr Arbeitsstunden gebeten worden –, aber alle erwischte ich sicher auch nicht.

Er hätte ja zumindest versuchen können, die Objekte seiner Begierde einfach in der Tasche verschwinden zu lassen. Dafür musste man doch nicht gleich rabiate Methoden anwenden.

Oder suchte er etwa nicht irgendwas, sondern irgendwen? War er vielleicht der Enkel, von dem Irmgard nie etwas erzählt hatte?

Sie hatte aber auch nicht von Söhnen oder Töchtern erzählt, und die galten ja gemeinhin als Voraussetzung für das Erscheinen von Enkelkindern. Noch nicht einmal von Cousinen oder Cousins hatte sie berichtet. Nein. Irmgard Kling hatte auf mich zu Recht einen komplett familienlosen Eindruck gemacht. Sonst hätte ich sie auch niemals an ihrem jetzigen Aufenthaltsort untergebracht. Also war der Elias ... hatte er mir eigentlich seinen Nachnamen verraten? Ich glaube nicht. Also war der Elias kein Verwandter von Irmgard. Aber er war der Freund von Laura. Doch die war definitiv tot, und er wusste das. Da konnte er ja nicht erwarten, sie jetzt noch hier anzutreffen. Schließlich sammelte ich keine Leichen und bewahrte sie im Laden hinter dem Postkartenständer auf. Die eine im Keller reichte mir vollkommen. Das konnte ich ihm aber eher schlecht als Argument unterbreiten.

Im Laden war jetzt ein helles Klirren zu hören. Ich zuckte

zusammen. So klang nur ganz dünnes Glas, wenn es zersplitterte. Ich hoffte, es wäre nur eine der einfacheren Kugeln und keine der Glasfiguren. Die waren meine absoluten Lieblinge im Sortiment. Vom Ballett tanzenden Nilpferd mit Flügelchen über Katzen mit Weihnachtsmützen und Totenköpfe mit kleinen Glöckchen in den Augen bis hin zu diversen Essenssachen wie Hamburgern, Petit Fours und Essiggurken hatten wir alles da, was man sich nur vorstellen konnte. Und der feine Herr Elias schien sich alle Mühe zu geben, möglichst viele meiner kleinen Schätze vorzeitig aus dem Weihnachtsgeschäft zu katapultieren.

Ich wurde wütend. Wie kam dieser dahergelaufene Totenfreund einfach dazu, meine Sachen zu zerstören? Zu allem Überfluss vernahm ich jetzt auch noch ein Geräusch, das ich nicht einordnen konnte. Ein hoher, dumpf keifender Ton.

Versuchsweise rieb ich meine Handgelenke aneinander, in der Hoffnung, eine meiner Hände befreien zu können. Fehlanzeige. Der Kabelbinder saß fest wie Schneespray an einer Fensterscheibe. Aber ich *musste* mich befreien. Die Frage war nur, wie.

Ein weiterer Umstand stützte meine Vermutung, dass der Elias kein Überfallprofi sein konnte. Die Kabelbinder um meine Beine und Arme waren eng genug, dass ich mich ohne Werkzeug nicht daraus befreien konnte, schnitten mir jedoch nicht die Blutzufuhr ab. So weit, so gut. Allerdings hatte er meine Hände vor meinem Bauch und nicht hinter dem Rücken zusammengeschnürt. Was sich jetzt als Vorteil erwies. Oder als Nachteil – je nachdem, welche Perspektive man einnahm.

In Irmgards Schreibtischschublade regierte das Chaos. Die Ordnungsliebe, die sie vor der Ladentheke walten ließ, hatte sie stets schlagartig verlassen, wenn sie die hinteren Räumlichkeiten betrat. Obgleich ich ihr zu ihren Lebzeiten mehrfach angeboten hatte, dieses Chaos für sie zu beseitigen, waren wir bisher noch nicht dazu gekommen. Hier würde ich mit Sicherheit eine Schere finden, mit der ich mich von meinen Fesseln befreien konnte. Im Anschluss würde ich mich mit einem größeren, festen Gegenstand wie zum Beispiel dem Besen oder dem

Staubsaugerrohr bewaffnen und den Eindringling in Schach halten.

Wenn ich es mir recht überlegte, wäre es vermutlich sogar noch besser, wenn ich den heiligen Josef, von Irmgard Kling manchmal liebevoll Hejo oder »Jupp« genannt, zur Hilfe nahm. Die vierzig Zentimeter hohe Krippenfigur aus sehr festem Holz war auch schon in ihrer ursprünglichen Funktion sehr beeindruckend. Als Schlagwerkzeug in einer Notsituation würde sie mindestens ebenso hervorragend zur Geltung kommen.

Das einzige Hindernis, das zu bewältigen war, waren die zwei Meter zwischen mir und dem Schreibtisch. An sich kein Problem, sollte man meinen. Selbst unter Berücksichtigung meiner erschwerten Lage müsste die Strecke zu schaffen sein – wenn es sich denn um eine *freie* Strecke gehandelt hätte. Doch dem war nicht so. Zwischen mir und dem Schreibtisch stand der kleine Tisch mit der Kaffeemaschine und den ordentlich in die Höhe gestapelten Tassen, um den ich zunächst in aller Stille herumgelangen müsste, ehe ich den direkten Weg zum Ziel einschlagen konnte. Die zu erwartende Geräuschentwicklung bei einer eventuellen Berührung würde den Elias sicherlich alarmieren, und das galt es zu vermeiden.

Probeweise versuchte ich, den Stuhl in Bewegung zu setzen, indem ich so tat, als wollte ich langsam aufstehen. Das brachte gar nichts, außer einschneidenden Erlebnissen an den Fesselstellen. Wobei das Prinzip mir nicht verkehrt erschien. Ich musste nur mehr Schwung in die Bewegung bringen. Ich tat es und bereute es beinahe umgehend, da ich diesmal zu viel Kraft eingesetzt hatte. Der Stuhl löste sich ein Stückchen vom Boden, rutschte nach vorne und kippte bedrohlich auf die beiden vorderen Stuhlbeine. Nur mit Mühe gelang es mir, einen Sturz zu verhindern. Die Tassen auf dem Tisch klirrten, ich erstarrte und lauschte in den Laden hinein. Doch der Geräuschpegel dort blieb gleichbleibend hoch. Der Elias hatte sich anscheinend bis zu den Bleianhängern vorgearbeitet, die an einem Ständer hingen und bei jeder Bewegung gegen selbigen schlugen. Mich und die Tassen hatte er nicht gehört.

Ich fuhr fort. Diesmal mit mehr Gefühl. Es klappte schon besser. Ein weiterer Hüpfer, wieder drei Zentimeter. Wenn es in dem Tempo weiterging, brauchte ich nicht nur bis Silvester, bis ich mein Ziel erreichte, sondern könnte mich auch spätestens morgen vor Muskelkater nicht mehr bewegen.

Es bedurfte noch einiger zusätzlicher Anläufe, bis ich zu einer gut ausbalancierten Kombination aus Vorwärts- und Aufwärtsbewegung in der Lage war, die mich rascher vorankommen ließ. Nach der Hälfte der Strecke musste ich eine Pause machen. Zum einen, um wieder etwas zu Atem zu kommen. Zum anderen, um über die Bewältigung eines weiteren Hindernisses nachzudenken. Dieses Problem hätte ich auf meinem Weg zur Befreiung beinahe übersehen. An der rechten Seite des Büros stand ein Regal. Darin befanden sich neben diversen Ordnern einige unverkäufliche Stücke aus vergangenen Saisons, von denen Irmgard Kling sich nicht hatte trennen können. Das spezielle Stück, welches sich als mein nächster Gegner entpuppt hatte, war eine Art Gartenzwerg in Weihnachtsmannkluft aus Keramik, dem ein integrierter Bewegungsmelder innewohnte. Der Gartenzwergweihnachtsmann brach dann in ein gewaltiges »Meeeeeeerry Christmas« aus, eingeleitet und gefolgt von einem, wenn möglich, noch imposanteren »Hohoho«.

Irmgard hatte ihn so positioniert, dass er auf den Durchgang zwischen Laden und Büro zeigte, und er hohohote jedes Mal los, sobald wir die Räume wechselten. Im Laufe der Zeit hatte ich mich daran gewöhnt und ihn in der aus einigem Gebimmel und Gebammel bestehenden Geräuschkulisse des »Kling und Glöckchen« nicht mehr wahrgenommen. Jetzt aber musste er ausgeschaltet werden, wollte ich ihn nicht zum Verräter werden lassen. Im wahrsten Sinne des Wortes.

Ich ruckelte mich seitlich an ihn heran und versuchte behutsam, ihn mit meinen gefesselten Händen zu drehen. Auf seinem Rücken war ein Schalter. Was ich nicht bedacht hatte: Nicht nur eine Bewegung im Sensorradius vor dem Keramikmonster löste eine Lachsalve aus, sondern auch Unbewegtes, das durch Eigendrehung in sein Bewegungsmelder-Blickfeld geriet. Der Keramikweihnachtsmann legte los, kam aber nur bis zum zweiten Ho, bevor ich ihn mit meinen gefesselten Händen aus dem Regal riss und ihm mittels Schalter hektisch den Saft abdrehte. Das dritte Ho erstarb jämmerlich. Ich erstarrte. Im Laden wurde es still, bis auf den keifenden Stakkato-Ton. Dieser wurde lauter, hektischer und war jetzt deutlich weniger dumpf. Dann hörte ich den Elias fluchen.

»Verdammt!« Es folgte ein Rascheln. Dann wieder: »Verdammt!«

Der Elias hatte einen eher eingeschränkten Wortschatz. Sogar bei den Schimpfwörtern nutzte er mehrfach hintereinander dasselbe, wie mir am Rande auffiel. Mir blieb aber nicht allzu viel Zeit, um darüber nachzudenken. Denn im gleichen Moment kam etwas sehr Kleines ins Büro gerannt und flitzte unter meinem Stuhl hindurch, gefolgt von dem Elias. Er hielt seinen Blick gesenkt und bemerkte dabei nicht, dass ich mich nicht mehr an der Stelle befand, an der er mich zurückgelassen hatte. Dies war meine Chance, ihn außer Gefecht zu setzen. Sobald er meiner veränderten Position gewahr wurde und die richtigen Schlüsse daraus zog, würde er seine Fesseltechnik mit Sicherheit überdenken und im Anschluss verbessern.

Der Weihnachtsgartenzwergmann in meiner Hand wog schwer. Mit aller Kraft, die mir innewohnte, warf ich die Keramikfigur in Richtung seines Kopfes. Leider schränkten die Kabelbinder um meine Handgelenke nicht nur meine Koordinationsfähigkeit, sondern auch die Reichweite meiner Bewegung ein. Deswegen nahm die Figur eine gänzlich andere als die von mir geplante Flugbahn und plumpste dem Elias genau vor die Füße.

»Mistdreck!« Diesmal war es an mir zu fluchen, und ich nahm meine alternative Wortwahl mit Stolz zur Kenntnis. Aber mein großer Wortschatz half mir jetzt nicht weiter. Was mir half, war die Unachtsamkeit und, ich möchte fast sagen, Tölpelhaftigkeit meines Gegners. Der Elias stolperte über den Gartenmannweihnachtszwerg, verhedderte sich mit seinen Beinen und schlug der Länge nach auf den Boden. Allerdings erst, nachdem sein

Kopf an der Kante des Tassentischs hart aufgeschlagen war und die Tassentürmchen zum Einsturz gebracht hatte. Deswegen bemerkte er auch nicht, wie diese auf ihn niederregneten. Zum Glück fielen sie weich und blieben unversehrt.

Ich betrachtete ihn eindringlich. War er tot? Eine dritte Leiche konnte ich so wenig brauchen wie bei der Lagerung angelaufenes und damit unverkäufliches Bleilametta. Eine der Tassen auf seinem Rücken verrutschte, glitt zu Boden, und der Henkel sprang mit einem leisen Klirren ab. Das war sehr ärgerlich, aber die Ursache beruhigte mich. Der Elias atmete noch. Immerhin. Aber der Tisch schien ihn wirklich hart getroffen zu haben. Denn auch das kleine, keifend kläffende Tier, das nun aus den hinteren Tiefen des Büros auf ihn zugelaufen kam und ihn ableckte, konnte ihn nicht wecken.

Kapitel 3

Im ersten Augenblick dachte ich, es sei eine ungewöhnlich kleine Katze oder eine besonders große Ratte. Aber beide Tiergattungen gaben für gewöhnlich nicht diese Laute von sich. Es dauerte einige Sekunden, bis mir klar wurde, woran mich das Tier und seine Geräuschabsonderungen erinnerten. An Hunde. Tatsächlich. Es bellte. Wenn auch mit sehr hoher Stimme – die aber, wenn man es recht bedachte, durchaus zu seinem Körpervolumen passte, das ja quasi nicht existent war. Nach einer weiteren Minute fiel mir auch wieder ein, was das für ein Hund sein konnte. Ein Chihuahua. Ein Handtaschenhund. Was Elias' Handtasche und sein Gespräch mit eben dieser vor unserer Ladentür erklärte. Ich fragte mich ernsthaft, warum ein so stattlicher Mann wie Elias – und stattlich war er ohne Frage, sogar in seiner jetzt eher unglücklichen Lage – einen solchen Hund besaß. Aber gut. Die Menschen sind alle verschieden, und jeder soll so, wie er will. Warum also nicht als fast Zwei-Meter-Hüne einen Zwei-Kilo-Hund in einer Handtasche mit sich herumtragen. Einen Zwei-Kilo-Hund mit einem sehr schmalen Hals. So schmal, dass ihm nur ein sehr kleines Halsband passen würde. Zum Beispiel eines aus dunkelrotem Leder mit kleinen Strasssteinen und einem funkelnden goldenen Anhänger mit einem Papierzettel darin.

»Rex?«

Die Zierratte hob den Kopf, spitzte die Ohren und sah mich an, ehe sie sich wieder ihrem auf dem Boden liegenden Herrchen zuwandte.

Was sagt man in so einem Augenblick? Ich konnte auf keinerlei Erfahrung mit Haustieren im Allgemeinen zurückgreifen. Und mit Hunden im Speziellen schon gleich gar nicht. Aber meine Theorie schien zu stimmen. Deswegen versuchte ich es erneut.

»Rex! Sitz!«

Der Fellzwerg schaute abwechselnd mich und wieder den Elias an. Ich erkannte Zögern in seinem Blick. Schließlich entschied er sich für mich und ließ sich, nach einer erneuten Aufforderung meinerseits, auf seinen Hintern plumpsen. Erwartungsvoll schaute er zu mir hoch, nicht ahnend, in welche Unsicherheit er mich damit stürzte.

»Braver Junge«, sagte ich versuchsweise mit der sanftesten Stimme, zu der ich fähig war.

Es wirkte. Der Hund schwanzwedelte unter Einsatz seines gesamten Körpers auf mich zu. Er war ja erstaunlich schnell bereit, sein Herrchen zu verraten. Falls der Elias denn überhaupt Rex' Herrchen war. Mir fiel ein, dass der Elias ja der Freund der kürzlich unfreiwillig verstorbenen Laura war, und die Transporthandtasche war definitiv eine Damenhandtasche. Also lag die Schlussfolgerung nahe, dass nicht der Elias Rex' Herrchen, sondern Laura sein Frauchen gewesen war. Sein Frauchen, das heute Morgen tot in unserem Hinterhof gelegen hatte, ohne ihren Hund. Wobei ich stark bezweifelte, dass dessen Anwesenheit eine Veränderung dieses Umstands herbeigeführt hätte. Ein Wach- oder Schutzhund war Rex trotz seines imposanten Namens sicherlich nicht.

Es gab nun verschiedene Möglichkeiten. Entweder hatte Laura den Hund in die Obhut ihres Freundes gegeben, bevor sie sich hatte entleben lassen, oder der Hund war dabei gewesen und erst später zu Elias gekommen. Oder der Hund *und* der Elias waren dabei gewesen, und Letzterer hatte den Hund danach mitgenommen. Bei dieser Gelegenheit könnte das Halsband verloren gegangen sein, und Elias war nun auf der Suche danach. Das wiederum ergab nur Sinn, wenn er verhindern wollte, dass jemand von seiner Anwesenheit bei Lauras Ableben erfuhr. Die Polizei zum Beispiel. Die Polizei, die ihren Mörder suchte.

Ich betrachtete den vor mir auf dem Boden liegenden Mann. Sah so ein Mörder aus? Einer, der seine Freundin in einem Hinterhof erschlug und sie dann zwischen farblich nicht sortierten Mülltonnen zurückließ? Einer, der nicht davor zurückschreckte,

Unbeteiligte – in diesem Fall mich – mit Kabelbinder zu fesseln, um Beweisstücke verschwinden zu lassen? Ich wusste es nicht. Was ich aber definitiv wusste: Ich wollte es auf keinen Fall herausfinden, indem ich ihn tun ließ, was Mörder nun mal so zu tun pflegen. Ergo: Der Elias musste, auch über seine temporäre geistige Abwesenheit hinweg, am freien Handeln gehindert werden.

Grundvoraussetzung dafür war allerdings meine eigene Handlungsfähigkeit, die durch die Kabelbinder immer noch stark eingeschränkt war. Zum Glück musste ich nun aber auf eine eventuelle Lärmentwicklung keine Rücksicht mehr nehmen. Und so ruckelte und schrammte ich mich zum Schreibtisch hin, öffnete die Schublade und fand tatsächlich in der hintersten Ecke eine Schere. Sie war zwar stumpf, aber die Kabelbinder schaffte sie noch, wenn auch mit einiger Mühe. Ich rieb meine Fußgelenke, um die Blutzufuhr wieder in Gang zu bekommen.

Rex hatte mein Tun aufmerksam beobachtet. Er freute sich sehr, als ich vom Stuhl aufstand, und sprang aufgeregt um mich herum. Was erwartete er von mir? Ich bückte mich und strich ihm kurz über den Rücken. Mehr Zuwendung konnte er von mir nicht verlangen. Zumal sein Herrchen, oder besser: der Freund des ehemaligen Frauchens, gerade deutlich mehr Zuwendung einforderte, als mir und damit vermutlich auch Rex lieb war.

Der Elias lag unverändert an der Stelle, an der er sich langgemacht hatte. Auch der Tassenberg auf seinem Rücken war noch einigermaßen stabil. Der einzige Unterschied war ein leichtes Stöhnen. Der Elias schien langsam zu erwachen. Das konnte ich nun gar nicht brauchen. Zuerst musste ich mir darüber klar werden, was ich mit ihm zu tun gedachte.

Ich könnte natürlich die Polizistin anrufen und sie darum bitten, meinen ungebetenen Gast abzuholen. Das würde sie sicherlich umgehend und sogar mit Freude tun, denn es war ja ihr Job, Mörder zu fangen. Und wenn ihr die dann auch noch auf dem Silbertablett serviert würden, wären ihre polizeiliche Freude und ihr Enthusiasmus bestimmt noch größer. Aber eben dieser Enthusiasmus und eine gewisse Professionalität, die ich ihr per se unterstellte, würden auch zu weiteren Fragen führen. Warum er denn hierhergekommen sei und was er denn suchen würde und woher denn das Halsband käme und warum ich ihr nichts davon gesagt hätte? Woraufhin all diese Fragen und meine Antworten darauf zwangsläufig zu weiteren Fragen und Nachforschungen führen würden, die dann ebenso zwangsläufig im Keller des Ladens bei Frau Kling enden mussten. Was im schlussfolgerungserprobten Gehirn der Polizistin vielleicht sogar Denkprozesse in Gang setzen würde, an deren Ende ich in ihren Augen als Verdächtige galt. Tote in meiner Umgebung gab es ja nun beileibe genug. Und das wollte ich nicht. Auf gar keinen Fall.

Mir blieb also nur, mich dem Elias mit der gleichen liebevollen Zuwendung zu widmen, die ich schon meiner dahingeschiedenen Chefin hatte zuteilwerden lassen.

Der Elias war allerdings deutlich schwerer als Irmgard Kling, und während diese so freundlich gewesen war, sich eigenständig ans untere Ende der Kellertreppe zu bewegen, musste ich ihn kraft meiner Muskeln dorthin befördern.

Wie eingangs schon geschildert, war der Elias ein stattlicher junger Mann. Groß und kräftig. Ich fragte mich, ob regelmäßige Besuche im Fitnessstudio dazu beigetragen hatten, ihn zu einer so schweren Last für mich werden zu lassen, und bedauerte, meine eigenen Besuche in solch einem Studio nicht konsequenter betrieben zu haben. Nach dem Abschluss meines Studiums hatte ich mich in der Euphorie über den Start in einen neuen Lebensabschnitt und einem mit dem Alter wachsenden Verantwortungsbewusstsein meiner Gesundheit gegenüber spontan in so einem Sportclub angemeldet. Dabei hätte mir bereits beim Probetraining klar sein müssen, dass wir beide, der Club und ich, keine dauerhafte Beziehung haben würden. Das lag nicht an meiner mangelnden Selbstdisziplin in Sachen Sport. Jedenfalls nicht nur. Auch nicht an zu anstrengenden Übungen oder der Atmosphäre oder gar der Hygiene dort. Nein. Ganz im Gegenteil. Die Mitarbeiter waren ausgesprochen zugewandt, freundlich und erklärten mir die Einstiegsübungen sehr detailliert. Der Club selbst war schön eingerichtet, und sogar die Duschen blitzten vor Sauberkeit. Es gab nur einen Grund, der mich davon abhielt hinzugehen: die anderen Besucherinnen und Besucher. Die sahen so aus, als ob sie seit Jahren nichts anderes machten, als sich um die optimale Ausgestaltung ihrer körperlichen Grundausstattung zu kümmern und das Ergebnis dieser Bemühungen sodann in eng anliegende Trikotagen zu hüllen. Um es kurz zu sagen, ich kam mir vor wie der Weihnachtstroll in der Elfenabteilung.

Nun könnte man meinen, einem ausgereiften und stabilen Charakter machten solche Äußerlichkeiten nichts aus. Zumal ich ja genau wegen der Ausgestaltung meines Körpers das Etablissement überhaupt aufgesucht hatte. Und weil es ja bekanntermaßen sowieso auf die inneren Werte ankam. Nun. Meine inneren Werte entwickelten erstaunlich schnell erstaunlich großen Unmut ob der äußeren Schönheiten und beschlossen, sich beleidigt zurückzuziehen. Darüber hinaus war eng anliegende Sportkleidung einfach nur unvorteilhaft für meine kräftige Statur und mein Selbstbewusstsein.

Auf der anderen Seite konnte ich von Glück reden, meine kräftige Statur dann letztlich doch nicht auf dem Altar der Fitnesseitelkeit geopfert zu haben. Jetzt kam sie mir nämlich sehr zugute – auch wenn es an der ebenfalls notwendigen Ausdauer haperte.

So zog ich den Elias Stück für Stück in Richtung Kellertreppe. Zwischendurch musste ich immer mal wieder eine Pause einlegen, um wieder zu Atem zu gelangen. Es dauerte eine geschlagene halbe Stunde, bis ich ihn schließlich dort hatte, wo ich ihn haben wollte. Im Keller des »Kling und Glöckchen« und in direkter Nachbarschaft mit Frau Kling. Nur eine Wand trennte die beiden. Ich stellte ihm zwei Kissen und zwei Decken aus unseren Warenbeständen zur Verfügung. Eine sehr schön gequiltete aus rotem und cremefarbenem Wollstoff mit Sternenmuster und eine aus blauem Fleece mit stilisierten Tannenbäumen, Geschenkpaketen und Engeln. Letztere war eigentlich als

Hundedecke ausgestellt, aber ich vermutete, dass es dem Elias, wenn er wieder wach war, egal sein würde, welche Decke ihn warmhielt. Ich nahm mir vor, zum Ausgleich eine weitere dieser Decken Rex zur persönlichen Nutzung zu überlassen. Von den Kissen lächelte ihn jeweils ein fröhlich dreinschauender, tannenumkränzter Hund mit Weihnachtsmannmütze an.

Zu meinem und seinem eigenen Schutz hatte ich den Elias an den Handgelenken mit dickem Kabelbinder an eines der Wasserrohre gebunden. Er machte wirklich etwas her, wie er da so lag. Das erinnerte mich an diesen Film mit dem jungen Pärchen, das so viel Freude daran hatte, sich zu schlagen. Darin wurden ebenfalls ständig Leute an irgendetwas festgebunden. Vielleicht sollte ich einmal darüber nachdenken, ob so etwas auch für mich in Frage käme. Wobei – auch dafür braucht man ja einen Mitspieler. Oder eine Mitspielerin. Je nachdem. Aber das war jetzt nicht mein wichtigstes Thema. Da gab es anderes. Den Hund zum Beispiel.

Was sollte ich nun mit dem Vierbeiner machen? Rex hatte das Geschehen im Büro aufmerksam verfolgt, ohne seinerseits aktiv zu werden. Gut. Was hätte er auch machen sollen? Weder konnte er mich aufhalten noch mir eine große Hilfe sein. Vermutlich war ihm das auch klar, und so hatte er sich irgendwann zum Rückzug entschlossen. Ich hatte ihn, seit ich hier unten war, nicht mehr gesehen.

Nachdem der Elias gut untergebracht war und ich mich von der Festigkeit des Türschlosses überzeugt hatte, ging ich wieder nach oben in den Laden. Es wurde Zeit, dass ich in meinen Rhythmus zurückfand, um meine anstehenden Arbeiten zu erledigen.

Kapitel 4

Ich war noch keine fünf Minuten wieder oben und gerade dabei, einen Schwung Postkarten einzusortieren, als der Tagesbetrieb losging. Im Oktober, so hatte mir Irmgard Kling zu Beginn meiner Arbeit erläutert, wenn die Tage wieder kürzer und die Abende dunkler wurden, entwickelten die ersten Menschen weihnachtliche Vorfreude. Zuerst kauften sie Lichterketten, je nach Geschmack und Wohngegend weiße oder bunte, mit oder ohne Blink-Relais. In manchen Gegenden unserer Stadt funkelten bereits um diese Jahreszeit Kreise, Ketten oder Sterne in allen Regenbogenfarben um die Wette. Wobei den wenigsten Bewohnern von Buntlämpchen-Town wohl der weihnachtliche Bezug wichtig war. Hauptsache, es blinkte.

Dann kamen die Kerzen an die Reihe. Dicke, dünne, mit und ohne Ständer, einzeln, paarweise oder in Gruppen, aromatisiert oder auch nicht. Die Duftvarianten reichten von Tannenwald über Zimt und Kardamom bis hin zum traditionellen Bienenwachsduft. Es gab selbstverständlich auch batteriebetriebene mit LEDs für Kinder- und Haustierbesitzer.

Ging es auf Mitte November zu, wurden die Dekorationen schon eindeutiger. Die Kränze aus Efeu oder Tannenzweigen bekamen von uns eine dicke rote Schleife verpasst und wurden an Türen und Fenster gehängt. Irmgard Kling hatte bereits seit Jahren ein Abkommen mit der örtlichen Gärtnerei, die stets frische Kränze lieferte. Natürlich gab es auch künstliche Exemplare. Einige wirkten so täuschend echt, dass ich daran hatte schnuppern müssen, um zu erkennen, welches die natürlich gewachsenen waren.

Ab Mitte November kauften die Leute verstärkt alles, was wir an Weihnachtlichem anzubieten hatten. Dann erhielten wir auch regelmäßig frische Kekse von einer Bäckerin aus dem Nachbarort. Annemie Engels Makrönchen waren der Hit, und wir kamen kaum hinterher, die kleinen Tütchen mit weihnachtlichen Schleifen zu versehen. An den Samstagen kam Korbinian Löffelholz mit seinem Chor vorbei. Die Jugendlichen aus dem anderen Nachbarort hatten die alten Weihnachtsklassiker neu interpretiert und zu einem Musical verarbeitet. Das war laut Irmgard Kling bei den Kundinnen und Kunden schon im letzten Jahr sehr gut angekommen. Auch wenn ich die Teenager bei unserer ersten Begegnung letzte Woche etwas anstrengend fand.

Der absolute Renner um diese Zeit waren aber naturgemäß die Adventskalender, die Irmgard Kling in unendlich vielen Varianten vorhielt. Vom einfachen Papierkalender mit transparenten Bildern hinter den Türchen über Girlanden mit daran zu befestigenden Socken, Päckchen oder Säckchen zum Selbstbefüllen bis hin zu regelrechten Aufbauten in 3D. Es gab welche mit Saatgut für die Küchenfensterbank, mit Nagellacken und sogar einen mit einem Bausatz für ein Retroradio in vierundzwanzig Teilen. Mein persönlicher Favorit war allerdings der Kaffeekalender mit vierundzwanzig Sorten Instantkaffee – seit uns einer beim Auspacken kaputt gegangen war und wir beschlossen hatten, den Inhalt selbst zu verzehren. Gerecht aufgeteilt, ab sofort und ohne bis Dezember zu warten. Dass Irmgard Kling nun nicht mehr in den Genuss kam, war bedauerlich für sie. Sie hatte Kaffee ebenso sehr geliebt wie ich.

Meinen Vorschlag, auch einen Bierkalender ins Programm aufzunehmen – einen Kasten mit vierundzwanzig verschiedenen Biersorten –, hatte meine Chefin abgelehnt. Ich kannte diese Variante aus Studienzeiten. Dort allerdings reduziert auf eine Palette Dosenbier aus dem Discounter. Jetzt nahm ich mir vor, nicht nur die Biervariante, sondern auch noch eine mit kleinen Schnapsfläschchen nachzubestellen. Etliche unserer Kunden machten den Eindruck, als träfe ich damit genau ihren Geschmack.

Überhaupt konnte ich mich für das Prinzip Adventskalender sehr begeistern. Mir gefiel die Vorstellung, dass es Menschen gab, die viel Mühe, Gedanken und Zeit darauf verwendeten, anderen eine Freude zu bereiten. Die vierundzwanzig kleine Pakete mit vierundzwanzig kleinen Dingen befüllten, dann vierundzwanzig kleine Schleifen darumbanden und so jeden Morgen ein Lächeln ins Gesicht des Beschenkten zauberten.

Als Kind bekam ich meinen Kalender oft erst am zweiten oder dritten Dezember, weil meine Eltern ihn vergessen hatten und erst durch mein enttäuschtes Gesicht daran erinnert worden waren.

An diesem Morgen verkaufte ich, obwohl der Dezember bereits begonnen hatte, noch drei Kalender. Die Käufer trugen einen sehr schuldigen Ausdruck im Gesicht. Vermutlich plagte sie auch das schlechte Gewissen.

Ich musste daran denken, das Schaufenster rechtzeitig umzudekorieren. Irmgard Kling hatte sich jede Woche etwas Neues einfallen lassen. Zurzeit war eines der Fenster mit jeder Menge Stroh ausgelegt. Der Rest des Ballens ruhte im Keller und wartete darauf, von mir entsorgt zu werden, da ich nicht vorhatte, ihn zu verwenden.

Um Punkt zwölf Uhr dreißig schloss ich die Ladentür und drehte den Schlüssel herum. Mittagspause. Ich hielt mich weiterhin an Irmgard Klings Regeln, auch wenn mich niemand dazu zwang. Zuerst war mir das mit der Pause seltsam vorgekommen. Die meisten Geschäfte hier im Ort hatten den ganzen Tag geöffnet, vom Internet als 24/7-Konkurrent ganz zu schweigen. Aber Irmgard Kling hatte sich davon nicht beeindrucken lassen. Sie bestand auf ihrer Pause, einer warmen Mahlzeit und einem kleinen Nickerchen, bevor sie die Ladentür pünktlich um vierzehn Uhr wieder öffnete. Und obwohl meine ehemalige Chefin den Begriff Work-Life-Balance vermutlich noch nie in ihrem Leben gehört hatte, war es genau das: Arbeit und Leben im Gleichgewicht, und das gefiel mir gut.

Mein Magen hatte sich ohnehin bereits an diesen Rhythmus gewöhnt, jetzt wies er mich mit einem leisen Knurren darauf hin, dass es Zeit für einen kleinen Happen war. Ich ging ins Büro, öffnete den kleinen Kühlschrank, der schon deutlich bessere Zeiten und seit Längerem keinen Putzlappen mehr gesehen hatte, und nahm ein Glas Kürbissuppe heraus. Ohne Deckel ließ es sich problemlos in der Mikrowelle erwärmen.

Die Suppe und eine Tasse der Kaffeespezialitäten aus dem Kalender füllten meinen Magen auf sehr angenehme Weise, und ich bettete den Kopf auf meine Arme, um mich auf dem Schreibtisch eine Viertelstunde auszuruhen.

Ein Kläffen weckte mich. Ich schrak hoch und konnte mir im ersten Moment nicht erklären, was das für ein Geräusch war. Das änderte sich, als ich in die Richtung blickte, aus der es kam.

Rex stand vor mir auf dem Schreibtisch und bellte mich an. Ich fragte mich, wie er überhaupt hier hochgelangt war, aber das schien jetzt nicht das Wichtigste zu sein. Der Hund war in heller Aufregung. Er bellte und winselte, kam auf mich zu, stupste mich an, scharrte mit den Vorderpfoten auf der Tischplatte. Zwischendurch lief er immer wieder zu meinem leeren Suppenteller, der, wie ich am Rand bemerkte, wieder spiegelblank war. Rex musste ihn abgeleckt haben. Da verstand ich. Er hatte Hunger. Und er zeigte es mir immer deutlicher. Doch wo sollte ich so schnell etwas zu fressen für ihn herbekommen?

Kurz zog ich in Erwägung, einen der Hundeadventskalender dafür zu opfern. Aber diese Leckerchen waren für Hunde das Äquivalent zu Pralinen für Menschen. Eine am Tag war okay. Von allen auf einmal wurde einem übel. Also musste ich mir etwas anderes einfallen lassen. Sicherlich gab es im Supermarkt um die Ecke jede Menge Hundefutter. Doch woher sollte ich wissen, welches das richtige war? Vielleicht vertrug dieser Zwerghund nur Zwerghundefutter mit besonderen Zutaten. Ich erinnerte mich an den alten Kater unserer Nachbarn, der wegen seiner diversen Zipperlein nur sehr spezielles Spezialfutter bekommen sollte. Die Nachbarin machte regelmäßig ein großes Gewese darum. Frau Olga scherte das wenig. Sie gab ihm regelmäßig unsere Essensabfälle, und dem Kater schien es nichts auszumachen.

Bis sie ihm eines Tages einen Rest unserer Fischmahlzeit von vor drei Tagen hingestellt hatte.

»Wenn es nicht in Ordnung ist, wird die Katze es nicht fressen«, hatte sie behauptet. Dem Kater hatte das anscheinend niemand erklärt. Er fraß alles auf, bis auf den letzten Rest. Die Nachbarin war wochenlang untröstlich gewesen.

Damit Rex nicht das Schicksal des nachbarlichen Katers ereilte, musste ich dafür sorgen, dass er das richtige Futter bekam. Schon allein, um dem Elias einen weiteren Verlust zu ersparen. Doch woher sollte ich diese Information und das Futter bekommen?

Da der Elias der Freund von der Laura gewesen war, lag die Vermutung nahe, dass er in seiner Wohnung ein paar Vorratsdosen Rex-Essen hortete. Damit die Laura ihre Besuche nicht wegen Futtermangels vorzeitig abbrechen musste. Ich brauchte also nur herauszufinden, wo der Elias wohnte, dann konnte ich dorthin gehen und ein paar Dosen Kleine-Hunde-Spezialfutter abholen.

Der Sturz schien heftiger gewesen zu sein, als es zunächst den Anschein gehabt hatte. Der Elias lag noch so unter der Quiltdecke, wie ich ihn vor ein paar Stunden verlassen hatte. Ich betrachtete ihn nachdenklich. Was, wenn er tot war? Was würde ich mit einem zweiten Toten hier unten anfangen? Aber dann sah ich, dass seine Brust sich hob und senkte. Gut. Er lebte noch. Was die Probleme, denen ich mich seinetwegen würde stellen müssen, allerdings nicht wesentlich kleiner machte. Denn es war anzunehmen, dass er irgendwann wieder aufwachte und laut um Hilfe rief. Im Laden lief zwar in Endlosschleife Weihnachtsmusik, aber draußen im Hof würde man das schon hören können. Ich musste ihn also knebeln.

Ich machte auf dem Absatz kehrt, stieg wieder in den Laden hinauf und schaute mich nach geeignetem Material um. Ich entschied mich für eine Kindermütze mit einem dicken Bommel und Elchgeweih, die mir noch nie gefallen hatte. Meiner Ansicht nach konnte man Kinder auch misshandeln, indem man ihnen scheußliche Kleidung anzog. Und so war es ein gutes Werk, dass ich diese Mütze aus dem Verkehr zog und sie einem finalen, sinnvollen Zweck zuführte.

Zur Vorsicht nahm ich dann auch den Jupp, den Holzjosef, mit. Ich wusste ja nicht, zu was so ein gefesselter potenzieller Mörder noch alles in der Lage war.

Wieder im Keller, bot sich mir das schon bekannte Bild des schlafenden Elias. Dass es ein trügerisches und mein Misstrauen dem Elias gegenüber durchaus angebracht gewesen war, zeigte sich, als ich mich ihm vorsichtig näherte.

Kaum war ich nah genug, um seinen Atem nicht nur an seiner Brustbewegung zu sehen, sondern auch zu hören, fuhr er wie ein Kistenteufel hoch und versuchte, mich zu treten. Fast wäre sein Fuß an meinem Kopf gelandet. Ich hatte keine Zeit, über meine Reaktion nachzudenken. Der Jupp krachte wie von selbst auf ihn nieder und schickte ihn wieder in die Waagerechte. Der Elias stöhnte leise, hielt aber die Augen geschlossen und rührte sich diesmal auch nicht, als ich ihn abtastete. In seinen hinteren Hosentaschen fand ich schließlich, was ich suchte. Eine Geldbörse, einen Schlüsselbund und sein Handy. Ich schaltete es aus.

Den Bommel der Mütze stopfte ich ihm in den Mund und band das Geweih hinter seinen Ohren zusammen. Das sollte fürs Erste reichen.

Die Adresse in seinem Personalausweis war nur drei Straßen entfernt. Ich nahm einige Plastiktüten für Rex' Hinterlassenschaften aus Frau Klings ewigem Vorrat unter der Verkaufstheke, legte dem Chihuahua das Lederhalsband an und befestigte ein langes rotes Geschenkband daran. Ich würde ihn auf meinen kleinen Spaziergang mitnehmen. So ein Hund musste ja sicher auch mal müssen. Allerdings nur, wenn er selbst lief. Die Sache mit der Handtasche als Hundetransporter würde ich erst gar nicht anfangen. Rex sollte direkt merken, dass nun andere Zeiten anbrachen. Die neuen Zeiten schienen ihm auch ausgesprochen gut zu gefallen. Er trippelte fröhlich neben mir her, roch interessiert an gelb-schwarz gefärbten Schneeresten und hob an einigen Stellen sein Bein. Bis zu unserem Ziel hatte er fünfmal gepinkelt und einmal einen so kleinen Haufen gemacht, dass ich einfach ein Blatt darüberschieben konnte. Der nächste Regen würde alle Spuren beseitigen.

Im Treppenhaus verweigerte er allerdings den Aufstieg. Da ich etwas unter Zeitdruck stand und Rex auch nicht den Eindruck machte, mir argumentativ gewachsen zu sein, klemmte ich ihn mir unter den Arm, bis wir oben angekommen waren und ich die Wohnungstür aufgeschlossen hatte. Danach setzte ich ihn ab. Das war auch gut so. Denn sonst hätte ich ihn im nächsten Moment sicherlich fallen lassen, weil ich mit diesem Anblick ganz und gar nicht gerechnet hatte.

Auf dem Sofa in der Wohnung saß die tote Laura.

Kapitel 5

Natürlich war es nicht die Laura. Es konnte nicht die Laura sein. Auch wenn sie so aussah. Denn wie hätte sie hier sein können? Die Polizei hatte sie mitgenommen und der Rechtsmedizin übereignet. Die Wahrscheinlichkeit, dass es sich bei ihrem Herumliegen in unserem Hof um einen Irrtum handelte, die Laura gar nicht tot und fröhlich wieder aus der Polizeistation spaziert war, ging gegen null. Nein. Die Laura ruhte mit Sicherheit kühl gelagert in einem Stahlfach und wartete auf die letzte Untersuchung ihres Lebens. Aber wenn nicht sie dort auf dem Sofa saß, wer dann? Und vor allem, wieso sah die Tote aus wie die Laura?

Die Polizistin hatte mir Bilder von der noch lebenden Laura gezeigt. Diese merkwürdigen Haare mit dem dunklen Haaransatz und den immer heller werdenden Spitzen, das hübsche, aber wie ich fand eher nichtssagende Gesicht. Wenn ich es mir recht überlegte, sah die Laura aus wie viele andere. Das galt genauso für die Tote auf dem Sofa hier vor mir. Und überhaupt, ich hatte das Foto nur kurz betrachtet. Wie konnte ich mir also sicher sein?

Ins »Kling und Glöckchen« fielen junge Frauen wie die Laura manchmal in Gruppen ein. Stöberten hier, wühlten da, kramten dort. Dabei stießen sie die ganze Zeit entzückte Schreie aus und wiesen sich gegenseitig auf besonders schöne Stücke hin. Am Ende kauften sie deutlich weniger, als sie angefasst hatten. Irmgard Kling regte das immer sehr auf. Sie mochte es nicht, wenn alles »begrapscht und betatscht« wurde, wie sie das nannte. Sie hatte es am liebsten gehabt, wenn die Kunden die Waren nur mit den Augen anfassten. Ich betrachtete diese Grüppchen immer mit einer seltsamen Mischung aus Faszination und Abscheu. Diese Frauen waren so ganz anders als ich. Einmal waren sie jünger. Nicht viel, vielleicht so fünf oder sechs Jahre, aber das war in unserem Alter schon ein sehr großer Unterschied. Und sie sahen anders aus. Angefangen bei den Haaren: Ihre hingen ihnen in vielen Farben mindestens bis über die Schultern, meine waren je nach Jahreszeit ohr- oder kinnlang, immer in der gleichen hellbraunen Farbvariante. Sie waren eher sehr dünn, ich eher nicht. Sie die zarten Engelchen, ich der Schneemann. Ihre Kleidung entsprach der neuesten Mode, meine konnte man mit viel Wohlwollen als praktisch bezeichnen. Kurz – uns trennten Welten.

Von dieser jungen Frau hier unterschied mich natürlich in allererster Linie mein Zustand als lebende Person.

Ich nahm zwei der mitgebrachten Rex-Häufchen-Plastiktüten aus meiner Jackentasche und zog sie über meine Schuhe, um die später sicherlich stattfindende Spurensuche der Polizei nicht unnötig zu erschweren. Dann trat ich ein wenig näher, um sie genauer zu betrachten. Sie trug einen roten Spitzen-BH und ein dazu passendes Höschen. Das konnte ich so genau erkennen, weil kein weiteres Kleidungsstück meinen Blick darauf versperrte. Außer einem dunkelblauen Mantel, der über einer Stuhllehne hing, konnte ich nichts zum Anziehen entdecken. Beides, die Unterwäsche und der Mantel, sahen sehr teuer aus, waren aber weder für die Jahreszeit noch für die Umgebung, in der sie sich gerade befand, passend.

Sie erinnerte mich nicht nur wegen ihrer Haare und der teuren Wäsche an die tote Laura in meinem Hinterhof. Es sah aus, als wäre auch sie an einer Kopfverletzung gestorben – sofern sie nicht erfroren war. Aber das geschah in der Regel unblutig. Bei der jungen Dame, die nun nie mehr altern würde, zog sich ein schmaler Streifen Blut von der Stirn über die Wange den schlanken Hals hinunter.

Da dies Elias' Wohnung war, schien mir seine Doppelmörderschaft beim Betrachten der zweiten Laura immer wahrscheinlicher.

Ich atmete tief ein und wieder aus. So allmählich wurde das alles doch sehr viel. Ich war es schließlich nicht gewohnt, von so vielen Toten umgeben zu sein, wenn man von der Zeit meines Praktikums im Bestattungsunternehmen einmal absah. Aber die

Toten beim Bestatter damals waren, wenn auch möglicherweise nicht alle freiwillig, so doch eines natürlichen Todes gestorben. Glaubte ich zumindest. Ganz sicher konnte man sich da ja auch nie sein.

Beim Bestatter hatte es zudem feste Arbeitsschritte gegeben, an die man sich halten konnte. Den Verstorbenen gerade ausrichten, waschen, ankleiden, manchmal Augenklappen, damit die Augen geschlossen blieben, eine Mundligatur. Ab und an wurde ein Verstorbener auch wieder »nett hergerichtet«, wie meine damalige Chefin das bezeichnete. Wie dem auch sei, diese Routine fehlte mir jetzt sehr, um mich für einen angemessenen Umgang mit der Toten entscheiden zu können. Immerhin war ich bis vor ein paar Tagen noch eine ganz normale Endzwanzigerin gewesen, die nach langer und bis dahin erfolgloser Suche endlich ihren Traumberuf gefunden hatte.

Und als solche sollte ich nun wohl besser die Polizei informieren.

Davor gab es allerdings etliche Aspekte zu bedenken. Was würde die freundliche Polizistin wohl denken, wenn sie mich innerhalb weniger Stunden bereits zum zweiten Mal mit einer Leiche anträf? Noch dazu in der Wohnung des Freundes der ersten Toten. Mit Sicherheit hätte sie eine Menge Fragen an mich, deren Beantwortung letztlich wieder in den Keller des »Kling und Glöckchen« führen würde, wo ja nun neben Frau Kling auch noch der Elias ruhte. Womit wir wieder am Anfang wären.

Nein. Die Polizei war auch diesmal keine Option. Und langsam beschlich mich der Verdacht, dass sie es auch in Zukunft nicht sein würde.

Ich beschloss, die Tote erst einmal auf dem Sofa zu belassen und mich um die wirklich wesentlichen Dinge zu kümmern.

Der Hund brauchte endlich sein Futter.

Ich sah mich um. Der Elias hatte keinen schlechten Geschmack. Die Wohnung bestand aus zwei Zimmern, einem fensterlosen Bad und einer kleinen Küche, in der zwar Platz für zwei gegenüberliegende Küchenzeilen, aber nicht für einen Esstisch war. Der befand sich im Wohnzimmer, kaum einen halben Meter von dem Sofa mit der Toten entfernt. An der Wand daneben gab es ein niedriges Regal. Ganz unten standen einige Aktenordner, darüber ein Bord mit Büchern. Auf dem Regal gammelten in einer Schale einige Äpfel vor sich hin. Darüber hingen Fotos ohne Rahmen an einer Magnetwand, alle wild durcheinander. Ich schaute sie mir genauer an und erkannte den Elias in unterschiedlichen Lebenssituationen. Mit Freunden auf irgendeiner Party, auf der es hoch hergegangen sein musste, wenn man den aufgelösten rötlichen Gesichtern Glauben schenkte, oder allein im Bild mit einem Fahrrad auf einem Berg. Es gab Bilder mit einem Ehepaar, das ich für Elias' Eltern hielt, weil die Ähnlichkeit zwischen Mutter und Sohn nicht zu übersehen war. Elias, der sogar seinen Vater um mehr als einen Kopf überragte, stand zwischen den beiden, hatte jeweils einen Arm um ihre Schultern gelegt und strahlte mit ihnen um die Wette in die Kamera.

Ganz oben fand ich ein ähnliches Bild, mit gleichem Strahlen, allerdings mit anderen Protagonisten. Diesmal waren es nicht Elias' Eltern, die sich rechts und links neben ihm positioniert hatten, sondern die zwei nun toten Lauras. Im Unterschied zum Elternbild hielt er auch nicht beide Frauen im Arm, sondern streckte die linke Hand nach vorne, um das Selfie zu schießen. Und dann gab es da noch ein Bild, auf dem die beiden Lauras sich küssten, was mich nur insofern verwunderte, als dass die erste tote Laura doch wohl Elias' Freundin gewesen war.

An meinem Handgelenk spürte ich einen leichten Ruck. Irritiert schaute ich nach unten. Richtig. Das Zwergviech war ja auch noch da. Ich hatte ihn komplett vergessen. Vermutlich ein Schicksal, das so kleinen Lebewesen öfter widerfuhr. Zugegebenermaßen hatte Rex sich auch sehr unauffällig verhalten. Dank der Geschenkbandleine fest mit mir verbandelt, war er mir brav durch die ganze Wohnung hinterhergetrippelt, ohne auch nur einen Mucks von sich zu geben. Wenn ich es genau betrachtete, klebte er sogar mit eingezogenem Schwanz an meinem Bein, seit wir die Wohnung betreten hatten. Nun kannte ich mich nicht besonders gut mit der Hundepsyche aus, aber diese Körpersprache erschien mir eindeutig: Der Minihund hatte Angst. Große Angst. Nicht vor mir und auch nicht vor der Leiche, wie ich feststellen konnte, als ich mich ihr samt Hund erneut näherte. Er schnupperte zwar kurz in die Richtung, wirkte aber ansonsten uninteressiert. Weshalb sollte er sich auch vor ihr fürchten? Sie würde ihm mit Sicherheit nichts mehr tun, und das wusste er. Trotzdem zitterte er, als ich mich abwandte und in Richtung Küche ging, in der Hoffnung, dort sein gewohntes Futter zu finden. Ich betrachtete das Häufchen Hundeelend eine Weile mit hochgezogener Braue.

»Na, komm.« Ich bückte mich zu ihm hinunter, hob ihn hoch und trug ihn in Brusthöhe vor mir her. Er wog fast nichts. Trotzdem war es schwierig, ihn festzuhalten, weil er jetzt wie wild versuchte, sich an mich zu pressen und über mein Gesicht zu lecken.

Für einen kurzen Moment ließ ich es zu. Man ist ja kein Unmensch, und so ein Tier hat schließlich auch Gefühle. Dann senkte ich meine Hand auf Taillenhöhe und bedachte ihn mit einem strengen Blick. Solche losen Sitten wollten wir erst gar nicht einreißen lassen.

Im Küchenschrank fand ich tatsächlich fünf sehr kleine Dosen mit Hundefutter. Sie waren von der Sorte, die den Hunden im Fernsehen auf einem Teller samt Petersiliensträußchen serviert wurde. Wobei ich mich immer fragte, welchen Sinn die Kräuter hatten. Hatte jemals ein Hund das Grünzeug mitgefressen?

Wie dem auch sei. Ich verstaute die Dosen in meinen Jackentaschen, klemmte mir den Hund unter den Arm und verließ die Wohnung – nicht ohne vorher noch ein Fenster auf Kipp zu stellen, um die Winterkälte hereinzulassen. Rex würde sich gedulden müssen, bis wir wieder im »Kling und Glöckchen« sein würden.

Wir schafften es gerade noch rechtzeitig, um vor dem Ende der Schließzeit einen kleinen Teller aus Irmgard Klings Kaffeetassenregal mit dem Inhalt einer der Dosen zu befüllen und eine Teetasse als improvisierten Wassernapf danebenzustellen. Weder konnte ich Rex beim Fressen Gesellschaft leisten noch das Büro wieder aufräumen, denn die Mittagspause war vorbei, und ich musste den Laden aufschließen.

Ich nahm eine der Weihnachtshundedecken aus dem Regal, faltete sie zu einem weichen Rechteck und legte sie in die Ecke neben der Heizung. Irgendwo musste Rex ja liegen können, ich wollte nicht, dass er weiter durch den Laden stromerte und vielleicht Schaden anrichtete. Wobei die Gefahr für ihn vermutlich größer war, von einer großen Kugel erschlagen zu werden, als umgekehrt.

Die Ladenglocke ertönte und ließ mich zusammenfahren. Irmgard Kling hatte sieben unterschiedliche Weihnachtsglocken an einen Stiel gebunden und aufgehängt. Der Ton, den sie erzeugten, war eine Mischung aus Glockenklingeln und dem lauten Knall, mit dem das Gebinde wieder gegen den Türrahmen schlug, wenn die Tür sich schloss. Eigentlich hatte ich mich bereits daran gewöhnt, vor allem im laufenden Betrieb, aber jetzt lagen wohl meine Nerven etwas blank.

Im Laden stand eine ältere Frau mit steifem grünen Lodenmantel. Sie hielt sich sehr gerade, was hervorragend zu ihrem Haarschnitt passte, der ebenfalls schnurgerade an ihrem Kinn entlanglief. Mit beiden Händen umklammerte sie die Henkel einer Handtasche, als befürchtete sie, jeden Augenblick von einer Horde wilder Gesellen überfallen zu werden.

Ich stöhnte auf. Frau Krause. Frau Waltraud Krause. Sie war eine der Stammkundinnen, bei denen ich den dringenden Verdacht hatte, dass sie nur in den Laden kamen, um mit Irmgard Kling ein kleines Schwätzchen zu halten, und wohnte im Nachbarhaus, was die beinahe täglichen Besuche hier vermutlich ebenfalls erklärte. Sie war mindestens zehn Jahre älter als Irmgard Kling, aber das hatte die beiden nicht von ihrer Plauschbeziehung abhalten können. Wobei sich diese Beziehung eher einseitig gestaltet hatte. Was Irmgard Kling betraf, entsprach sie eher einer Duldung. Meine Chefin war jedes Mal froh gewesen, wenn Waltraud Krause den Laden mit einer Kleinigkeit wieder verlassen hatte. Das war auch der Grund für die Duldung. Waltraud Krause kaufte bei jedem Besuch etwas. Und wenn es nur ein paar Cent waren, die sie daließ.

»Sie ist eine Kundin, und zu Kunden ist man nett. Immer«, hatte Irmgard Kling mir eingeschärft. Waltraud Krause machte es einem allerdings sehr schwer, nett zu ihr zu sein. Sie war über alle Maßen neugierig, liebte Klatsch und Tratsch, den sie freigiebig von sich gab, und wusste immer über alles und jeden Bescheid.

»Fräulein Janne«, begann sie sogleich übergangslos und baute sich vor mir auf. »Ich habe die liebe Irmgard bereits seit einigen Tagen nicht mehr gesehen.«

Sie machte eine Pause. Wohl, um mir Gelegenheit zu geben, mich zu ihrer Feststellung zu äußern. Ich tat, als ob ich die unausgesprochene Forderung nicht bemerkt hätte, und schaute sie freundlich lächelnd an.

Sie räusperte sich. »Ist sie krank?«

»Nein.«

Das stimmte. Krank war Irmgard Kling nicht. Sie war tot. Auch wenn das eine oft zum anderen führte, war es doch ein Unterschied.

»Ist sie verreist?«

»Ja.«

Ich konnte förmlich sehen, wie es hinter Waltraud Krauses Stirn arbeitete.

»Wohin?«

»In eine andere Stadt.«

»Macht sie Urlaub?«

»Nein.«

»Musste sie geschäftlich weg?«

»Nein.«

Waltraud Krauses Finger kneteten verkrampft die Henkel der Tasche. Ihre Fingerknöchel wurden weiß. Ich beschloss, sie zu erlösen.

»Sie ist zu ihrer Cousine gereist. Die ist krank und braucht Hilfe.«

Das war die offizielle Erklärung, die ich mir für Irmgards Abwesenheit zurechtgelegt hatte, in der Hoffnung, sie sei glaubwürdig genug. Die Polizei war allerdings nichts gegen Waltraud Krauses Fragestunde. Sie würde die Erklärung nun auf Herz und Nieren prüfen. Ich wappnete mich.

»Ich wusste gar nicht, dass sie eine Cousine hat.«

»In Wuppertal. Die Cousine führt dort eine Herrenboutique.«

Waltraud Krause stutzte kurz und schüttelte dann den Kopf. »Seltsam, dass Irmgard nie davon erzählt hat.«

Ich hob in einer hilflosen Geste die Schultern, eine Mischung aus »Was kann ich dafür, dass sie dir nichts erzählt?« über »Ich habe keine Ahnung« bis hin zu »Pech gehabt« ausdrückend.

»Wann kommt sie denn wieder?«

»Das hängt vom Gesundheitszustand ihrer Cousine ab.«

»Was hat die Gute denn?«, bohrte Waltraud Krause weiter.

Dass ich mir das noch nicht überlegt hatte, konnte ich schlecht sagen, auch wenn es stimmte. Was sollte ich also antworten? Es war sicher das Beste, wenn ich nicht so viele Details in die Welt hinausposaunte. Denn je komplizierter das, was ich mir ausdachte, wurde, umso eher konnte ich mich auch verhaspeln oder mir selbst widersprechen.

»Das weiß ich nicht.« Damit war ich auf der sicheren Seite.

Ein dumpfes Krachen erklang. Ich horchte innerlich auf. Hatte ich mir das nur eingebildet? Das Krachen tönte ein zweites Mal. Leise zwar, aber unüberhörbar.

Waltraud Krause spitzte ihren von feinen Falten gesäumten Mund. Sie trat zur Seite und versuchte, über meine Schulter hinweg ins Büro zu spähen. Hatte sie das Geräusch auch gehört? Oder was hoffte sie, dort zu entdecken? Irmgard Kling gefesselt auf einem Stuhl?

Aus einem Reflex heraus trat ich ebenfalls zur Seite und versperrte ihr so die Sicht. Unsere Blicke trafen sich, und für einen kurzen Moment sah ich in ihrem tiefes Misstrauen aufwallen. Dann räusperte sie sich, lockerte den Griff um die Taschenhenkel, und ihre stramme Haltung entspannte sich etwas.

»Wenn Sie mit ihr sprechen, grüßen Sie sie bitte sehr herzlich von mir.« Wieder dieser Gesichtsausdruck, als traute sie mir alles Böse dieser Welt zu. Ich rang mir ein Lächeln ab. Erneutes Krachen. Ich tat, als hörte ich nichts.

»Mache ich gerne, Frau Krause.« Ich versuchte, so einen strahlenden Ausdruck wie auf Elias' Fotos hinzubekommen. Es wirkte.

Frau Krause nickte, drehte sich um und ging. Zum ersten Mal, seit ich sie kannte, ohne etwas zu kaufen.

Während das Bimmeln der Ladenklingel ertönte, hörte ich das Krachen erneut. Diesmal deutlich lauter, verbunden mit einem Bollern. Es klang, als wäre die Heizung kaputt. Vielleicht war es ja genau das – eine defekte Heizung? Meine Hoffnung auf eine eher normale Erklärung schwand, als sich zu dem Krachen und Bollern ein gedämpftes Heulen gesellte, dessen Quelle definitiv im Keller zu finden war. Der Elias war wach und benahm sich sehr flegelhaft. Ich überlegte kurz, was nun zu tun war. Auf der einen Seite – das hatte ich in der Zeit meines Praktikums in einem Jugendtreff gelernt – wollte ich seinem Drängen nach Aufmerksamkeit nicht direkt nachgeben, um keine Erwartungen zu wecken, die zu erfüllen ich nicht bereit war. Er sollte nicht davon ausgehen, dass ich sofort alles stehen und liegen ließ, wenn er das Bedürfnis hatte, mich zu sehen.

Auf der anderen Seite machte er einen ziemlichen Krach und würde damit vielleicht die Aufmerksamkeit der Nachbarn auf sich ziehen. Das galt es natürlich zu verhindern. Dazu gesellte sich nun noch ein sehr aufgeregter Rex, der wie wild zwischen mir und der Kellertür im hinteren Teil des Büros hin und her lief.

Ich verschloss also die Ladentür, hängte ein »Bin gleich wieder da«-Schild in Form eines von vier Rentieren gezogenen Schlittens samt Weihnachtsmann ins Fenster und machte mich zusammen mit Rex und dem Jupp auf den Weg in den Keller.

Die Holzpaletten, Überbleibsel einer der letzten Lieferungen, standen noch immer aufrecht an dem Platz, an dem Irmgard Kling sie vor einigen Tagen abgestellt hatte. Sie hatten den Krach also nicht verursacht. Ich nahm mir vor, sie bei der nächsten

Gelegenheit zu entsorgen, bevor sie sich im nasskalten Keller mit Feuchtigkeit so vollsaugen würden, dass ich sie nicht mehr würde tragen können.

Was die Haltbarkeit meiner Fesselkünste anging, konnte ich zufrieden mit mir sein. Der Elias befand sich noch in der gleichen Position wie heute Morgen. Mit den Handgelenken rechts und links an Heizungsrohre gebunden. Um ihn herum hatte sich jedoch einiges verändert. Regale, die ordentlich an den Wänden aufgestellt gewesen waren, lagen nun auf dem Boden, ihr Inhalt war verstreut. Er musste sie mit den Beinen umgetreten haben. Eines der Regale lag quer über dem Elias. Es hatte ihn aber wohl nicht verletzt, denn er beachtete es gar nicht. Stattdessen starrte er mich über seinen Kindermützenbommelknebel hinweg wütend an und zerrte an seinen Handfesseln. Rex bellte und blieb an der Tür stehen.

»Was kann ich denn für Sie tun?«, fragte ich freundlich. Es gab keinen Grund, ihn unhöflich zu behandeln. Auch wenn er sich schlecht benahm und Leute umbrachte, war das für mich kein Grund, es ihm gleichzutun.

Er gab einen gutturalen Laut von sich, bewegte den Kopf hin und her und versuchte, den Bommel auszuspucken.

Ich beobachtete ihn, bis er es schwer atmend aufgab.

»Wenn Sie versprechen, ruhig zu bleiben und mich nicht zu treten, nehme ich Ihnen den Knebel aus dem Mund. Dann können Sie mir sagen, was Sie von mir wollen.«

Er nickte, ließ mich aber nicht aus den Augen. Ich trat zu ihm, bückte mich und schob mit einer Hand das verknotete Geweih hoch und befreite ihn dann vom Bommelknebel. Zur Sicherheit hielt ich den Jupp in der anderen Hand fest umklammert.

Der Elias keuchte, spuckte und holte rasselnd Luft.

»Kann ich …?« Spucken. Rasseln. »Kann ich …?« Keuchen.

»Ja?« Diese Sache mit den nicht vollendeten Sätzen nervte. »Kann ich … was?«

»Durst.«

»Möchten Sie mich fragen, ob Sie etwas zu trinken haben dürfen?«

Er stöhnte und nickte langsam. Seine Wut war komplett verraucht. Jetzt saß dort ein junger Mann mit einer ziemlich dicken Beule am Kopf, deren Verursacherin ich gewesen war, und machte einen eher hilflosen Eindruck. Die ganze Sache kostete ihn wohl doch mehr Kraft, als er zugeben wollte. Fast hätte ich Mitleid mit ihm gehabt. Dann fiel mir wieder ein, dass er es gewesen war, der mich in meinem Laden überfallen und zuerst gefesselt hatte. Und wer weiß, was er noch mit mir angestellt hätte, wenn es mir nicht gelungen wäre, mich zu befreien. Vielleicht wäre ich jetzt in der gleichen unangenehmen Situation wie die Lauras.

»Und deshalb werfen Sie hier die Regale um?«, fragte ich ihn streng. Ich bückte mich und hob das Regal von seinem Bein. Zum Glück hatte nichts Schweres oder gar Wertvolles darin gestanden. Nur ein paar leere Kartons mit Verpackungsmaterial. Nicht auszudenken, wenn die noch mit ihrem ursprünglichen Inhalt befüllt gewesen wären. Dann säßen wir jetzt in einem großen Haufen Schalenstücke von handbemalten Eiern aus Böhmen. Die waren zwar eigentlich als Osterschmuck gedacht, aber Irmgard Kling fand, die Eier machten sich auch hervorragend am Weihnachtsbaum, und man solle das alles nicht so eng sehen.

Der Elias starrte mich nur an. Ich starrte zurück. Eigentlich sah er ganz sympathisch aus, wenn man seinen etwas desolaten Zustand mal außer Acht ließ. Unter anderen Umständen wäre er sogar jemand gewesen, den ich durchaus anziehend gefunden hätte. Natürlich war ich mir absolut im Klaren darüber, dass ein Mann wie der Elias mich niemals zur Kenntnis genommen, geschweige denn als potenzielle Partnerin in Betracht gezogen hätte. Aber ich hätte es mir wenigstens für ein Weilchen vorstellen können. Ich seufzte. Dann riss ich mich zusammen. Für solche Gedanken war hier weder der richtige Ort noch die richtige Zeit. Im Grunde genommen war hier gerade gar nichts richtig. Ich drehte mich abrupt um und verließ den Kellerraum.

»Bitte!« Elias' Stimme klang immer noch, als wäre sein Mund mit Füllwatte ausgekleidet.

Ich antwortete nicht. Sobald ich um die Ecke gebogen war und er mich nicht mehr sehen konnte, beeilte ich mich, nach oben zu kommen. Rex sprang tapfer neben mir die Stufen hoch, bemüht, mit mir Schritt zu halten. Oben angekommen, zerrte ich die Glaskanne aus der Kaffeemaschine, spülte sie aus und füllte frisches Wasser hinein. Ich nahm einen Plastikbecher mit der sinnigen Aufschrift »*Gangsta wrapper*« unter einem gezeichneten Geschenkpaket mit Schleife und packte eine Scheibe trockenes Brot und einen Schokoriegel dazu. Mehr hatte ich gerade nicht zu bieten, der Lebensmitteleinkauf in der Mittagspause hatte ja nicht stattgefunden. Zum Schluss klemmte ich mir noch eine weitere Decke unter den Arm. Am Abend würde es sicher richtig kalt dort unten werden.

Es gestaltete sich etwas umständlich, den Elias mit dem Brot und dem Schokoriegel zu füttern und ihn aus dem Becher trinken zu lassen, weil ich ständig darauf achtete, nicht in die Reichweite seiner Beine zu kommen. Wir schwiegen beide. Er, weil er vollauf mit Essen und Trinken beschäftigt war. Ich, weil ich nicht wusste, wie man Small Talk mit einem Mörder betreibt. Schließlich stand ich auf, nahm die Glaskanne und den Becher wieder an mich. Ich würde sie auf keinen Fall in seiner Nähe lassen. Wer weiß, was er damit alles anstellen konnte, selbst wenn er gefesselt war.

»Kannst du noch etwas hierbleiben?« Der erste vollständige Satz, den ich von Elias zu hören bekam. Ich schaute ihn, ohne anzuhalten, über meine Schulter hinweg kurz an. Dann zog ich die Tür hinter mir zu. Wir wollten es ja mal nicht übertreiben mit der Zwischenmenschlichkeit.

Der Rest des Nachmittags schleppte sich so dahin. Nur wenige Kunden fanden den Weg in den Laden und kauften die üblichen Sachen. Um sieben riegelte ich alles ab, ging eine kleine Runde mit dem kleinen Hund, der auch brav alle Geschäfte erledigte. In meinem Rucksack schmuggelte ich ihn in den Lebensmittelladen. Auf keinen Fall hätte ich ihn draußen angebunden. Erstens konnte ich mir nicht sicher sein, dass niemand ihn als den Hund der toten Laura erkennen und damit die

Aufmerksamkeit der Polizei auf mich lenken würde. Zweitens wollte ich nicht, dass er geklaut wurde. Man wusste ja nie, bei wem er dann landen und ob er es guthaben würde. Es gab so viele Verrückte auf der Welt. Und drittens könnte ihn auch schlicht jemand übersehen und auf ihn drauftreten. Bei Licht betrachtet, war die dritte sogar die wahrscheinlichste Möglichkeit, und ich hatte ehrlich gesagt keine Lust, seine Überreste vom Bürgersteig zu kratzen.

Nachdem Rex und ich gegessen hatten, stieg ich noch einmal in den Keller, um nach dem Elias zu schauen. Er schlief. Diesmal wirklich, wie ich feststellte, als ich ihn leicht anstupste. Ich beschloss, ihn schlafen zu lassen, und ging wieder nach oben. Zuvor holte ich aber nach, was ich bis dahin unterlassen hatte, und fesselte auch seine Beine. Er wurde nicht wach davon. Er musste wirklich müde sein. Kein Wunder. Auch sein Tag war sehr aufregend gewesen.

Eigentlich keine schlechte Idee, das mit dem frühen Schlafen. Schnell noch den Müll rausbringen und auf die Tonnen verteilen, dann wäre alles erledigt.

Draußen im Hof traf ich auf Frau Krause. Besser gesagt, ich ertappte sie beim Schnüffeln. Was sollte sie sonst hier tun? Sie wohnte zwar in unmittelbarer Nachbarschaft, aber dieser Hof gehörte zu unserem und nicht zu ihrem Haus.

»Ich dachte, ich hätte etwas gesehen«, sagte sie, als sie mich erkannte. »Man muss ja vorsichtig sein, nach dem, was passiert ist.« Sie raffte ihren Mantel zusammen und eilte in Richtung Straße.

Ja, und vor allem muss man als deutliche Ü-Achtzigerin abends allein in einen dunklen Hinterhof gehen, in dem vor Kurzem ein Mord passiert ist, dachte ich. Wofür hältst du dich? Karate-Oma? Ich behielt es aber für mich. Stattdessen murmelte ich leise Zustimmung. Auf einen Streit mit Frau Krause hatte ich definitiv keine Lust.

Im Büro legte ich die Matratze auf den Boden und warf zuerst mein Bettzeug, dann mich selbst darauf. Rex kam zu mir, stellte sich mit beiden Vorderpfoten auf die Kante der Matratze und lächelte mich an. Zumindest sah es aus meiner Perspektive so aus, als lächelte er. Ich lächelte zurück und klopfte reflexhaft auf eine freie Stelle neben mir. Rex nahm die Einladung ohne zu zögern an. Er rollte sich zu einer kleinen Fellkugel zusammen. Automatisch legte ich meine Hand auf seinen Rücken und streichelte ihn. Er tat mir auch leid. Mehr noch als der Elias. Er hatte sein Frauchen verloren und dank meines Einsatzes und der Kraft des Jupps auf unbestimmte Zeit auch kein Herrchen mehr.

Wobei sich ja noch die grundsätzliche Frage stellte, wo das Herrchen die unbestimmte Zeit verbringen würde. Die Sache mit meinem Keller konnte auf Dauer keine Lösung sein. Darüber war ich mir durchaus im Klaren. Aber was sollte ich mit ihm machen?

Ich spürte, wie mir die Augen zufielen. Rex knurrte ganz leise und bewegte seine Pfoten. Ich betrachtete ihn. Er schlief bereits. Träumte er? Ich zog die Bettdecke über mich und den Hund und schloss die Augen.

Kapitel 6

Diese ganze Sache beschäftigte mich doch mehr, als ich zugeben wollte. Mitten in der Nacht wurde ich von wilden Träumen wach, in denen tote Lauras mit und ohne Unterwäsche durch meinen Laden spazierten, sich mit Frau Krause um singende Fußmatten stritten und der Elias völlig unvermittelt mit Weihnachtsmannhose, Bommelmütze und freiem Oberkörper bekleidet vor mir stand und mich anstrahlte. Im Traum musste ich wohl zurückgestrahlt haben, denn ich spürte das Lächeln in meinen Mundwinkeln, als ich aufschreckte.

Rex schlief in der gleichen Haltung, in der er von mir zugedeckt worden war, zusammengerollt unter der Decke. Er hob nur kurz den Kopf, blinzelte schläfrig und pennte weiter. Ich beneidete ihn. Ich hasste es, wenn ich zu wenig Schlaf bekam. Zu wenig Schlaf machte mich unkonzentriert und uneffektiv. Das bleierne Gefühl schleppte ich dann den ganzen Tag mit mir herum und war abends zu müde, um ins Bett zu gehen. Bevor ich meinen Hauptwohnsitz im »Kling und Glöckchen« aufgeschlagen hatte, endeten solche Abende oft auf dem Sofa vor dem Fernseher. Natürlich schlief ich dort irgendwann ein, aber das Sofa war ein sehr kurzes und sehr hartes Sofa, und mein Rücken ähnelte am nächsten Morgen vom Gefühl her einem Brett.

Dieser Gefahr setzte ich mich in meinem aktuellen Domizil mangels Sofas zwar nicht aus, aber meine neun Stunden Nachtruhe waren mir trotzdem heilig. Zweimal schloss ich die Augen, in der Hoffnung, den letzten Zipfel Schlaf wieder zu erhaschen und mich von ihm mitziehen zu lassen. Zweimal entwischte er mir. Von einem dritten Versuch nahm ich Abstand. Es machte einfach keinen Sinn mehr.

Ich griff nach meinem Handy. Das Display schleuderte mir in grellem Grün die Uhrzeit entgegen: vier Uhr dreißig. Ich hätte also noch gut zwei Stunden selig schlummern können. Aber es half ja nichts. Seufzend rollte ich mich auf die Seite, schlängelte mich um den schnarchenden Hund herum und stand auf. Rex öffnete diesmal nur kurz ein Auge. Ihm fehlte definitiv die Motivation, schon aufzustehen, was für mich bedeutete, nicht mit ihm rauszumüssen, ein Vorteil, da ich darauf um diese Zeit wirklich keine Lust hatte. Ich zog mir eine Strickjacke über meinen Frotteeschlafanzug und ging in unsere kleine Kaffeeküche. Wenn schon nicht schlafen, dann wenigstens richtig wach. Ich setzte eine Kanne Kaffee auf, hockte mich auf den Schreibtischstuhl und beobachtete mit hochgezogenen Beinen, wie die braune Flüssigkeit langsam aus dem Filter tropfte.

Meine Gedanken kreisten um den Traum. Ich musste zugeben, dass mich der Anblick von Elias in diesem spärlichen Weihnachtsoutfit nicht kaltgelassen hatte. Aber, so rief ich mir ins Gedächtnis, es war ein Traum. Die Realität sah anders aus. Ganz anders. Ich versuchte mir vorzustellen, wie alles abgelaufen war.

Da gab es die Unterwäsche-Laura in Elias' Wohnung. Vielleicht hatte sie auch etwas mit ihm gehabt? Vielleicht hatte sie ihn verführen wollen. Mit einem Striptease? Der Mantel und die Unterwäsche waren ziemlich eindeutig. Aber wieso hätte er sie dann umbringen sollen? So schlecht sah sie nun wirklich nicht aus.

Was, wenn die Unterwäsche-Laura nicht wegen Elias, sondern wegen der anderen Laura dort gewesen war? Auf dem Bild in der Wohnung hatten sie sich geküsst. Was an sich nichts Ungewöhnliches war. Viele Freundinnen küssten sich. Ich persönlich hätte das immer abgelehnt, falls ich in die Situation gekommen wäre. Nicht weil ich nicht von einer Frau hätte geküsst werden wollen, sondern grundsätzlich. Diese ganze Küsserei aus Spaß war mir suspekt. Unabhängig davon, wer wen küsste. Man küsste als Kind seine Eltern, seinen Partner zu Beginn, wenn die Beziehung noch frisch war, und seine Kinder, wenn sie sich nicht wehrten. Das sollte ausreichen.

Wenn die Lauras aber mehr als nur Freundinnenküsse ausgetauscht hatten? Wenn die eine tote Laura die andere mit ihrer roten Unterwäsche hatte bezirzen wollen? Und die andere tote Laura sich auch hatte bezirzen lassen? Ich malte mir aus, wie der Elias nach getaner Arbeit fröhlich nach Hause kam, sich auf einen netten Abend mit seiner Laura freute und dann Zeuge der Verführungsszene wurde. Wie weit waren die beiden bis dahin wohl schon gekommen? Ohne mir Details ausmalen zu wollen, konnte ich mir Elias' Entsetzen und seine Wut, als er die beiden in flagranti erwischte, gut vorstellen. Wer lässt sich schon gern von seiner Freundin betrügen? Und aufbrausend war der Elias ja durchaus. Das hatte er mit den umstürzenden Regalaufbauten bewiesen.

Ich drehte mich ein paarmal mit dem Stuhl um meine eigene Achse, mich dabei immer wieder mit der Hand an der Schreibtischkante abstoßend. Das half mir, mich zu konzentrieren. Dann stand ich leicht schwankend auf, nahm eine Tasse in Elchkopfform und schüttete den fertigen Kaffee hinein. Müde pustete ich auf die heiße Oberfläche, trank einen Schluck und verbrannte mir die Zunge. Das hatte einen ähnlichen Effekt wie das Koffein. Es machte mich wacher.

Wie konnte es abgelaufen sein? Elias betritt die Wohnung, sieht, was er nicht sehen will, es kommt zum Streit. Elias erschlägt die Unterwäsche-Laura, seine Laura kann mit ihrem Hund fliehen, schafft es aber nur bis zu uns in den Hinterhof. Die Wohnung lag wirklich nur ein paar hundert Meter vom »Kling und Glöckchen« entfernt. Ich stellte mir vor, wie die Laura aus dem Haus und die Straße hinunterrennt. Sie läuft und läuft, den Hund in der Handtasche fest an sich gepresst, immer mal wieder angsterfüllt hinter sich blickend wie in einem schlechten Film. Vor lauter Panik kam ihr vermutlich nicht einmal der Gedanke, Hilfe zu holen. Vielleicht hat sie auch um Hilfe gerufen, aber niemand hat sie gehört. Oder hören wollen. Das kennt man ja. Die Leute verschließen die Augen und Ohren und tun so, als ob nichts wäre. Als die Laura unsere dunkle Einfahrt erreicht, will sie sich verstecken. Die nächste Straßenleuchte steht weit weg. Ein flüchtender Mensch könnte hier durchaus Schutz in der Dunkelheit finden. Aber es gelingt nicht. Sie wird von Elias gestellt, es gibt ein Gerangel, und er bringt sie ebenfalls um. Das würde auch die zerstörte Ordnung der Mülltonnen und den Halsbandfund erklären. Wenn es um Leben und Tod ging, achtete man nicht so sehr auf sein Haustierzubehör. Als die Laura sich nicht mehr rührt, nimmt Elias den Hund wieder mit zu sich in die Wohnung. Er ist ja kein Unmensch. Nur ein Mörder.

Ich trank erneut einen Schluck Kaffee. Diesmal klappte es ohne Verletzungen. Ja. So könnte es gewesen sein.

Frau Olga hatte mich gelehrt, immer vom Schlechten im Menschen auszugehen.

»So bist du gewappnet, Dianne, und niemand kann dich verletzen oder enttäuschen.«

Ich hatte ihren Rat stets beherzigt, und sie hatte bisher kontinuierlich recht behalten. Außer was Irmgard Kling anging. Die hatte nichts Schlechtes an sich gehabt, sondern eine Menge guter Laune und Spaß am Leben. Kurz stellte ich mir vor, wie es wohl gekommen wäre, wenn sich die Umstände nicht so unglücklich gegen Irmgard Kling verkettet und Fallstricke aufgestellt hätten. Wären wir auf Dauer so etwas wie Freunde geworden? Oder gar eine Art Familie? Zwei Frauen aus zwei Generationen, aber mit der gleichen Leidenschaft für Weihnachtsdekoration? Wer weiß, vielleicht hätte sie mir das »Kling und Glöckchen« irgendwann verkauft und sich zur wohlverdienten Ruhe gesetzt? Ich ertappte mich dabei, wie ich seufzte. Ich hätte es ihr und irgendwie auch mir gegönnt.

Ein Geräusch riss mich aus meinen Gedanken. Klopfte es da nicht wieder aus dem Keller? Ich lauschte. Tatsächlich. Ein regelmäßiges Klopfen ließ den Schluss zu, dass auch der Elias nicht zu den Langschläfern gehörte. Wobei man ihm zugutehalten musste, dass er gezwungenermaßen sehr früh zu Bett gegangen war.

Als Jupp, den ich zu meinem ständigen Begleiter auserkoren hatte, und ich mit einer Flasche Wasser den Keller betraten, bestätigte sich meine Vermutung. Der Elias war so wach wie nach dem Sonntagmorgenausschlafen. Für ihn mochte es sich sogar völlig normal anfühlen, denn er trug keine Uhr und hatte hier unten auch keine Möglichkeit, anderweitig die Tageszeit zu erfahren. Das kleine Fenster knapp unter der Decke des Kellerraumes ließ selbst tagsüber kaum Licht herein, und die Winterdämmerung tat ihr Übriges dazu.

So wie er da lag, hätte es wirklich irgendein Sonntagmorgen nach einer unterhaltsamen Nacht sein können. Nur der Geweihknebel und die Kabelbinder störten das Bild. Ich hatte beides selbstverständlich kontrolliert, bevor ich ihn das letzte Mal verlassen hatte.

Der Elias rollte mit den Augen, wackelte heftig mit dem Kopf und versuchte, sich den Knebel durch heftiges Reiben seines Kinns an der Schulter aus dem Mund zu ziehen. Ein Stück weit konnte ich ihn verstehen. Vermutlich war das Teil mittlerweile komplett durchweicht.

»Wenn du mir versprichst, nicht zu schreien, nehme ich dir das Geweih ab«, bot ich ihm an. Sofort hörte er mit der Ruckelei und Schubberei auf und nickte heftig.

Ich ging zu ihm, löste den Knoten und befreite ihn. Er schnappte nach Luft, spuckte und leckte sich mit der Zunge über die Lippen. Ich öffnete die Wasserflasche und hielt sie ihm an die Lippen. Er trank gierig, setzte ab, schnappte wieder nach Luft und trank dann weiter. Er war wirklich sehr durstig. Irgendwann musste die ganze Flüssigkeit sicher auch wieder aus ihm heraus. Darüber, wie ich dieses Problem lösen sollte, würde ich mir dann Gedanken machen, wenn es so weit war.

Nach den letzten Schlucken schüttelte er sich. Er sah nicht mehr ganz so verknittert aus. Sogar sein Lächeln war, wenn auch immer noch etwas verbeult, wieder da.

»Danke und guten Morgen.«

»Es ist noch mitten in der Nacht.«

»Habe ich dich geweckt?« Sein Ton war sehr freundlich. Das machte mich misstrauisch. Und warum konnte er auf einmal in ganzen Sätzen reden?

»Nein.«

»Also …« Er verstummte. Aha. Das klang schon vertrauter. Vielleicht musste das Wasser auch seine letzten Gehirnzellen erreichen, bevor er wieder er sein konnte.

»Also das von gestern … Sorry.«

»Was ›Sorry‹? Der Überfall? Deine Fesselaktion? Das Durcheinander im Laden? Der Hund?«

»In dieser Reihenfolge.«

»Okay.« Ich wusste nicht so genau, was ich darauf antworten sollte. Er hatte sich entschuldigt. Aber damit war die Sache nicht durch. Es ging schließlich um mehr als nur eine zertrümmerte Weihnachtskugel. Auch wenn das allein schon schlimm genug wäre. Ich drehte mich um und ging zur Tür. Ich würde einen neuen Knebel besorgen müssen. Die eingespeichelte Geweihmütze wollte ich nicht noch einmal anfassen müssen. Stattdessen könnte eines der Motivgeschirrtücher in Verbindung mit einem der Wichtelwaschlappen für diesen Zweck herhalten. Allerdings sollte ich die Geweihmütze zum Trocknen aufhängen. Denn schließlich wollte ich nicht das gesamte Inventar des Ladens verschwenden.

»Warte.«

»Worauf?« Ich blieb stehen und sah ihn über meine Schulter hinweg an.

»Geh nicht.« Er sagte es in dem Ton, den ich mir von einem der One-Night-Stands gewünscht hätte, zu denen ich mich hatte hinreißen lassen. Zugegebenermaßen waren es nicht viele gewesen. Genau genommen nur drei in fünf Jahren. Und bei einem davon war ich froh, dass wir in seiner und nicht in meiner Wohnung gelandet waren, denn dadurch hatte ich den Irrtum bereits festgestellt, noch bevor wir in seinem Bett landeten. Ein Blick in sein Badezimmer hatte mir gereicht, um fluchtartig die WG zu verlassen. Der zählte also eigentlich gar nicht. Beim zweiten hatte ich meinen Fehler erst bemerkt, als es schon zu spät gewesen war. Nur der dritte, der war ein voller Erfolg gewesen, und ich hätte mir gewünscht, mit ihm mehr als nur Körperflüssigkeiten auszutauschen. Worte zum Beispiel. Oder auch Telefonnummern. Aber er hatte am nächsten Morgen nur schlaftrunken die Hand gehoben, ohne sein Gesicht aus dem Kissen zu heben, als ich seine Wohnung verließ.

Der Elias nutzte mein Zögern aus. »Willst du wissen, was passiert ist?«, fragte er.

»Nachdem oder bevor du die Lauras umgebracht hast?«

»Das war keine Absicht. Sie hatte ... Das war ein –« Er brach ab und starrte mich an. »*Die* Lauras?«

»Ich war in deiner Wohnung.«

»Dann weißt du ja Bescheid.«

»Das kann man so ausdrücken. Wenn man mit ›Bescheid wissen‹ meint, dass du zwei Frauen umgebracht hast.«

»Aber es ist nicht so, wie es aussieht.«

»Das sagen sie alle.« Ich ging einen weiteren Schritt in Richtung Tür. Was tat ich hier überhaupt?

»Ich habe Sophia nicht umgebracht!« Ein ganzer Satz. Und mit Sophia war sicherlich die Unterwäsche-Laura gemeint. Er sprach hastig weiter. »Als ich nach Hause kam, stand Laura über Sophia gebeugt, schrie wie am Spieß und hielt ihren Hals umklammert. Sophia war schon ganz schlapp und leblos. Ich wollte Laura davon abhalten, sie umzubringen, und habe ebenfalls geschrien. Bin zu ihr hin, hab sie von Sophia weggerissen. Laura ist total panisch geworden, sie hat versucht, sich von mir loszureißen, um wieder zu Sophia zu kommen. Sie brüllte, trat und schlug nach mir. Erst als ich sie regelrecht von ihrer Schwester weggestoßen habe, hat sie sich ihren Hund geschnappt und ist losgerannt. Ich natürlich hinterher. Hab gerufen, sie soll stehen bleiben. Ist sie aber nicht. Sie rannte immer weiter. Bis zur Einfahrt in euren Hinterhof. Stockdunkel war es da. Ich bin ihr gefolgt. Hab selbst kaum etwas gesehen und versucht, nach ihr zu greifen. Dabei muss ich sie gestoßen haben. Es hat laut gescheppert. Sie schrie auf, und dann war es auf einmal still.«

Ich wandte mich ihm wieder zu. Was er sagte, machte mich neugierig. Seine Version war so ganz anders als die, die ich mir ausgemalt hatte. Nicht er hatte Sophia und Laura umgebracht, sondern Laura erst Sophia und dann er Laura, aber anscheinend aus Versehen. Er redete weiter, und das in einem Tempo, als müsste nun alles auf einmal aus ihm heraus.

»Als ich sie mit der Handylampe anleuchtete, lag sie ganz ruhig auf dem Boden und bewegte sich nicht mehr. Rex hatte sich aus der Tasche befreit und sprang um sie herum. Er kläffte und knurrte. Ich hatte Angst, dass er alle aufwecken würde. Also habe ich ihn und die doofe Tasche einfach geschnappt und bin weg.« Er sah mich an. »Ich meine, kannst du das verstehen? Ich war komplett panisch.«

Ich schwieg. Was erwartete er von mir zu hören? Alles klar, versteh ich, so ein kleiner Mord passiert mir auch immer mal wieder, kein großes Ding, mach dir keine Sorgen?

»Dabei hast du dann das Halsband verloren?«

Er nickte. »Das ist mir aber erst später aufgefallen.«

»Als du wieder zu Hause warst.«

»Ich bin nicht nach Hause gegangen. Ich bin durch die Stadt gelaufen und habe versucht, einen klaren Gedanken zu fassen.«

»Der darin bestand, dass du hier aufgelaufen bist und mich überfallen hast.«

»Das tut mir wirklich leid. Das war ein großer Fehler.«

Ich verschränkte die Arme vor der Brust. Fast war ich versucht, ihm zu glauben. Es war aber auch wirklich mitleiderregend, wie er da so in seinen Fesseln hing. Wäre da nur nicht dieses kleine Detail gewesen.

»Du lügst.«

Er runzelte die Stirn.

»Du sagst, Laura hätte Sophias Hals umklammert, als du nach Hause gekommen bist.«

»Das hat sie. Mit beiden Händen.« Seine Handgelenke zuckten in den Fesseln. Wenn sie frei gewesen wären, hätte er es mir jetzt sicher demonstriert.

»Sophia wurde aber nicht erwürgt.«

»Aber ich habe es gesehen.«

»Wenn man jemanden erwürgt, hat der aber keine blutige Kopfverletzung.«

Ich hätte jetzt erst einmal etwas Zeit gebraucht, um über alles nachzudenken. Aber die war mir nicht vergönnt. Der Laden musste für den Tag vorbereitet und der Hund ausgeführt werden. So blieb mir kaum Zeit für eine weitere Tasse Kaffee, bevor die ersten Kunden kamen.

Hildegard Sonius hatte in der letzten Zeit bereits Fensterbilder und eine erstaunliche Anzahl kleiner Schneemannfiguren erstanden und dabei immer sehr nett mit Irmgard Kling geplaudert. Irmgard hatte Frau Sonius gemocht. Ganz im Gegensatz zu Waltraud Krause, die nach dem Betreten des Ladens mit einem gesäuselten »Ich schaue mich ein bisschen um« hinter den Regalen verschwand. Hildegard Sonius hingegen wartete geduldig, bis ich einen weiteren Kunden fertig bedient hatte. Sie kam heute mit einem besonderen Anliegen.

»Ich brauche einen neuen Josef. Unserer ist kaputtgegangen.« Sie rückte ihre rote Brille zurecht. »Wissen Sie«, fuhr sie fort, »unsere Krippe mit den großen Figuren mögen wir ganz besonders. Wir lassen sie wandern.«

»Wandern?«

»Ja. Wandern. Wir verteilen die Figuren im Raum, und je näher Weihnachten rückt, umso näher stellen wir sie an die Krippe ran.«

»Und jetzt ist Ihr Josef weg.«

»Kaputt. Nicht weg. Er ist runtergefallen und nun der kopflose Josef.« Sie schaute sich im Laden um.

»Das tut mir leid«, sagte ich und meinte es auch so. Was für eine schöne Idee, die Deko zum Leben zu erwecken.

»Hier. Meine Figuren sind wie diese.« Sie zeigte auf die Jupp'sche Restfamilie. »Haben Sie davon auch noch den Josef?«

Ich schüttelte stumm den Kopf. Der Jupp leistete mir gute Dienste und fungierte als eine Art Leibwächter. Den konnte ich unmöglich weggeben.

»Wie schade.« Sie fuhr sich mit der Hand durch ihr kurzes Haar. »Bekommen Sie denn noch neue Ware?«

Ich nickte. »Beinahe täglich.« Ich schob die Rolle mit dem Klebeband einmal von rechts nach links und wieder zurück.

»Ich kann auch versuchen, einen für Sie zu bestellen.« Ich wusste nicht, ob meine Bemühungen mit Erfolg gekrönt sein würden, aber probieren konnte ich es ja mal. Dazu musste ich mich zunächst in Irmgard Klings Unterlagen einarbeiten.

Hildegard Sonius bedankte sich nett, erstand noch eine Packung Räucherkerzen für ihre Räuchermännchensammlung und ging mit den Worten, sie werde bald noch einmal nachfragen kommen.

Die Klingglockenschelle über der Eingangstür bimmelte noch einige Sekunden, nachdem sie die Tür geschlossen hatte. Dann war es still. Ich atmete durch und schloss die Augen. Welche Wohltat.

Im Büro fiel krachend etwas um. Es klang blechern.

Ich zuckte zusammen. »Rex!«

Wie um Himmels willen konnte ein so kleiner Hund einen so großen Lärm veranstalten?

Ich lief nach hinten. Rex hockte neben einer umgefallenen Replik einer alten Coca-Cola-Reklame, einem Blechschild mit dem typischen rotwangigen und rotnasigen Weihnachtsmann. Der hielt eine Colaflasche in der Hand und hatte den Zeigefinger vor die gespitzten Lippen gelegt. Sei still, sollte das heißen. Verrat mich nicht. Für mich sah es eher so aus, als wollte er von niemandem verraten wissen, dass sich in seiner Flasche neben der braunen Brause auch noch eine gehörige Portion Hochprozentiges befand.

Ich hob das Schild auf. »Nichts passiert. Alles okay, Rex«, beruhigte ich den Hund, der immer noch ein wenig schuldbewusst um mich herumwedelte. Ich beugte mich zu ihm hinunter, nahm ihn auf den Arm und stutzte. Woher kam der kalte Windzug?

Mein Blick fiel auf die Tür zum Keller. Sie stand offen. Seltsam. Und noch etwas irritierte mich. Wo war eigentlich Frau Krause? Ich konnte mich nicht daran erinnern, dass sie gegangen war.

Kapitel 7

Die Kellertreppe lag im Dunkeln. Die Situation erinnerte mich an den Morgen vor wenigen Tagen, als ich Irmgard Kling dort unten liegend fand. Was, wenn Waltraud Krause nun ebenfalls die Stufen hinuntergefallen und dabei zu Tode gekommen war? Das wäre nicht gut. Gar nicht gut. Noch übler hingegen war die Vorstellung, dass sie die Treppe heil hinuntergelangt war und den Elias dort unten gefunden hatte. Oder – ganz besonders schlecht – Irmgards vorerst letzte Ruhestätte. Ich war mir zwar sehr sicher, die Tür abgeschlossen und sie nach Elias' Randale-Aktion sogar erneut kontrolliert und den Schlüssel in einer der Wandnischen im Keller versteckt zu haben. Aber man wusste ja nie.

Diese Möglichkeit erschreckte mich insofern, als dass ich mir dann zwangsläufig etwas einfallen lassen müsste, wie ich im Weiteren mit ihr verfahren sollte. Gut. Sie war alt. Aber das war kein Argument und erst recht keine Entschuldigung für die Richtung, die meine Gedanken kurzzeitig einschlugen. Nein. Auf keinen Fall. Nur weil ich eine Leiche und einen Gefangenen im Keller hatte, war ich noch lange keine skrupellose Verbrecherin. Ich musste ein wenig mehr auf meine Gedanken achtgeben. Die Geschehnisse hatten einen schlechten Einfluss auf sie. Vielleicht hatte ich ja Glück, das Ganze war nur ein Irrtum, und Waltraud Kruse hatte sich gar nicht in meinen Keller geschlichen.

Ich streckte meine Hand nach dem Lichtschalter aus und schloss die Augen. Es klickte, hinter meinen Lidern wurde es hell. Ich öffnete die Augen. Die Stelle am Fuß der Treppe war leer. Gut. Oder auch nicht. Wir würden sehen.

Langsam ging ich die Stufen hinunter. Hinter mir hörte ich Rex trappeln. Er überholte mich, lief dicht vor mir her in den Keller, die Ohren nach hinten gedreht, den Schwanz auf Halbmast. Im ersten Teil des Gangs, den ich vom Fuß der Treppe aus überblicken konnte, war niemand und die Tür zu Elias' Abteil geschlossen. Irmgard Klings Ruheraum lag allerdings am Ende des Flurs, der um eine Ecke verlief. So leise wie möglich bewegte ich mich vorwärts. Irgendetwas störte mich, aber ich konnte nicht genau sagen, was es war. Falls Waltraud Kling hier unten war, hatte ich sie durch das Licht bereits gewarnt, aber vielleicht konnte ich sie trotzdem noch überraschen, wenn ich mich leise genug anschlich. Aus meiner persönlichen Erfahrung mit Frau Olga wusste ich um den Vorteil, den man dadurch erlangte. Die Chance, eine ehrliche Antwort zu bekommen, war umso größer, je unerwarteter die Konfrontation erfolgte.

Ich erreichte die Biegung und spähte vorsichtig um die Ecke. Nichts. Dieser Teil des Ganges war ebenfalls leer. Erleichtert richtete ich mich auf. Vielleicht war das Ganze ja falscher Alarm, und Waltraud Krause saß bereits wieder in aller Seelenruhe zu Hause am Fenster und beobachtete unseren Hinterhof. Vorsichtshalber ging ich bis zu Irmgard Klings Tür, drückte die Klinke nach unten und rüttelte daran. Sie war fest verschlossen. Auch der Schlüssel lag noch in der Wandnische oberhalb der Tür, wie ich feststellen konnte, als ich mich auf die Zehenspitzen stellte und danach tastete. Ich entspannte mich.

»Komm Rex. Wir schauen jetzt noch kurz nach dem Elias, und dann gehen wir wieder nach oben. Was meinst du?« Ich lächelte dem Hund aufmunternd zu. Rex wedelte mit dem Schwanz. Der Plan schien ihm zu gefallen.

Ich schob die Tür zu Elias' Kellerraum auf und trat ein. Auf den ersten Blick schien alles in Ordnung zu sein. Der Elias saß mehr oder minder aufrecht an der Wand, die Fesseln nach wie vor links und rechts an seinen Armen.

Was anders war, erkannte ich beinahe zu spät.

»Pass auf!« Seine Stimme klang trocken und heiser. Er war nicht mehr geknebelt. Rex fing an zu kläffen, und ein angestrengter Laut explodierte neben meinem Ohr. Instinktiv bückte ich mich und sprang gleichzeitig zur Seite. Keine Sekunde zu früh, denn aus den Augenwinkeln sah ich etwas dickes Rotes neben mir zu Boden krachen. Unser Feuerlöscher. Das war es, was mich eben gestört hatte, ohne dass ich es hätte benennen können. Die Halterung neben der Kellertür war leer gewesen. Wenn ich mich da bereits gefragt hätte, wo der Feuerlöscher abgeblieben war, hätte ich jetzt die Antwort. Waltraud Krause hatte ihn abgenommen und vor zwei Sekunden versucht, mich damit zu erschlagen. Erstaunlich, wie fit sie war. So ein Teil wiegt doch sicher zehn Kilo. Und dieses Gewicht über Kopfhöhe zu stemmen, hätte ich der alten Frau eher nicht zugetraut. Wie man sich irren konnte. Allerdings schien damit ihre Kraft auch am Ende zu sein. Keuchend und vornübergebeugt stand sie neben der Tür, ihre Hände an den Bauch gepresst.

»Was um Himmels willen machen Sie da?«, schrie ich sie an und trat mit der Ferse gegen den Feuerlöscher. Der rollte metallisch scheppernd zur Seite. Waltraud Krause richtete sich langsam auf.

»Ich wusste, dass etwas nicht stimmt.« Sie klang angestrengt. Trotzdem hörte ich den Triumph in ihrer Stimme. »Ich habe Sie schon länger in Verdacht, dass Sie Irmgard etwas angetan haben. Deswegen habe ich mich in Ihren Keller geschlichen, um nachzuschauen.« Sie zeigte anklagend auf Elias. »Auch wenn ich Irmgard noch nicht gefunden habe – das da spricht Bände.« Sie machte einen Schritt auf den Elias zu. »Sie sind eine Verbrecherin, die sich hier eingeschlichen hat. Hintergehen meine Freundin Irmgard aufs Übelste. Eine Erbschleicherin sind Sie! Eine Betrügerin und Verbrecherin! Ich werde diesen jungen Mann jetzt befreien, und dann rufen wir die Polizei. Dann werden wir ja sehen, was noch alles ans Tageslicht kommt.«

Ich starrte sie fassungslos an. Unter anderen Umständen hätte ich ihren Auftritt bewundert. In diesem Alter noch so viel Energie und Durchsetzungskraft zu haben, verdiente Respekt. Frau Olga hatte auch in diesem Punkt wieder recht behalten. Das Datum im Personalausweis sagt nichts über die Verfassung des Menschen aus. Man kann mit vierzig alt und mit neunzig jung sein. Waltraud Krause gehörte überraschenderweise zur zweiten Gruppe. Und sie hatte ein ungeheures Selbstbewusstsein oder verfügte über Risikobereitschaft. Je nachdem, wie man das betrachtete. Es gehörte schon einiges dazu, sich so einer Situation auszusetzen. Denn wenn sie mich wirklich für kriminell hielt, musste sie doch damit rechnen, von mir angegriffen zu werden. Aber das schien sie nicht zu kümmern. Was ein Problem war. Wenn sie Elias befreien und die Polizei rufen würde, hätte ich in der Tat eine Menge zu erklären.

Fieberhaft suchte ich nach einer Möglichkeit, mich aus dieser Lage zu befreien. Ich könnte sie überwältigen und ebenfalls fesseln und in meinem Keller festsetzen. Das wäre zwar auch keine Lösung auf Dauer, würde mir aber etwas Zeit verschaffen. Ich machte einen Schritt auf sie zu. Waltraud Krause wich zurück.

Unvermittelt brach der Elias in lautes Lachen aus. Waltraud Krause und ich schauten ihn beide verdutzt an.

»Aber Schatz«, er lachte weiter und strahlte mich dabei an. »Meinst du nicht, dass es Zeit ist, die freundliche alte Dame aufzuklären?«

Nein. Dieser Ansicht war ich ganz und gar nicht. Waltraud Krause mit der Wahrheit zu konfrontieren, wäre ganz im Gegenteil wenig hilfreich bis desaströs. Und »Schatz«? Wieso nannte er mich »Schatz«? Aber noch ehe ich etwas erwidern konnte, plauderte er schon munter weiter, als stünden wir in loser Small-Talk-Runde auf einer Firmenweihnachtsfeier.

»Das ist unser geheimes Spiel, verstehen Sie?« Er zwinkerte Waltraud Krause zu.

»Ein Spiel?« Sie verstand nicht. »Was soll das denn für ein Spiel sein?«

»Nun ja.« Er grinste anzüglich. »Ein Fesselspiel eben.«

»Fesselspiel?«

»Sex. Es geht um Sex.« Er rekelte sich genüsslich in seinen Fesseln. »Ich bin nicht gefangen. Ich bin freiwillig hier.«

»Sex?« Waltraud Krause schaute von ihm zu mir und musterte mich von oben bis unten. Ich spürte, wie ich rot anlief.

»Ja. Uns macht das Freude. Und es gibt keinen Grund zur Beunruhigung. Nicht wahr, Schatz?« Jetzt lächelte er mich auffordernd an, und ich fühlte, wie meine Ohren noch röter wurden, als sie ohnehin schon waren. Das nahm jetzt einen gänzlich unerwarteten Verlauf. Ich nickte heftig, wusste aber immer noch nicht, was ich sagen oder wie ich reagieren sollte.

»Und das soll ich Ihnen glauben?« Waltraud Krause war anscheinend nicht nur erstaunlich fit, sondern auch geistig voll auf der Höhe.

»Natürlich.« Er lächelte wieder in meine Richtung. Diesmal sehr liebevoll. Es dauerte einen Moment, bis ich begriff, was ich nun zu tun hatte. Ich nickte, drehte mich um und rannte die Treppe hinauf ins Büro. Die Schere lag auf dem Schreibtisch. Ich griff danach und ging wieder zurück in Richtung Keller. Kurz hielt ich inne. Wäre es nicht das Einfachste, die Tür abzuschließen, die beiden ihrem Schicksal zu überlassen und das Weite zu suchen? Aber was hätte ich damit gewonnen? Früher oder später würden sie sich befreien, und meine Schwierigkeiten gingen erst richtig los. Nein. Warum auch immer Elias sich so verhielt, wie er sich gerade verhielt, für den Moment war es das Beste. Den Rest würden wir später klären. Ich atmete tief ein und lief die Treppe hinunter.

Die Situation im Keller hatte sich nicht verändert. Waltraud Krause stand an der gleichen Stelle wie zuvor. Sie hatte nicht versucht zu fliehen. Vielleicht war sie von der Fesselsexnummer zu geschockt. Oder vom Kopfkino überwältigt. Vielleicht wollte sie sich auch bloß davon überzeugen, dass der Elias die Wahrheit erzählte.

Ich ging zu ihm und beugte mich über ihn.

»Ich habe die Schere fest im Griff«, zischte ich leise in sein Ohr, während ich den ersten Kabelbinder durchtrennte, und sah ihn scharf an. Ich traute ihm nicht, musste aber sein Spiel mitspielen, auch wenn es mir nicht gefiel. Der zweite Kabelbinder fiel zu Boden. Der Elias rieb sich die Handgelenke und bewegte seine Schultern. Sein erster Versuch, aufzustehen, scheiterte. Er hatte zu lange in der gleichen Haltung ausharren müssen. Ich griff ihm unter die Arme und half ihm hoch. Er legte einen Arm um meine Schultern. Ich rümpfte die Nase. Die Zeit der Gefangenschaft hatte deutliche olfaktorische Spuren an ihm hinterlassen.

Waltraud Krause beobachtete uns mit Argusaugen. Ich schob den Elias neben eines der stabilen Metallregale, damit er sich unmerklich daran festhalten konnte. Dann wandte ich mich Waltraud Krause zu.

»So, Frau Krause. Es ist jetzt Zeit für Sie zu gehen.« Ich baute mich vor ihr auf und hörte hinter mir Frau Olga etwas von »Angriff ist die beste Verteidigung« flüstern. Das war meine Chance. »Sie wollten doch die Polizei rufen. Bitte. Machen Sie das ruhig. Wir können das gleich oben im Büro erledigen und dann gemeinsam auf die Polizisten warten. Die hören sich bestimmt gern die Geschichte an, wie Sie sich hier unerlaubt in unseren Keller geschlichen und in meiner Privatsphäre herumgeschnüffelt haben.«

Waltraud Krause öffnete ihren Mund. Dann schloss sie ihn wieder. Was auch immer ihr auf den Lippen lag, sie schluckte es hinunter. Dann straffte sie die Schultern und richtete sich zu ihrer vollen Größe auf, bevor sie hoch erhobenen Hauptes den Raum verließ und langsam die Kellertreppe emporstieg. Ich folgte ihr. Diesmal wollte ich zu einhundert Prozent sicher sein, dass sie den Laden verlassen hatte.

An der Schwelle drehte sie sich noch einmal zu mir um und musterte mich. Wieder hatte ich den Eindruck, sie wolle etwas sagen, und wieder schwieg sie. Eine seltsame Frau war das, diese Waltraud Krause. Ich konnte mich des Eindrucks nicht erwehren, dass ich sie noch nicht endgültig los war.

Kaum hatte ich die Tür hinter ihr geschlossen und das »Bin gleich wieder da«-Schild geradegerückt, rannte ich wieder in den Keller. Wenn das so weiterging, würde ich bald jeden Treppenmarathon mitlaufen können.

Elias lehnte noch an der gleichen Stelle des Regals, an der ich ihn vorhin geparkt hatte. Er hatte keinen Fluchtversuch unternommen und machte auch keine Anstalten, mich anzugreifen. Ob aus Unfähigkeit, weil er sich nach der langen Zeit in der reglosen Haltung nicht mehr bewegen konnte, oder weil er nicht wollte, musste ich erst noch herausfinden. Bis es so weit war, musste ich sowohl auf der Hut als auch auf alles gefasst sein. Ärgerlich bemerkte ich, dass ich den Jupp oben im Büro vergessen hatte.

»Ist sie weg?«

»Ja.« Ich blieb im Türrahmen stehen.

»Wer war das überhaupt?«

»Waltraud Krause. Eine Kundin.«

»Wieso stand sie auf einmal hier im Keller?«

»Sie hat etwas gesucht.« Ich überlegte. Wie viel wusste Elias von Irmgard Kling? »Was hat sie dir denn gesagt?«, fragte ich misstrauisch.

»Nichts. Oder jedenfalls nicht viel an mich Gerichtetes. Sie stand auf einmal in der Tür, machte große Augen, und dann ist sie auf mich zugestürzt. Hat mir den Knebel runtergerissen und die ganze Zeit davon geredet, dass sie die Polizei holen müsse und dass in diesem Keller sehr seltsame Dinge vorgingen.« Er sah mir direkt in die Augen. »Tun sie das?«

»Was?«

»Passieren hier seltsame Dinge?«

»Nun. Du warst hier unten bis eben an die Heizungsrohre gefesselt. Ich würde das schon seltsam nennen, von außen betrachtet. Nur damit keine Missverständnisse aufkommen, das gehört nicht zu meinen üblichen Gepflogenheiten.« Von seiner Kellernachbarin würde ich ihm ganz sicher nichts erzählen. »Warum hast du das eben gemacht?«

»Was?«

»Mich gewarnt und dann diese Sache mit dem Sex erzählt. Das mit den Fesselspielchen.«

»Du musst zugeben, dass die Idee großartig war.« Ein Grinsen breitete sich auf seinem Gesicht aus, und ohne es zu wollen, erwiderte ich es mit einem Lächeln, wurde aber sofort wieder ernst, als ich das bemerkte. Ich zuckte mit den Schultern.

»Kann sein. Aber warum hast du es gemacht? Sie hätte dich befreit.«

»Sie hätte die Polizei gerufen, und die hätte mich befreit.« Er stieß sich vom Regal ab und kam langsam auf mich zu. Ich trat einen Schritt zurück. Zu meinem großen Erstaunen ging er, als er meine Reaktion bemerkte, zurück zu der Stelle, an der ich ihn an die Rohre gefesselt hatte, und setzte sich. »Um mich im Anschluss direkt wieder festzusetzen.« Er massierte seine Handgelenke und senkte den Kopf. »Ich hatte hier unten ziemlich viel Zeit. Je länger ich darüber nachdenke, was mit Laura passiert ist …« Er verstummte.

Ich wartete darauf, dass er weitersprach, aber er blieb stumm.

»… bist du zu der Erkenntnis gekommen, dass es dir leidtut«, schlug ich ihm schließlich als Satzende vor.

»Ja. Also nein. Ich meine, doch.«

»Was jetzt?« Redete er jetzt etwa nur noch wirres Zeug?

»Ich meine, ja, es tut mir leid, aber nein, das war es nicht, worüber ich gegrübelt habe.« Er seufzte und ließ seinen Kopf kreisen, um seine Nackenmuskulatur zu lockern, stoppte mitten in der Bewegung und sah mich an. Seine Miene verriet eine Mischung aus Hoffnung und Angst. »Was ist, wenn sie gar nicht tot war?«

»Aber du hast gesagt, sie hätte absolut reglos dagelegen.«

»Hat sie.« Er nickte.

»Hast du nicht nachgesehen?«

Er schüttelte den Kopf.

»Du bist nicht zu ihr hingegangen?« Das Kopfschütteln wurde heftiger. »Hast sie nicht berührt? Versucht, ihren Atem zu hören?«

»Nein. Nichts davon.«

»Du bist dir also nicht sicher?«

»Sie sah so tot aus.« Den letzten Satz flüsterte er nur noch.

Ich überlegte. Wenn das, was er sagte, stimmte und nicht er die Unterwäsche-Laura umgebracht hatte, und wenn man in Betracht zog, dass der Tod der anderen Laura zu dem Zeitpunkt, als sie sich in unserem Hof zwischen die Mülltonnen legte, nicht zu hundert Prozent gesichert war, war der Elias genauso wenig ihr Mörder, wie ich der meiner toten Ex-Chefin im Nebenraum war. Oder übersah ich etwas? Die Unterwäsche-Laura war nicht nur von ihrer Schwester gewürgt worden, wie der Elias behauptete, sondern hatte auch eine Kopfwunde, die ich selbst gesehen hatte. Ich wusste nicht, ob die Unkenntnis darüber für oder gegen den Elias sprach. Hatte die Hof-Laura die Unterwäsche-Laura geschlagen, bevor sie ihr an die Gurgel gegangen war? Stammte daher die Kopfwunde? Oder belog mich der Elias schlicht und ergreifend von vorne bis hinten?

Waren ihm so viel Absicht und Hinterlist überhaupt zuzutrauen? Die Aktion mit Waltraud Krause könnte eine wohlüberlegte Methode gewesen sein, um mein Vertrauen zu erschleichen. Ich entschied mich dagegen. Es war ein gewaltiger Unterschied, ob man der absichtliche Verursacher einer Leiche war oder eben nicht. Und in dieser Hinsicht hatten wir mehr Gemeinsamkeiten, als mir lieb war. Wie gesagt: Wenn es stimmte. Ich traute ihm nicht, aber wir waren wie zwei Christbaumkugeln in einem Karton. Wenn die Kiste fiele, wären wir beide kaputt.

»Und jetzt?«, fragte er unvermittelt in die Stille des kalten Kellers hinein. »Was machen wir jetzt?«

Kapitel 8

»Wir«. Was machen »wir« jetzt? Ich zuckte zusammen und spürte, wie in meinem Inneren etwas wie eine Wunderkerze zu zischen begann. »Wir«. Wie lange hatte ich dieses Wort schon nicht mehr von einem anderen im direkten Zusammenhang mit meiner Person gehört? Spontan fiel es mir nicht ein. Ich musste sehr lange nachdenken und in die Vergangenheit zurückgehen. Bei meinen Eltern hatte es nur »dein Vater« und »deine Mutter« und ein »ich und er und du« gegeben, niemals ein »wir«. Frau Olga hatte dieses »wir« wie eine Krankenschwester in schlechten Filmen gebraucht. Wie geht es *uns* denn heute? Haben *wir* denn heute schon etwas gegessen? Waren *wir* denn heute fleißig? Niemals wäre ihr ein »wir« als Zeichen unserer Gemeinschaft oder einer möglicherweise bestehenden Nähe über die Lippen gekommen.

In der Schule war ich immer nur die gewesen, die auch dabei war. Die nicht störte und deswegen mitdurfte. Die aber nie bei der Planung einbezogen und »Was machen wir denn heute Abend?« gefragt wurde.

Elias' Frage beinhaltete alle Facetten eines »wir«. Gemeinsamkeit, Absprachen, Gleichberechtigung, Rücksicht aufeinander. Aber auch er meinte es wohl nicht unmittelbar auf meine Person bezogen, sondern eher im Hinblick auf unsere aktuelle Situation. Und die war eher ungewöhnlich bis bizarr. Die Wunderkerze in meinem Inneren erlosch mit einem leisen Surren.

»Wir?« Ich zog eine Augenbraue hoch. Diese Geste hatte ich einmal in einem Film gesehen und hoffte, ich würde die gleiche Wirkung damit erzielen wie Angelina Jolie. Eine Mischung aus Ironie, Zynismus und diesem Ich-halte-dich-für-total-grenzdebil-werde-es-aber-nicht-laut-sagen-Ausdruck. »Du wirst hier unten bleiben, und ich werde zuerst die Tür schließen und dann wieder nach oben gehen und den Rest des Tages damit verbringen, schöne Dinge an weihnachtlich gestimmte Menschen zu verkaufen.«

Ich trat nach draußen in den Flur, drehte mich noch einmal um und betrachtete ihn. Mit einem Mal tat er mir leid. Ich holte tief Luft und gab mir innerlich einen Ruck. »Wenn ich den Laden heute Abend zugemacht habe, kannst du raufkommen, aufs Klo gehen und dich duschen.«

Bevor ich es mir anders überlegen konnte, zog ich die Tür zu und drehte den Schlüssel zweimal um. Ich hatte ihm seine Fesseln nicht wieder angelegt und den Hund dagelassen, das musste als Erleichterung für die nächsten Stunden ausreichen.

Die Zeit bis Ladenschluss wollte nicht vergehen, was aber nicht an mangelnder Arbeit lag. Ganz im Gegenteil. Die Leute gaben sich die Klinke in die Hand, die Regale leerten sich, und einmal musste ich sogar in den Keller, um den Vorrat an farbwechselnden Glühweinbechern wieder aufzustocken. Ich nutzte die Gelegenheit und lauschte kurz an Elias' Tür. Alles war still dahinter. Vielleicht schliefen Herr und Hund. Ich widerstand der Versuchung nachzusehen. Der Laden war proppenvoll, und ich konnte nicht so lange hier unten bleiben. Die Leute waren zwar in weihnachtlicher Stimmung, aber deswegen waren sie noch lange keine Engel.

Und richtig. Mein Misstrauen gegenüber der Menschheit wurde bestätigt, sobald ich nach oben kam. Eine kleine Frau, die mir den Rücken zugewandt hatte, war gerade dabei, eine der teuren Weihnachtsteekannen aus Porzellan in ihrer ausgesprochen geräumigen Handtasche zu versenken. Die Tasche war groß genug, um auch den sechs dazugehörigen Bechertassen eine neue, wenn auch illegale Heimat zu geben. Leise trat ich an sie heran und räusperte mich. Ohne auch nur zusammenzuzucken, drehte sich die Frau um und sah mich von unten herauf an.

»Hallo Dianne. Ich wusste nicht, dass du hier arbeitest. Wie schön, dich zu sehen.« Ihre Lippen verzogen sich zur Andeutung eines Lächelns.

Ich starrte die Frau fassungslos an. Sie trug einen grauen Lodenmantel mit Pelzbesatz, der ihr etwas zu groß war, Winterstiefel, die den Inuit zur Ehre gereicht hätten, und eine handgestrickte Wollmütze in leuchtendem Pink. Vor mir stand Frau Olga. Zwar um einige Jahre gealtert, aber doch unverkennbar in Aussehen und Verhalten.

»Hallo.« Zu mehr war ich in diesem Moment nicht in der Lage. Frau Olga öffnete in aller Ruhe ihre Tasche, räumte drei Becher und die Kanne wieder dorthin, wo sie vorher gestanden hatten, rückte alles hübsch zurecht und wischte zum Abschluss etwas imaginären Staub vom Deckel der Kanne.

»Sehr schöne Stücke. Markenqualität.« Sie nickte anerkennend. Dann schloss sie ihre Handtasche mit einem lauten Klacken. »Aber von dir leihe ich mir natürlich nichts aus.« Sie sah sich anerkennend um. »Sehr schönes Geschäft. Hier kommt man gerne hin. Ist es deines?«

»Ja.« Ich schüttelte den Kopf. »Nein. Also nein, es ist nicht meines. Ich passe nur gerade darauf. Die Besitzerin ist zurzeit«, ich zögerte, »nicht da.«

Frau Olga schaffte es mal wieder in weniger als zwei Sekunden, mich so nervös zu machen, als habe sie mich bei einer Straftat erwischt. Dabei war es genau umgekehrt. *Sie* hatte versucht zu stehlen. Auch wenn sie es wie früher als »ausleihen« bezeichnete. »Diese Dinge gehören mir nicht, sie gehören anderen Menschen«, hatte sie mir einmal erklärt. »Ich brauchte sie nur und nutze sie nun. Deswegen sind sie ausgeliehen.« Dass diese Leihgaben niemals wieder den Weg zurück zu ihren Besitzerinnen finden und oft im weiteren Verlauf zu Bargeld gemacht werden würden, dem maß Frau Olga keine besondere Bedeutung bei.

»Sehr schön.« Sie lächelte wieder, tätschelte kurz meinen Arm und ging zur Tür. »Es war schön, dich zu sehen, Dianne. Vielleicht komme ich demnächst noch einmal wieder«, sagte sie im Hinausgehen und ließ mich einfach stehen.

Um Punkt neunzehn Uhr kehrte ich den letzten Kunden aus der Tür, zog die Postkartenständer in die Mitte des Ladens und schloss ab. Ich machte den Kassenabschluss, zählte das Geld, freute mich darüber, dass es bis auf den letzten Cent stimmte, und verstaute es in der großen Keksdose, die wir dafür benutzten. In den nächsten Tagen würde ich es auf Irmgard Klings Konto einzahlen, schließlich waren laufende Kosten zu begleichen, und ich wollte nicht riskieren, hier einen wütenden Vermieter auf der Matte stehen zu haben. Oder, noch schlimmer, tobende Lieferanten, die mir dann den Warenhahn abdrehten. Zum Glück konnte ich auf den Rechnungen erkennen, ob sie bereits bezahlt waren oder abgebucht werden würden oder ob ich einen der Überweisungsträger aus der obersten Schublade des alten Schreibtisches nehmen und den kunstvollen Schnörkel von Irmgards Unterschrift fälschen musste, was mir zu meiner eigenen Überraschung übrigens hervorragend gelang. Einen Teil des Geldes behielt ich für mich. Auch wenn ich nicht viel brauchte, ich musste essen und trinken und auch ein paar meiner eigenen Rechnungen bezahlen. Mein mir selbst zugestandener Lohn blieb nah an der Mindestlohngrenze.

Mir war keine Zeit geblieben, um über das unvermittelte Auftauchen und ebenso plötzliche Verschwinden von Frau Olga nachzudenken. Auch wenn es vermutlich wirklich der Zufall gewesen war, der sie ins »Kling und Glöckchen« geführt hatte, erkannte ich, wie froh ich über das kurze Wiedersehen war und wie fade sich ihr Verschwinden für mich anfühlte. Ich hätte gern gewusst, wie es ihr ging. Aber jetzt war nicht die Zeit für Sentimentalitäten. Jetzt stand anderes an.

Bereits auf der Treppe hörte ich Rex aufgeregt bellen. Er kratzte und scharrte an der Tür, während ich den Schlüssel umdrehte, und flitzte an mir vorbei nach oben, sobald ich sie einen Spaltbreit geöffnet hatte.

»Er muss mal. Dringend«, sagte Elias. Er stand in der Mitte des Raumes und machte einen deutlich stabileren Eindruck als noch wenige Stunden zuvor. Anscheinend hatte er die Zeit genutzt, um wieder auf die Beine zu kommen. »Ich übrigens auch. Ebenfalls sehr dringend.« Er sah mich mit einer Mischung aus

Bitten und Verzweiflung an, die definitiv nicht gespielt war. Diesen Aspekt der ganzen Aktion hatte ich bislang erfolgreich verdrängt.

»Treppe rauf, dann rechts«, murmelte ich und machte den Weg frei. Er rannte an mir vorbei, stolperte die Treppe hoch, und dann hörte ich eine Tür laut knallen.

Ich folgte ihm nach oben. Rex kratzte nun an der Ladentür. Ich nahm ihn hoch, befestigte eine Kordel an seinem Halsband und ging mit ihm nach hinten zur Hoftür. Dort ließ ich ihn an der Leine hinaus, blieb aber selbst im Haus stehen, auf die Geräusche im Laden lauschend. Ich wollte auf keinen Fall riskieren, dass Elias vorne raus entwischte. Auch wenn ich vermutete, dass er seine Zeit brauchen würde. Immerhin hatte er einiges nachzuholen.

Irgendwann, ich hatte Rex in der Zwischenzeit sein Futter hingestellt, die Geschenkpapierbögen für den morgigen Tag und sogar ein paar Schleifen vorbereitet, hörte ich die Spülung rauschen, und ein sichtlich erleichterter Elias verließ die Toilette. Ich ging zu dem Regal, in dem die Bademäntel lagen. Die großen Handtücher waren alle ausverkauft, ich hatte nur noch Gästehandtücher, die zu lustigen Schneemännern, Engeln und Nikoläusen gepresst worden waren. Aber abgesehen davon, dass die Handtücher zu klein waren, hätte man sie erst in Wasser werfen müssen, damit sie sich entfalteten.

»Rot oder weiß?«, fragte ich ihn automatisch, als ob ich es mit einem Kunden zu tun hätte. Korrekterweise hätte ich ihm das tatsächliche Ausmaß nennen müssen. »Rot« bedeutete weiße Punkte auf rotem Grund und ein großes Geweih auf der Kapuze, »weiß« beinhaltete eine riesige Karottennase, Glupschaugen und ein Bündel grauer Stoffzweige auf dem Kopf.

»Egal.« Elias streckte die Hand aus, und ich drückte ihm einen weißen Bademantel in die Hand. Das mit dem Geweih hatten wir ja schon.

»Die Dusche ist hier.« Ich brachte ihn zu dem kleinen Raum neben dem Büro. »Aber die Tür schließt nicht richtig. Und du musst das Wasser etwas laufen lassen, bis es warm wird.« Ich wartete, bis er darin verschwand, ging zum Schreibtisch und setzte mich.

Was sollten »wir« jetzt machen? Ich wusste es nicht. Wie zur Antwort knurrte mein Magen. Richtig, auch das war eine Notwendigkeit und sicherlich keine schlechte Idee. Erst einmal etwas essen. Elias hatte bestimmt ebenfalls großen Hunger. Wir könnten eine Pizza bestellen. Oder Nudeln. Ich hatte seit Ewigkeiten keine gute Pizza mehr gegessen.

Auf dem Weg zur Schublade mit den Prospekten der verschiedenen Lieferanten blieb mein Blick an der leicht offen stehenden Tür hängen. Elias stand in der Dusche, stützte sich mit über den Kopf erhobenen Händen an der Wand ab und ließ das dampfende Wasser über seinen Nacken und Rücken laufen. Ich musterte ihn von oben bis unten. Was ich sah, gefiel mir ausgesprochen gut. Auch wenn ich im Normalfall nicht dazu neigte, andere bei ihrer Körperhygiene zu beobachten, hatte ich Schwierigkeiten, mich von dem Anblick loszureißen. Wegen seiner eher weiten Kleidung war mir nicht aufgefallen, was für einen sportlichen Körper er hatte. Die Muskeln an seinen Armen waren nicht zu aufgeplustert, sondern kräftig, mit starken Sehnen. Der Rücken wies bis auf eine winzige Rolle über den Hüften nichts als Haut und Muskeln auf. Von der rechten Schulter bis zum Ellbogen zog sich ein Tattoo, das mich an die Matrosen früherer Zeiten erinnerte. Ein kleiner Bildausschnitt mit grünen Wellen, Masten und Takelagen, einer stilisierten Sonne und fliegenden Vögeln, wie Kinder sie zeichnen, war umrahmt von einer gepunkteten Linie und oben und unten mit Schriftflaggen versehen. Darüber, zur Schulter hin, wieder grüne Wellen, ein weiteres Schiff mit aufgeblähten, rot-weiß gestreiften Segeln. An den freien Stellen dazwischen bildeten Punkte und einfache Strichsterne ein dichtes Muster.

Warum fiel mir ausgerechnet jetzt die Ausrede wieder ein, die er Waldtraud Krause aufgetischt hatte? Nicht dass ich in dieser Richtung jemals irgendwelche Interessen gezeigt hätte. Und ich war mir sehr sicher, dass sich das in nächster Zeit auch nicht ändern würde, selbst wenn meine Erfahrungen auf diesem

Gebiet eher überschaubar bis nicht existent waren. Aber allein die grundsätzliche Denkrichtung genügte, um mir einen Satz roter Ohren zu verpassen.

Elias richtete sich unvermittelt auf, stellte das Wasser ab und griff nach dem Bademantel. Ich schrak zusammen, trat einen Schritt zur Seite und atmete tief ein und wieder aus. Schnell setzte ich mich an den Schreibtisch, zog mir einen Stapel Rechnungen heran und blätterte sie durch.

»Vielleicht solltest du genauer hinsehen.« Elias war hinter mich getreten und schaute über meine Schulter.

»Was?« Hatte er etwa bemerkt, dass ich ihn beobachtet hatte? Wie ausgesprochen peinlich. Angestrengt starrte ich auf den Schreibtisch und fühlte mich wie eine Vierzehnjährige, die von ihrem Schwarm angesprochen wird. Was sollte das werden? Umgekehrtes Stockholm-Syndrom? Nicht das Opfer entwickelt positive Gefühle für den Entführer, sondern umgekehrt? Wobei der Elias kein Opfer im eigentlichen Sinne und ich keine Täterin war. Er war ein Täter, aber ich nicht sein Opfer. Bislang jedenfalls nicht. Und dazu würde es auch nicht kommen. Mein Blick fiel auf den Jupp. Er stand in Reichweite. Gut.

Ich drehte mich mit Schwung auf meinem Bürostuhl zu ihm um und wollte mit einer Schimpftirade loslegen. Öffnete den Mund und schloss ihn direkt wieder. Der Elias stand vor mir, den Bademantel in der Taille zusammengebunden. Über dem Gürtel sprang er auf und ließ seine nackte Brust mit Wasserperlen darauf sehen. Das Ganze hätte einer dieser Rasierwasserwerbekampagnen entsprungen sein können, wenn nicht vor seiner Stirn eine riesige orangefarbene Möhre aus Puschelstoff gehangen hätte, über der mich große schwarz-weiße Comicaugen samt Augenbrauen in Besorgnisstellung anstarrten. Ich konnte nicht anders, als zu grinsen.

»Liest du immer verkehrt herum?« Er deutete auf die Rechnungen, die ich immer noch in der Hand hielt. Ich schaute darauf, knallte den Stapel auf den Schreibtisch und stieß mich mit den Füßen ab. Der Bürostuhl rollte einen halben Meter nach hinten.

Ich stand auf und stemmte die Hände in die Hüften, als mein Magen laut und vernehmlich in die Stille hineinknurrte und mir damit jegliche Autorität nahm.

»Keine schlechte Idee.« Elias schloss den Bademantel vor der Brust und verschränkte die Arme. »Ich brauche auch dringend etwas zu essen. Hast du was da?«

Ich ging im Geiste meine Vorräte durch und schüttelte den Kopf. Auf Haferflocken, Cornflakes, H-Milch, Erbsensuppe in der Dose oder Konservenroulette bei zwei kleinen Dosen, von denen das Etikett abgefallen war, hatte ich keine Lust.

»Wir könnten etwas bestellen«, sagte ich und benutzte das »W«-Wort. »Pizza oder Nudeln?« Ich drängte mich an ihm vorbei, ging zu der Schublade mit den Prospekten und nahm sie heraus. Sie sahen völlig neu aus, obwohl sie bereits längere Zeit dort gelegen haben mussten, und eines der Restaurants hatte bereits vor vier Jahren geschlossen. Irmgard Kling hatte sie wohl aus reiner Höflichkeit nicht weggeworfen. Schließlich mussten die Geschäftsleute in Dieckenbeck zusammenhalten. Ich hielt dem Elias einen Prospekt von einer Pizzeria unter die Nase, von deren Existenz ich definitiv wusste, da sie auf dem Weg von meiner Wohnung zum »Kling und Glöckchen« lag und ich bis vor ein paar Tagen regelmäßig daran vorbeigegangen war. Die übrigen warf ich in den Müll.

Eine Dreiviertelstunde später dampften eine Familienpizza aus dem Karton vor Elias und eine Portion Carbonara mit extra Bacon aus der Aluschale vor mir. Der Alibisalat stand dazwischen. Rex lag zusammengerollt auf seiner Decke und war in einen komatösen Schlaf gefallen, nachdem ich ihm eine ganze Dose Hundefutter in seinen Napf gefüllt und er sich gierig darauf gestürzt hatte.

Der Elias schob sich das erste Stück seiner Pizza nahezu komplett in den Mund, kaute, schluckte und griff bereits nach dem nächsten Stück, noch bevor sein Mund wieder leer war. Wir aßen schweigend. Er, weil er vor lauter Essen, Kauen und Schlucken kein Wort hätte sprechen können, ich, weil ich nicht wusste, was ich hätte sagen sollen, und darüber hinaus feststellen musste, wie hungrig ich tatsächlich gewesen war. Sogar der Alibisalat musste daran glauben.

Mit der letzten Nudel breitete sich in mir ein wohliges Gefühl der Zufriedenheit aus. Ich wischte mir mit der Papierserviette den Mund ab. »Bacon ist besser als jeder Typ, der jemals zu dir gesagt hat, er würde für dich sterben. Denn Bacon ist wirklich für dich gestorben!«, entfuhr es mir mit einem Stoßseufzer.

Elias ließ sein letztes Stück Pizza sinken und starrte mich sekundenlang an. Dann lachte er laut los. Es klang herzlich. Ich konnte nicht anders, als mit einzufallen. Er lachte mich nicht aus, er lachte mit mir. Über einen Scherz, den ich gemacht hatte. Für einen Moment schien es, als wären wir Freunde, die sich schon lange kannten und einen netten Abend miteinander verbrachten. Zu meinem Erstaunen musste ich zugeben, dass es mir gefiel und ich die Situation genoss. Egal, warum wir hier saßen und wie es weitergehen würde.

»Kann ich hierbleiben?«

Die Frage riss mich aus meinen wohligen Gedanken. Es dauerte einen Moment, bis zu mir durchgedrungen war, was der Elias da gerade gesagt hatte.

»Du wohnst doch hier im Laden, oder? Und ich weiß nicht, wo ich hinsoll. In meine Wohnung zu gehen, ist gerade keine Option, und früher oder später wird die Polizei nach mir suchen.« Er nahm den Kunststoffdeckel der Salatverpackung und drehte ihn in seinen Händen. »Ich weiß genau, dass ich Sophia nicht getötet habe. Aber ob ich schuld an Lauras Tod bin, weiß ich nicht.« Er senkte den Kopf. »Ich bin einfach weggelaufen, ohne nachzusehen, ob sie noch lebte. Falls ja, hätte ich ihr vielleicht noch helfen können. Oder wenigstens einen Krankenwagen rufen. Womöglich ist sie gestorben, weil ich sie alleingelassen habe.« Er schluckte, schaute hoch und warf den Deckel auf den Tisch. »Wie nennt man das? Unterlassene Hilfeleistung?« Er redete einfach weiter. Die Frage war wohl eher rhetorisch gemeint gewesen. »Ich muss das wissen. Ich muss herausfinden, was passiert ist. Was war mit Sophia? Warum hat

Laura das getan? Ich hatte geglaubt, ich würde sie kennen.« Er beugte sich vor, stützte den Kopf in beide Hände und atmete heftig wie ein Läufer nach einem Marathon.

»Ihr wart ein Paar, du und Laura.«

Elias sah mich an. »Ja. Nein. Also ...« Er verfiel wieder in seine Halbsatzsprechweise. Anscheinend passierte ihm das, wenn er unsicher wurde.

»Ja? Nein? Irgendwas dazwischen? Es war kompliziert?«

»Nicht mehr.« Er rieb sich mit einer Hand den Nacken. »Wir waren mal ein Paar. Bis vor einem Jahr. Seitdem nur noch Freunde. Dachte ich jedenfalls bis gestern.«

»Freunde?« Das wunderte mich. Ich war immer der Meinung gewesen, ein nahtloser Übergang von Beziehung zu Freundschaft sei unmöglich und würde höchstens funktionieren, wenn die Emotionen schon vorher keine besonderen Höhen erklommen hatten, das Paar also von vornherein eher wie Brüderlein und Schwesterlein agierte. Sollten diese beiden etwa die rühmliche Ausnahme sein?

»Mit Extras. Wir hatten beide niemand Neues.«

»Aha.« Also doch keine Ausnahme. »Und was war mit Sophia? Immerhin saß sie in Unterwäsche auf deinem Sofa.«

»Keine Ahnung, warum sie das gemacht hat.«

»Da sitzt eine tote Frau in Unterwäsche auf dem Sofa in deiner Wohnung, und du behauptest ernsthaft, du weißt nicht, warum?«, fragte ich ungläubig. Hatte ich mich von diesem Adonis im Schneemannkostüm zu sehr einlullen lassen? Wenn ich auf seine Reize ansprang, dann taten das andere Frauen sicherlich auch. Und diese anderen Frauen übten vielleicht deutlich weniger Zurückhaltung als ich, was die Umsetzung von Wunsch in Wirklichkeit anging.

Elias schüttelte heftig den Kopf. »Ich weiß, das klingt seltsam ...«

»Tut es«, warf ich ein.

»... und es fällt schwer, das zu glauben ...«

»Extrem schwer.«

»... aber es ist die Wahrheit.«

»Für die du keine Erklärung hast.«
»Für die ich keine Erklärung habe.«
Wir schwiegen wieder.

»Mal abgesehen von der Unterwäsche. Was hätte Laura für einen Grund haben können, Sophia umzubringen?«, brachte ich das Gespräch wieder in Gang.

»Das ist kompliziert.«

»Mord ist meistens kompliziert.« Ich biss mir auf die Lippen, aber Elias schien meinen Einwurf nicht registriert zu haben.

»Laura und Sophia sind Schwestern.« Er war mit seinem Stuhl vom Tisch weggerückt. Jetzt beugte er sich vor, legte die verschränkten Unterarme auf seine Knie und ließ den Kopf hängen. Rex bewegte sich im Schlaf. Seine Beine zuckten, er zog die Lefzen hoch und knurrte leise. Ich fragte mich, welchen Schatten er im Traum hinterherjagte. »Sie haben sich immer gut verstanden. Als ich Laura kennenlernte, dachte ich lange Zeit, Sophia sei ihre beste Freundin. Ich war ehrlich gesagt ziemlich erstaunt, als ich kapierte, dass sie Geschwister waren. Haben alles zusammen gemacht. Und wenn sie sich mal einen Tag lang nicht sehen konnten, wurde telefoniert. So was kannte ich gar nicht. Mein Bruder und ich haben uns immer gestritten, bis entweder meine Mutter oder einer von uns losbrüllte. Heute verstehe mich gut mit ihm, aber beste Freunde sind wir nicht. Laura und Sophia schon. Bis vor Kurzem auf jeden Fall. Auf einmal hat sich das geändert. Von einem Tag auf den anderen.« Er richtete sich wieder auf.

»Weißt du, was passiert ist?«

»Keine Ahnung.«

»Sie hat dir nichts erzählt?«

»Wenn wir uns getroffen haben, ging es nicht schwerpunktmäßig ums Reden.« Sein Grinsen war wie ein kurzes Aufflackern einer defekten Lichterkette. »Nicht direkt. Aber sie erzählte mir von anderen Freundinnen, mit denen sie unterwegs gewesen war, und ab und an ließ sie Bemerkungen über Sophia fallen.«

»Bemerkungen?«

»Sie hat gelästert.«
»Gelästert? Im Sinne von Bauch, Beine, Po, Erfolglosigkeit oder wie?«
Er sah mich irritiert an.
»Hat sie über das Aussehen ihrer Schwester hergezogen, oder fand sie irgendwas an ihrer Arbeit auszusetzen?«
»Nein. Eher in Richtung Enttäuschung. Aber wie gesagt, wir haben nicht viel geredet.«
»Hat dich denn nicht interessiert, was mit ihr los war?« Im Geiste sortierte ich ihn in eine weitere Schublade mit der Aufschrift »oberflächlich« ein und schloss sie mit einem Rumms.
»Doch.« Die Schublade öffnete sich wieder einen kleinen Spalt. »Aber sie wollte nicht darüber reden, das habe ich sehr deutlich gemerkt«, die Schublade wurde ganz herausgezogen, der Typ entnommen, »und ich hab das natürlich respektiert.«
Kurz überlegte ich, die Beschriftung der Schublade durchzustreichen und sie durch »Traumtyp« zu ersetzen. Dann verwarf ich den Gedanken wieder. Übertreibung war auch keine Lösung.
»Um es abzukürzen, du weißt, dass ihr Verhältnis merklich abgekühlt war, hast aber keine Ahnung, warum«, sagte ich harsch. Er nickte.
Wir schwiegen. Rex wedelte im Schlaf mit dem Schwanz und winselte. Zumindest in seinem Traum schien alles gut zu sein.
Ich sortierte mein Weltbild und beschloss, Elias zu glauben. Fürs Erste. Er hatte Laura beim Mord an ihrer Schwester in seiner Wohnung ertappt, war der Mörderin gefolgt, und es war zu einem Unfall gekommen, bei dem auch Laura ihr Leben verloren hatte. Blieb die nächste Frage zu beantworten.
»Was machen wir mit Sophia?«

Kapitel 9

»Sie kann nicht ewig auf deinem Sofa sitzen bleiben.« Ich hatte zwar bei meinem Besuch das Fenster gekippt, aber die Heizung war vermutlich noch an. Schließlich hatten wir Dezember, und Sophia hätte ansonsten in ihrer zwar heißen, aber nicht wärmenden Unterwäsche gefroren wie ein Weihnachtself ohne Leibchen. Vor meinem inneren Auge fächerte sich das eher unschöne Bild einer zur Seite gekippten Sophia im Stadium der beginnenden Auflösung auf. Die Leichenstarre musste mittlerweile aus dem Körper gewichen sein, ihr Tod war mehr als vierundzwanzig Stunden her. Ich erinnerte mich an einen Fall aus meinem Praktikum beim Bestatter. Die Dame hatte ebenfalls auf dem Sofa gesessen, allerdings länger als Sophia. Und sie war vollständig bekleidet gewesen. Trotzdem war weder der Anblick, den sie geboten hatte, noch der Geruch, der uns bereits im Treppenhaus entgegenschlug, etwas gewesen, was ich als angenehm bezeichnet hätte. Letzterer war es im Übrigen auch gewesen, der die Nachbarn auf den Plan gerufen und die Polizei hatte alarmieren lassen. Ob aus einem Gefühl der Belästigung oder der Besorgnis heraus, war schwer zu sagen. Aufgrund der erleichterten Mienen hätte ich auf Ersteres getippt.

»Was sollen wir also mit ihr machen?« Elias erhob sich, versenkte die Hände in den Taschen seines Bademantels und schaute mich erwartungsvoll an.

»Das fragst du *mich*? Sehe ich aus wie eine professionelle Leichenentsorgerin?« Es dauerte einen Moment, bis mir wieder einfiel, dass ich ja tatsächlich deutlich mehr Erfahrung in dieser Sache hatte als er. Und damit meinte ich jetzt nicht meine Zeit beim Bestatter. Ich verdrängte den Gedanken an Irmgard Kling. Ihrem Leichnam ging es den Umständen im Keller entsprechend vorerst gut. »Wir können sie nicht dalassen. So viel steht fest.«

Ich erhob mich ebenfalls, und der Bürostuhl, auf dem ich

gesessen hatte, schlug mit der Rückenlehne gegen den Schreibtisch. Rex erwachte und war sofort auf den Beinen. Er gähnte und streckte sich. Ich trat an das Regal, in dem ich meine wenigen Kleidungsstücke aufbewahrte, die ich mit hierhergenommen hatte, und zog das größte Sweatshirt, das ich finden konnte, meine Jogginghose und ein Paar Tennissocken aus dem Stapel. Auf eine Unterhose würde er verzichten müssen. Ich warf Elias das Bündel Klamotten zu.

»Beeil dich. Der Hund muss mal raus.«

Zwanzig Minuten, zehn Pinkelpausen und zwei von Rex gefüllte Plastikbeutelchen später standen wir an der Ecke der Straße, in der Elias' Wohnung lag. Schon von Weitem sahen wir das Blaulicht und den dunklen Kombi, in den zwei Männer gerade einen Zinksarg schoben.

»Ist das deine Wohnung?« Ich zeigte auf zwei hell erleuchtete Fenster im zweiten Stock. Dunkle Silhouetten bewegten sich im Raum dahinter.

Elias nickte.

»Hast du eine Ahnung, wer die Polizei gerufen haben kann?«

Elias schüttelte den Kopf.

Rex zog an der Leine. Er wollte weiter in Richtung des Hauses laufen, aber ich hielt ihn zurück. Auf eine direkte Begegnung mit der Polizei sollten wir besser verzichten.

»Zumindest müssen wir uns darum nicht mehr kümmern«, stellte ich fest, hakte ihn unter und zwang ihn zum Weitergehen. Elias drehte sich immer wieder zum Geschehen um, stolperte über seine eigenen Füße und wäre beinahe gegen eine Laterne gelaufen, wenn ich ihn nicht rechtzeitig zur Seite gezerrt hätte.

»Jetzt stehe ich vermutlich hochoffiziell auf deren Fahndungsliste.«

»Das ist bei zwei toten Frauen, die beide mit dir zu tun hatten, sehr wahrscheinlich.«

»Aber *ich* habe nichts mit ihrem Tod zu tun.« Er blieb stehen und befreite sich ruckartig.

»Es dürfte schwierig werden, das den zuständigen Beamtinnen glaubhaft zu erklären. Es sei denn …« Ich verstummte. Eine Idee hatte sich hinterrücks in meine Gedanken geschlichen. Allerdings war ich nicht sicher, ob ich sie nicht besser postwendend wieder hinauswerfen und ihr für alle Zukunft Hausverbot erteilen sollte.

»Es sei denn was?« Elias stand nun dicht vor mir und schaute auf mich herab. Sein Kinn befand sich exakt auf Höhe meiner Augen. Ich sah seine Bartstoppeln und den besorgten Ausdruck um seinen Mund. Ich sah aber auch die kleinen Falten, die sein Lächeln so überzeugend machten.

»Es sei denn«, setzte ich wieder an, »du kannst beweisen, dass die beiden gestritten haben und Laura einen Grund hatte, auf ihre Schwester loszugehen.«

Elias vergrub seine Hände in den Taschen der Jogginghose.

»Hilfst du mir?« Er sah mich mit zusammengezogenen Augenbrauen an. Dabei sah er aus wie Rex, wenn er um Futter bettelte.

»Ich? Warum ich?« Natürlich war meine Frage rein rhetorisch, denn die Antwort lag ganz klar auf der Hand. Weil die beiden anderen in das Geschehen verwickelten Frauen nicht mehr unter den Lebenden weilten. Weil ich ihn in meinem Keller eingesperrt und ihm mit dem Jupp eins übergezogen hatte und ihm deswegen was schuldig war. Weil ich die Einzige war, die seinen Aufenthaltsort kannte und ihn andernfalls verraten könnte. Kurz – weil ich die Einzige war, die zur Auswahl stand, ihm zu helfen. Genau genommen war ich keine Auswahl, ich war alternativlos.

»Weil ich glaube, dass du das kannst, und weil ich dir vertraue«, sagte er schlicht.

»Aha.« Ich räusperte mich, um meine Unsicherheit, die sein Satz bei mir hervorgerufen hatte, zu verbergen. »Und wie stellst du dir diese Hilfe vor? Immerhin kann man getrost von einer schlechten Ausgangssituation sprechen. Du hast nur Vermutungen, in welche Richtung die Sache gehen könnte, und wirst darüber hinaus polizeilich gesucht.«

»Wir müssen rausbekommen, weswegen die beiden sich gestritten haben.« Elias legte einen Schritt zu. Wir lenkten unsere Schritte wieder in Richtung »Kling und Glöckchen«.

»Sie selbst können uns dazu aber leider keine Auskunft mehr geben.«

»Laura und Sophia nicht, aber ihre Freundinnen vielleicht.«

»Ihre Freundinnen. Natürlich.« Ich verstummte. Stimmte ja. Viele junge Frauen, auch solche in meinem Alter, hatten mehrere Freundinnen, nicht nur eine. Ich selbst hatte gar keine und vermisste sie nicht. Was hätte ich auch mit ihr machen sollen? Ich fand weder Gefallen daran, in irgendwelchen Cafés zu hocken und Caffè Latte zu vernichten, noch wollte ich mich in Laufgruppen schwitzend durch den Stadtwald quälen oder mich über die neuesten Schminktipps austauschen. Barbesuche fand ich laut und anstrengend, bei Konzerten, Lesungen und im Kino war es mir zu voll. Der absolute Horror aber waren für mich Clubbesuche. Sie vereinten alles, was ich verabscheute: viele Menschen auf kleinem Raum bei brüllend lauter Musik in schwitzender Bewegung.

»Lünebach.« Er sagte das Wort, als habe er die allgemeingültige Antwort auf die Frage gefunden, ob Lametta an einen geschmückten Weihnachtsbaum gehört oder nicht.

»Lüne… was?« Der Name kam mir vage bekannt vor. Wie etwas, das ich entweder als komplett unwichtig für mich erachtet oder aus guten Gründen verdrängt hatte.

»Lünebach. Da gehen wir hin. Die Mädels haben sich oft da getroffen.«

»Egal, was dieses Lünebach ist. Wir gehen da nicht hin. Wenn, dann gehe ich. Du solltest in der Versenkung bleiben.«

»Richtig. Du gehst da besser allein rein. Ich bleibe draußen in Deckung.« Er musterte mich von oben bis unten. »Lünebach ist übrigens der angesagteste Club hier in Dieckenbeck. Mit einem sehr strengen Türsteher.«

Ich hatte es geahnt. Ich kannte das Lokal aus der Zeit, in der ich noch als Anhängsel mit meinen »Mädels«, wie Elias diese Anhäufung junger Frauen nannte, unterwegs gewesen war. Sie hatten mich vergessen, sobald wir am Türsteher vorbei und ins Blitzlichtgewitter der Laser eingetaucht waren. Ich war mir sicher, dass sie in jener Nacht noch nicht einmal nach mir gesucht hatten, bevor sie irgendwann am Morgen ins graue Tageslicht und nach Hause gestolpert waren. Ich hatte es in dem Schuppen keine zehn Minuten ausgehalten. Die anschließende frische Luft und die Ruhe auf dem Heimweg hätte ich genießen können, wären da nicht die extra für diesen Anlass erworbenen hochhackigen Schuhe gewesen. Auch sie hatten ihren Weg ins Vergessen gefunden und ruhten seither im hinteren Bereich meines Kleiderschranks.

Elias hatte nichts gesagt, aber ich wusste auch ohne den dezidierten Hinweis auf den strengen Türsteher, dass mein Äußeres einer gründlichen Überarbeitung bedurfte, um den Einlasskriterien zu entsprechen. »Dann müssen wir jetzt einen kleinen Umweg zu meiner Wohnung machen. In den Laden hab ich nur das Nötigste mitgenommen.«

Dass das Nötigste sich nicht wesentlich von dem Besonderen in meinem Kleiderschrank unterschied, war ein Problem, das wir vor Ort würden lösen müssen.

Ein großes Baugerüst stand vor der Fassade des Hauses, in dem sich meine Wohnung befand. Ein Container blockierte die drei Parkplätze davor. Wir stiegen über die Absperrung. Die von der Explosion nicht direkt betroffenen Wohnungen hatten nicht komplett geräumt werden müssen, waren aber für die Dauer der Bauarbeiten nicht bewohnbar, da sämtliche Versorgungsleitungen gekappt worden waren und zum Teil erneuert wurden. Strom gab es also auch keinen, und ich schaltete die Taschenlampe in meinem Handy an. Elias nahm Rex auf den Arm, und wir stiegen zu meiner Wohnung im zweiten Stock hinauf.

Das Treppenhaus und die Flure waren mit einer dicken grauen Schicht Betonstaub bedeckt, durch die sich zahlreiche Fußabdrücke zogen. Zwischen Fußboden und Decke klemmten dicke Metallstangen, in den Wänden klafften Löcher, hinter denen Rohre und Kabel zu sehen waren. Der Hausbesitzer nutzte die Gelegenheit, um gründlich zu sanieren. Vermutlich würde sich das nach Abschluss der Renovierung auch in einer saftigen Mieterhöhung niederschlagen. Aber darum wollte ich mir jetzt wirklich keine Gedanken machen. Es gab genügend aktuelle Probleme zu lösen. Zum Beispiel das meines Outfits für den Club.

Ich schüttelte den Wohnungsschlüssel aus dem Bund und wollte ihn ins Schloss stecken. Die Tür schwang bei der ersten Berührung auf. Irritiert blieb ich stehen.

»Alles in Ordnung?«, wollte Elias wissen.

»Ich hatte die Tür doppelt abgeschlossen, und jetzt ist sie nur angelehnt.«

»Vielleicht mussten die Arbeiter in die Wohnung?«

»Dann hätten sie mir Bescheid gegeben. Hat zumindest in dem Brief gestanden, den mir der Hausbesitzer geschrieben hat.«

»Einbruch? Ein Obdachloser auf der Suche nach einem warmen Platz?«

»Möglich.« Es waren keine Einbruchspuren zu sehen. Jedenfalls nichts, was ich mit bloßem Auge erkannt hätte. Vielleicht hatten die Arbeiter einfach vergessen, mir Bescheid zu geben. Vorsichtig schob ich die Tür weiter auf und lauschte in die Wohnung hinein. Nichts zu hören. Ich leuchtete mit dem Handy in meinen Flur. Alles schien so, wie ich es verlassen hatte.

Elias zeigte auf den Boden. Eine Spur Fußabdrücke führte von der Wohnungstür in Richtung meines Wohnzimmers und wieder heraus, verschwand in der Küche, dann im Schlafzimmer und im Bad und ging schließlich zurück zur Wohnungstür.

»Sieht aus, als wäre jemand einmal durch alle Zimmer gelaufen.«

»Jemand mit kleinen Füßen und sehr stabilen Schuhen.« Ich stellte meinen Fuß neben einen der Abdrücke. Das Profil war deutlich kleiner, hatte aber ein sehr definiertes Muster, wie es bei Wanderschuhen manchmal vorkam. Dann folgte ich der ersten Spur ins Wohnzimmer. Auch hier sah alles okay aus. Dank meiner Vorliebe für klare Strukturen und Ordnung wusste ich sehr schnell einzuschätzen, ob alles am gewohnten Platz stand. Ich ging zu meinem Schreibtisch.

»Ein Dieb ist es eher nicht gewesen.« Elias zeigte auf den Fernseher und den Computer. »Die wären doch eine leichte Beute gewesen.«

Ich öffnete die oberste Schublade des Schreibtisches. Hier bewahrte ich meine Stifte und andere Utensilien auf. Der Locher stand nicht exakt an der Stelle, an die er gehörte, sondern nur beinahe. Dasselbe galt für den Tacker und die Tesarolle. Ich schloss die oberste Schublade und zog die darunter auf. Auch hier waren die Sachen bewegt worden und lagen nur fast wieder an ihren korrekten Plätzen. Einem weniger ordentlichen Menschen wie mir wäre das vielleicht nicht aufgefallen.

»Es fehlt nichts.« Ich schloss die Schublade wieder. »Aber jemand war hier und hat etwas gesucht.«

»Und was?«

»Keine Ahnung. Geld oder andere Wertsachen habe ich nicht lose herumliegen. Weil ich weder das eine noch das andere in erwähnenswerten Mengen besitze.«

»Wer könnte das gewesen sein?«

»Ich weiß es wirklich nicht. Dieses Rätsel werden wir jetzt kaum lösen können.« Das war eine Tatsache, denn die Polizei zu rufen, kam nicht in Frage. Ich wandte mich in Richtung Schlafzimmer und hörte, wie Elias mir folgte. Er setzte Rex auf mein Bett, was ich unter normalen Umständen sicherlich nicht geduldet hätte. Der Hund drehte sich begeistert mehrfach um die eigene Achse und rollte sich dann mit einem hörbaren Seufzer zu einer kleinen Kugel zusammen.

»Dann lass mal sehen, was du hast.« Elias nahm auf dem Bett Platz, lehnte sich zurück und stütze sich mit den Händen ab. »Einmal Modenschau bitte.«

Statt einer Antwort öffnete ich alle vier Türen meines Kleiderschrankes. Elias beugte sich vor, spitzte die Lippen und ließ sich wieder nach hinten fallen.

Der Inhalt meines Schranks präsentierte sich ebenso ordentlich wie der Rest meiner Wohnung. Alle Wäschestücke waren akkurat gebügelt und gefaltet, nach Art und Farbe in die Fächer sortiert, wobei sich die Farbpalette auf Weiß, Grau und Schwarz beschränkte. Ein Stapel Jeans, zwei gute schwarze Stoffhosen. Ich war eine große Freundin gleicher Kleidungsstücke. Wenn mir der Schnitt eines Shirts oder Pullis gefiel, kaufte ich das Kleidungsstück direkt mehrfach. Das sparte mir am Morgen die Zeit, die andere mit der Auswahl ihrer Kleidung zubrachten.

»Beeindruckend. Du könntest mal in meiner Wohnung aufräumen. Die hat es nötig.«

»Weniger tote Frauen, und das Ganze wirkt direkt übersichtlicher«, murmelte ich in den geöffneten Schrank hinein, zog eine weiße Bluse vom Bügel und hielt sie ihm hin. Er schüttelte den Kopf. Es folgten ein graues Shirt, ein hellgrauer Pulli samt Jeans und das einzige farbige Kleidungsstück, eine dunkelviolette Strickjacke mit weißem Shirt darunter.

»Du willst in einen Club, nicht zu einem Vorstellungsgespräch.« Elias stand vom Bett auf und stellte sich neben mich. Prüfend betrachtete er meine Sachen, nahm Stapel auseinander und schob Kleidungsstücke samt ihren Bügeln hin und her. »Hier«, sagte er schließlich und hielt mir ein langes schwarzes T-Shirt mit tiefem runden Ausschnitt hin. »Probier das.«

»Das ist zu klein.«

»Zieh es an.«

»Das ist Modell Leberwurst.«

»Probier es an!« Er wedelte mit dem Shirt vor meiner Nase herum. Als ich nicht reagierte, drückte er es mir in die Hand. »Jetzt.« Er ging aus dem Zimmer. »In einer Minute komme ich wieder rein. Also beeil dich.«

Vermutlich hatte es keinen Sinn, mit ihm darüber zu diskutieren. Wenn er mich in dem Shirt erblickte, würde er erkennen, wie unmöglich ich darin aussah. Ich zog mein Sweatshirt über den Kopf, warf es aufs Bett und griff nach dem Shirt. Es dauerte eine Weile, bis ich es über meine Hüften gezogen hatte. Es lag eng an wie eine zweite Haut. Ich fühlte mich wie eine Schlange kurz vor dem Häuten, nur dass diese Haut nicht von alleine aufplatzen würde. Zumindest hoffte ich das.

»Fertig?«, tönte es aus dem Flur.

»Mit den Nerven.«

Er lehnte sich an den Türrahmen, verschränkte die Arme vor der Brust und neigte den Kopf zur Seite.

»Okay. Jetzt noch die Jeans.«

»Ich ziehe eine von den schwarzen an.« Ich wollte die Hose aus dem Stapel ziehen, aber er stoppte mich.

»Keine neue. Aus.«

»Wie aus?«

»Zieh die Jeans aus.«

»Aber das Shirt ist ultrakurz.«

»Genau.«

Ich schüttelte den Kopf, drehte mich aber um und fummelte am Hosenverschluss. Was wurde das hier? Hatte er vor, sich auf meine Kosten lustig zu machen? Wütend drehte ich mich wieder zu ihm um.

»Hör mal, ich lass mich von dir nicht rumkommandieren und mir vorschreiben, was ich anzuziehen habe.«

»Willst du in den Club, damit wir die Mädels befragen können?«

»Ja natürlich, aber –«

»Dann weg mit der Jeans. Und wo wir schon dabei sind – hast du auch andere Schuhe als die Sneakers?«

Wütend kramte ich im Schrank, fand die längst verbannten Hochhackigen und, Gott sei Dank, sogar noch eine Strumpfhose. Ich hielt beides in der Hand und starrte ihn wütend an, bis er begriff und wieder im Flur verschwand.

»Fertig. Kannst reinkommen.« Ich zerrte am Saum des Shirts und versuchte vergeblich, es um einige Zentimeter zu verlängern. Aber je mehr ich unten zog, umso tiefer rutschte der Ausschnitt, was ebenfalls nicht zu meinem Wohlbefinden beitrug. Alles in allem fühlte ich mich wie ein abgeschmückter Weihnachtsbaum. Nackt und durchscheinend, mit unverstellter Sicht auf all meine Fehler.

Elias betrat wieder den Raum, blieb stehen und musterte mich stumm von oben bis unten. Er nickte und lächelte. Ich kam mir vor wie bei einer Fleischbeschau. Gleich würde er anfangen zu lachen und einsehen, wie idiotisch ich in den Sachen aussah.

»Cool. So etwas solltest du öfter tragen. Steht dir gut.« Er klatschte einmal in die Hände. »Und jetzt los, sonst verpassen wir die Mädelsrunde.«

Kapitel 10

Dem Türsteher gefiel mein Outfit anscheinend genauso gut wie Elias. Er rang sich sogar ein Lächeln ab, bevor er mich mit einer lässigen Handbewegung durch die Tür winkte. Innerlich entschuldigte ich mich bei den Generationen von Frauenrechtlerinnen, die bestimmt nicht an diese Bauch-Beine-Po-Pelle gedacht hatten, als sie ihre BHs verbrannt und für die Selbstbestimmtheit der Frau gekämpft hatten. Auch wenn es ihnen damals um die Freiheit ging, das zu tragen, was frau wollte und worin sie sich wohlfühlte. Das aber war ja der springende Punkt: Ich wollte das nicht tragen. Und so hatte ich auch mein Wohlfühlgefühl mit meiner dicken Winterjacke, die zumindest einiges verbarg, an der Garderobe abgegeben. Es wiederzufinden, würde in der nächsten Stunde kaum gelingen.

Die wummernden Bässe wurden mit jedem Schritt lauter und spürbarer, Lichtblitze schnellten durch kalt-nebliges Licht, und die Luft hätte einer Aufgusssauna alle Ehre gemacht, roch aber leider nicht so erfrischend.

Ich drängte mich durch die Menschenmenge. Elias hatte mir die Freundinnen von Laura beschrieben und mir vor allem ihren Stammplatz in der Nähe der Bar benannt.

Woher um alles in der Welt kamen mitten in der Woche so viele Feierwütige? Hatten die alle keinen Job? Ich schaute mich um. Eher nicht. Vermutlich waren es Studierende, deren erste Vorlesung erst am Mittag begann. Ich kannte solche Kommilitoninnen aus meiner Zeit an der Uni. Junge Männer und Frauen, der strengen elterlichen Aufsicht zum ersten Mal im Leben entkommen, auf der Suche nach der großen Unabhängigkeit und Freiheit. Ich hatte dieses Bedürfnis nicht gehabt, vielleicht weil Frau Olga nie so getan hatte, als wollte sie meine Mutter ersetzen. Um unabhängig zu werden, musste man zuerst etwas gehabt haben, von dem man abhängig war. Oder jemanden.

Lauras Freundinnen konnte ich nicht finden. Ich durchquerte den Club dreimal, behielt die Tanzfläche im Blick und starrte einige Frauen im Barbereich so lange prüfend an, bis sie mich bemerkten und sich entweder wegdrehten oder mir zuzwinkerten. Keine von denen ähnelte Elias' Beschreibung. Hatte ich mich also komplett umsonst hierhergequält? Ich schloss die Augen. Die Musik um mich herum dröhnte in meinen Ohren und meiner Brust, die Blitze zuckten hinter meinen Lidern, und ich hatte das Gefühl, die Umstehenden rückten immer näher und näher. Mir wurde schlecht. Was, wenn ich jetzt hier einfach umfallen würde? Ohnmächtig werden? Würde es jemand bemerken? Oder würden alle einfach über mich hinwegtanzen und -treten? Mein Mund fühlte sich so trocken an wie ein übrig gebliebenes Weihnachtsplätzchen im August, und vor meinen Augen verschwammen die tanzenden Leiber zu einer grauen Masse. Was war los? Meine Arme und Beine kribbelten, mein Herz raste, und ich begann wie aus dem Nichts heraus zu zittern. Wenn ich nicht sofort aus diesem Club herauskam, würde ich ersticken. Hatte mir jemand Drogen verabreicht? Aber ich hatte nichts getrunken. Ich schnappte nach Luft.

Quälend langsam schob ich mich an der Wand entlang in Richtung Ausgang. Schritt für Schritt. Atemzug für Atemzug. Es wurde immer schlimmer. Ich musste hier raus. Ohne meine Jacke stürzte ich aus dem Club, sog die kalte Luft in meine Lungen. Mit beiden Händen umklammerte ich das Absperrgitter, stützte mich darauf und legte meine Stirn auf meine Hände. Mein rasendes Herz beruhigte sich. Das Kribbeln wurde schwächer, bis es ganz verschwand. Jetzt drang die Winterkälte durch den dünnen Stoff meines Shirts, aus dem Zittern wurde ein Bibbern, und meine Zähne klapperten. Aber die eisige Luft tat mir gut. Meine Gedanken klärten sich. Was war das gewesen?

»Alles in Ordnung?« Eine Hand legte sich auf meine Schulter. Elias.

Ich nickte, schluckte und richtete mich auf, sagte aber nichts.

»Was ist passiert?«, wollte er wissen. »Hast du jemanden gefunden?«

»Nein.« Meine Stimme kratzte tief hinten meinen Rachen entlang. »Niemanden.«

»Als du so aus dem Laden gerannt kamst, dachte ich –«

»Nein. Alles klar«, unterbrach ich ihn. »Mir war es nur etwas zu voll und zu laut da drinnen.« Ich versuchte mich an einem Grinsen. »Techno ist nicht so meins.«

»So schlimm, dass du einfach mal deine Jacke vergisst?«

»Ich geh sie holen.« Ich stieß mich von dem Gitter ab, drehte mich um und ging an der Schlange vorbei auf den Türsteher zu. Wieder ließ er mich anstandslos durch, und es dauerte nicht lange, bis ich samt Jacke und rasendem Herzen neben Elias auf der Straße stand.

»Ist wirklich alles okay?«, bohrte er erneut nach.

»Ja.« Den seltsamen Aussetzer im Club wollte ich für mich behalten, bis ich wusste, was dahintersteckte.

»Lass uns heimgehen.« Er machte ein paar Schritte, stoppte und drehte sich zu mir um.

Heimgehen. Als sei das »Kling und Glöckchen« unser Zuhause. Unser gemeinsames Zuhause. Als wären wir mehr füreinander, als wir in Wirklichkeit waren. Als kümmerte uns, was mit dem anderen war. Als nähmen wir Anteil am Leben des anderen.

»Was ist jetzt? Komm!«

»Heute ist der falsche Tag.« Mir war etwas klar geworden. Elias sah mich fragend an. »Es sind ihre Freudinnen, hast du gesagt.« Er nickte. »Laura ist tot, und jetzt wissen sie vielleicht auch schon von Sophia. Was würdest du tun, wenn du gerade vom Tod deiner Freunde erfahren hättest? Party machen?«

Elias starrte auf den Bürgersteig. »Keine Party«, bestätigte er. »Aber den Schmerz wegdrücken.« Er lachte bitter auf. »Das funktioniert hervorragend mit Techno.«

Jetzt war es an mir zu nicken. Auch wenn mir nichts ferner lag als Techno, dieses Prinzip von Verdrängung kannte ich. »Aber die Mädels, wie du sie nennst, sind anscheinend anders drauf. Heute und vielleicht auch an den nächsten Tagen werden wir sie hier eher nicht antreffen.« Ich riss mich aus meiner Erstarrung und lief los.

Elias ging schweigend neben mir her, bis wir das »Kling und Glöckchen« erreichten, wo er sich ungefragt eine weitere Decke aus dem Regal fischte und im Keller verschwand.

Am nächsten Morgen zog das Geschäft merklich an. Weihnachten rückte näher. Der sichtlich gestresste Paketbote schob einen ganzen Stapel großer Kartons durch die Eingangstür, stellte sie neben der Verkaufstheke ab und wartete ungeduldig auf meine Unterschrift, bevor er mit der Sackkarre zurück zu seinem Wagen ging und sie für das benachbarte Geschäft erneut belud. Ich trug alles ins Büro. Irmgard Kling hatte wirklich gut vorgesorgt. Diesmal gab es auch Kostüme. Alles für den Engel – vom pelzbesetzten Kleid über weiße Flügelspitzen bis hin zum Heiligenschein – sowie natürlich die komplette Weihnachtsmannausstattung inklusive Vorbindebauch und Rauschebart. Die Lieferung enthielt außerdem viele Kugeln unterschiedlicher Größe in allen Farben des Regenbogens, neue Lichterketten, Wichtel und Engel in verschiedenen Variationen und eine kleine Auswahl an besonderen Hängefiguren. Tanzende Schweine im Ballettröckchen mit Flügeln, Weihnachtsmänner in glitzernden Badehosen, schwangere Engel, Skelette mit Weihnachtsmützen, Kugeln mit Sprüchen. Den Inhalt einer Kiste mit Weihnachtsbüchern drapierte ich auf einem kleinen Tisch direkt neben der Kasse. »Lasst uns tot und munter sein« und »Leise rieselt der Tod« waren entgegen meinem ersten flüchtigen Eindruck keine Gesangsbücher, sondern Krimis, wie ich bei einem Blick auf die Rückseiten erkennen konnte. Eine dritte Autorin hatte einen Krimi mit dem schönen Titel »Tannenduft mit Todesfolge« verfasst. Neugierig blätterte ich durch die Bücher. Auch wenn Krimis sonst überhaupt nicht mein Fall waren, musste ich bei diesen hier schmunzeln und an einer Stelle sogar laut lachen. Vielleicht sollte ich meine Einstellung zu Mord und Totschlag zwischen Buchdeckeln noch einmal überdenken, falls mir die Realität irgendwann einmal Zeit dazu ließ. Ich legte mir jeweils ein Exemplar zur Seite.

Inmitten von Kartonagen, Plastikverpackungen und dem dazwischen herumlaufenden Rex versuchte ich, den Überblick über die Kundschaft nicht zu verlieren. Die Leute kauften die Dekoartikel wie Klopapier im Angesicht einer Pandemie. Irmgard Kling hätte ihre helle Freude daran gehabt. Kurz erwog ich, bei meinem heutigen Besuch in ihrem Kellerraum nicht nur ihren aktuellen Zustand zu überprüfen, sondern ihr auch das Ergebnis des abendlichen Kassensturzes mitzuteilen. Man wusste ja nie. Schaden würde es jedenfalls nicht.

»Wie geht es der Cousine?« Waltraud Krause baute sich vor mir auf. Sie machte nicht nur auf dem Kopf einen frisch ondulierten Eindruck. Rex schnupperte an ihren Füßen und knurrte leise. Waltraud Krause beachtete ihn nicht.

»Etwas besser, aber noch lange nicht gut«, sagte ich, während ich eine andere Kundin abkassierte. Waltraud Krause sollte nicht den Eindruck bekommen, ich wäre gesprächsbereit. Sie war wirklich sehr hartnäckig.

»Und was macht Ihr …« Sie zögerte kurz. »Ihr Freund?«

»Mein Freund –«

»Mir geht es hervorragend«, hörte ich Elias hinter mir sagen. Erschrocken fuhr ich herum. Er wollte sich doch nicht zeigen! Und wie ich feststellte, war er diesem Vorsatz treu geblieben.

Vor mir stand ein Weihnachtsmann mit imposantem Bauch und einem schneeweißen Rauschebart. Die Mütze reichte ihm bis zu den aufgeklebten buschigen Augenbrauen.

»Ho, ho, ho«, tönte er laut, nahm mich in beide Arme und gab mir einen haarigen Schmatzer auf die Wange, nach dem er Waltraud Krause über meine Schulter hinweg zunickte. Ich befreite mich. Waltraud Krause musterte uns.

»Ich brauche neues Lametta. Aber von dem guten«, sagte sie schließlich. Ich wies auf das entsprechende Regal und nickte der nächsten Kundin freundlich zu.

»Und was, wenn wir es woanders versuchen?«, nuschelte Elias durch seinen Bart, sobald Waltraud Krause sich nicht mehr in Hörweite befand.

»Wie meinst du das?«

»Nur weil wir gestern Abend keinen Erfolg hatten, muss das ja nicht heißen, dass wir aufgeben.«

»Was meinst du mit woanders?«

»Irgendjemand wird wissen, warum die beiden sich gestritten haben.«

»Wer zum Beispiel?«

Elias pustete in seinen Bart. Die Spitzen des Schnäuzers vibrierten. Ich dachte an die Krimis. Wie machten das die Kommissare in den Büchern? Wurden da nicht immer erst die Familien und die Nachbarschaft befragt?

»Wohnen die Eltern der beiden hier in Dieckenbeck?«

»Nein.«

»Aber du weißt, wo Laura gewohnt hat?«

»Natürlich.«

Ich schaute auf die Uhr hinter mir an der Wand.

»In zwei Stunden ist Mittagspause. Das Essen wird dann wohl heute ausfallen.«

Hätte uns jemand beobachtet, hätte er oder sie sich vielleicht gefragt, warum ein dicker, unförmiger Weihnachtsmann mit Regenschirm in einer erstaunlichen Geschwindigkeit vor einer pummeligen jungen Frau, die in der rechten Hand ebenfalls einen Regenschirm hielt und mit der linken einen Chihuahua hinter sich herzog, weglief. Das Bild, das wir abgaben, hätte sicherlich Anlass zu Spekulationen gegeben. Elias legte aber auch einen schnellen Schritt vor. Rex und ich hatten Mühe, an ihm dranzubleiben, und ich verfluchte wieder einmal meinen inneren Schweinehund, der mich so konsequent vor jeglicher sportlichen Betätigung schützte. Zum Glück hatte das Wetter sich gerade dazu entschieden, einen eiskalten Schneeregen zu produzieren, der die Straßen und Bürgersteige nicht nur innerhalb kurzer Zeit in ein rutschiges Schneematschfeld verwandelte, sondern auch die Menschen davon abhielt, einen Fuß vor die Tür zu setzen.

Nach den ersten zweihundert Metern hatte ich Mitleid mit Rex, der klatschnass und am ganzen Körper zitternd an meinen

Füßen klebte. Ich hob ihn hoch, öffnete meine Jacke und schob ihn hinein. Nachdem ich den Reißverschluss wieder hochgezogen hatte, schaute er wie ein Kängurubaby oben heraus und leckte mir begeistert von unten das Kinn ab. Ich versuchte, ihn davon abzuhalten und gleichzeitig den Anschluss nicht zu verlieren.

Das Haus, in dem Laura gelebt hatte, war eine dieser typischen Anlagen, von denen es in Dieckenbeck außerhalb der Innenstadt viele gab. Zwölf Wohnungen, auf drei Etagen und zwei Hauseingänge verteilt. Jeder der Eingänge war von beiden Seiten mit Hecken gesäumt. Davor führte ein schmaler Weg an den Häusern entlang. Jede Wohnung verfügte über einen langen Balkon, dessen Erscheinungsbild Rückschlüsse auf die jeweiligen Bewohner zuließ. In der obersten Etage hingen ehemals üppige Geranien aus den Kästen. Entweder waren die Bewohner hoffnungslose Optimisten, oder sie hatten ihren Balkon seit dem letzten Sommertag nicht mehr betreten. Um andere Geländer wanden sich bereits winterliche Tannengirlanden samt Lichterketten. Im zweiten Stock thronten zwei dicke Katzen hinter Katzennetzen in den Blumenkästen und schauten grimmig auf mich herab. Direkt daneben sammelte jemand Leergutkästen auf seinem Balkon.

Elias blieb an der Straße stehen. Eine unauffällige Befragung von Lauras Nachbarschaft zu bewerkstelligen, war sowieso schon ein schwieriges Unterfangen. Mit einem übergewichtigen Weihnachtsmann im Schlepptau wäre es nahezu unmöglich. Ich zog den sich heftig wehrenden Rex aus seinem warmen Versteck und drückte ihn Elias in die Hand. Bei der Menge an falschem Haar und Speck würde sich sicherlich ein warmes Plätzchen für den Hund finden lassen.

Wir hatten uns eine Geschichte überlegt, von der wir dachten, sie wäre einigermaßen glaubwürdig: Eine Freundin, aka ich, käme, um eine bereits vor längerer Zeit getroffene Verabredung einzuhalten. Weil Laura nicht öffnete, würde diese Freundin – also ich – besorgt bei den Nachbarn nachfragen und hoffentlich etwas erfahren, was uns weiterbringen konnte. Der Plan war nicht wirklich gut durchdacht, wie mir auffiel, als ich über den schmalen Weg zum hinteren, zweiten Hauseingang ging. Zum Beispiel hatten wir keinen Gedanken daran verschwendet, was genau ich fragen sollte. Gerade wollte ich umdrehen, um dieses Manko mit Elias zu besprechen, als sich die Haustür einen Spaltbreit öffnete. Aus dem Inneren erklang eine helle Kinderstimme. Die Tür öffnete sich etwas mehr, und ich erkannte die Ecke eines Buggys und einen blauen Kinderstiefel. Automatisch sprang ich vor und zog an der Tür. Ein kleiner orangefarbener Blitz schoss an mir vorbei, gefolgt von einem entsetzten: »Bleib stehen, Emilia! Wenn du wieder wegläufst, gibt es nichts vom Weihnachtsmann.«

Die Frau, zu der die Stimme gehörte, erschien hinter dem Buggy. Sie wirkte angespannt, hatte sie doch gleichzeitig mit einem weiteren Kleinkind zu kämpfen, das mit erstaunlicher Kraft versuchte, sich aus dem Buggy zu befreien. Wie aufs Wort stoppte besagte Emilia auf halber Höhe des Weges und starrte in Richtung Straße. Dann machte sie kehrt, rannte ebenso schnell zu ihrer Mutter zurück und umklammerte die seitliche Stange des Buggys wie einen Rettungsanker. Der Erfolg ihrer erzieherischen Maßnahme hatte die Mutter ehrlich verblüfft. Es dauerte einen Moment, bis sich die beiden wieder gefasst hatten.

»Danke.« Sie nickte mir freundlich zu. »Zu wem wollten Sie denn?«

»Mama?« Der orange Blitz namens Emilia zupfte an ihrem Ärmel.

»Ich –«

»Mama.« Heftigeres Zupfen.

»Warte bitte, Schatz. Ich unterhalte mich mit der Frau.« Sie lächelte mich wieder erwartungsvoll an. Mir war klar, dass sie mich auf keinen Fall einfach ins Haus lassen würde.

»Ich wollte zu meiner –«

»Mama!« Emilia stellte das Zupfen ein und wechselte zu einem aufgeregten Hüpfen.

»Emilia, bitte.« Sie legte dem Irrwisch eine Hand auf die Schulter, was aber nur zu noch mehr Bewegungsdrang führte. Selbst ich sah dem Kind an, wie dringend es eine Antwort auf seine noch unausgesprochene Frage haben wollte. Es wirkte wie ein Tischfeuerwerk kurz vorm Zünden. Ich lächelte und nickte zum Zeichen, dass ich warten konnte. Die Frau wandte sich ihrer Tochter zu.

»Mama?«

»Ja?« Sie beugte sich zu ihr hinunter.

»Der Weihnachtsmann.«

»Was ist mit dem Weihnachtsmann?«

»Der ist schon da. Und er hat einen ganz kleinen Hund auf dem Arm. So einen wie der von der Laura.«

»Nein, mein Schatz. Der Weihnachtsmann hat keinen Hund. Er hat höchstens ein Rentier. Der Weihnachtsmann kommt auch erst zu Weihnachten. Und auch nur, wenn du brav bist und mich jetzt mit der netten Frau hier reden lässt.« Sie richtete sich wieder auf und wandte sich mir zu.

»Ich wollte zu meiner Freundin Laura Mühling. Wir sind verabredet«, spulte ich schnell meine Geschichte herunter.

Das Lächeln im Gesicht der Frau erlosch und wich einem Ausdruck von Mitleid.

»Aber er sitzt dahinten auf der Mauer, Mama. Mit dem Hund. Der ist so süß!« Emilia zeigte in Richtung der Straße, und es war nicht ganz klar, ob sie mit süß nun den Weihnachtsmann oder den Hund meinte. Ihre Mutter reagierte nicht.

»Das tut mir sehr leid, aber gestern –«

»Guck doch, Mama! Da ist der wirklich echte Weihnachtsmann. Die machen Kunststücke.« Sie verschluckte sich vor Aufregung an ihren eigenen Worten. »Mama, kann ein kleiner Hund auch den Schlitten vom Weihnachtsmann ziehen?«

»Jetzt sei still, Emilia! Der Weihnachtsmann ist noch nicht da.« Ton und Mimik der Frau wechselten in Sekundenschnelle von Gereiztheit zu Mitgefühl. Ich kam mir vor wie eine Betrügerin. »Die Polizei war im Haus. Ihre Freundin Laura ...« Sie schluckte, bevor sie weitersprach. Die nächsten Worte kamen schnell, offensichtlich bemüht, es zügig hinter sich zu bringen. »Sie ist tot. Die Polizei hat hier im Haus herumgefragt, deswegen weiß ich das.«

»Die Polizei war da.« Emilia nickte heftig.
Ich blieb stumm.
Die Frau sprach weiter. »Ich konnte nicht viel sagen. Ich bekomme nicht viel mit.« Sie wies entschuldigend auf die beiden Kinder.

»Ich wollte der Polizei was erzählen über den lustigen Freund von Laura, aber Mama hat gesagt, ich soll auf mein Zimmer gehen.« Emilia stemmte die behandschuhten Fäuste in die Taille. Hier stand die personifizierte Entrüstung im Miniaturformat.

»Emilia! Jetzt ist es aber wirklich genug mit deinen Phantasiegeschichten.«

Ich räusperte mich.

»Laura ist tot?«, fragte ich und hoffte, genügend Überraschung und Schock in meine Stimme gelegt zu haben. Die Frau nickte.

»Es tut mir leid.«

»Danke. Sehr nett, dass Sie es mir sagen. Ich ... ich weiß gar nicht, was ...« Ich sah die Kleine an und verstummte. Dann setzte ich erneut an. »Ihre Tochter hat aber recht.«

»Womit?«

»Mit dem Weihnachtsmann.« Ich zeigte in Richtung der Straße. »Mein Kollege. Er ist auf dem Weg zu seiner Arbeit. Kaufhaus. Er hat mich hierhergebracht und wartet nun auf mich. Ich hatte ihn darum gebeten, weil Laura nicht ans Telefon ging.« Ich pustete langsam die Luft aus.

»Siehst du, Mama, ich hatte recht.« Emilia triumphierte. »Darf ich zu ihm? Darf ich?« Sie hüpfte wieder. »Bitte!«

»Lassen Sie sie ruhig.« Ich lächelte. »Weißt du was, Emilia? Ich unterhalte mich noch eine Minute mit deiner Mama, und du läufst zum Weihnachtsmann und berichtest ihm von dem lustigen Freund von Laura.« Ich blinzelte ihr freundlich zu. »Und natürlich musst du ihm erzählen, was du dir zu Weihnachten wünschst.«

Kapitel 11

Die Frau konnte mir nichts Neues mehr berichten. Ihre Welt bestand nur aus den vier Wänden ihrer Wohnung und den Wegen zwischen Kindergarten, Spielplatz und Supermarkt. In den wenigen Minuten erfuhr ich eine Menge über sie, ohne dass ich gefragt hätte. Sie arbeitete halbtags im Homeoffice, immer wenn der Kleine schlief und Emilia im Kindergarten war. Was ihr zu Beginn als ideale Lösung erschienen war, entpuppte sich nun immer mehr als Falle. Sie arbeitete länger und oft auch noch abends, weil sie wegen der Kinder nicht so gut vorankam, hatte Schwierigkeiten, das Private vom Beruflichen zu trennen. Vor allem aber vermisste sie ihre Kolleginnen in der Firma.

»Ich möchte einfach in der Pause mit den anderen in der Kaffeeküche stehen und über ein neues Projekt reden können.« Sie beugte sich zu ihrem Sohn hinunter und rückte seinen Schafsfellsack zurecht. »Aber was erzähle ich Ihnen das alles.« Sie hielt inne. Anscheinend war ihr gerade klar geworden, dass sie mir erst vor wenigen Minuten vom Tod meiner Freundin Laura berichtet hatte. »Es tut mir leid.« Sie berührte mich kurz am Arm, brachte den Buggy in Startposition und ging los. Ich folgte ihr.

Am Ende des Weges saß der Weihnachtsmann auf einer kleinen Mauer und hörte aufmerksam einer sichtlich aufgeregten Emilia zu, die ihm mit großen Gesten etwas erzählte. Vermutlich wünschte sie sich einen Elefanten oder einen Dinosaurier zu Weihnachten.

Als wir näher kamen, stand Elias mit Rex unter dem Arm auf. »Dann wollen wir mal sehen, was wir da machen können, Emilia«, sagte er und strich sich durch seinen dichten Bart. Dann tätschelte er ihr den Kopf.

Ich musste zugeben, dass er einen ganz passablen Weihnachtsmann abgab. Sogar seine Stimmlage hatte er angepasst. Sie klang, als wäre er es gewohnt, ein ganzes Heer an Weihnachtszwergen und Elfen bei der Geschenkeproduktion anzutreiben.

»Und?«, wollte ich wissen, als Emilia mit ihrer Mutter und dem kleinen Bruder um die nächste Straßenecke verschwunden war.

»Sie möchte einen Bagger. Einen echten.« Elias riss übertrieben bedeutungsvoll die Augen auf, was seine weiße Lockenperücke in die aufgeklebten Augenbrauen rutschen ließ. »Das könnte etwas schwieriger werden, aber wir von der Firma ›Kling und Glöckchen‹ werden unser Bestes geben. Nicht wahr, Frau Kollegin?« Er grinste. »Im Übrigen muss ich Sie rügen. Sie haben Ihre Flügel nicht ordnungsgemäß angelegt.«

»Hat die Kleine nur über Bagger mit dir geredet?« Ich ignorierte seine Versuche, witzig zu sein.

»In der Hauptsache.« Er strich bedächtig über seinen Bart. »Aber.« Er hob beschwichtigend die Hand und neigte den Kopf. Jetzt sah er wirklich aus wie der Weihnachtsmann. Die Rolle schien ihm zu gefallen. Nur der Hund störte das Bild. Vielleicht sollten wir ihm ein kleines Geweih aufsetzen. Im »Kling und Glöckchen« hatten wir einen ganzen Stapel davon.

Ich nahm ihm Rex ab und stopfte ihn wieder in meinen improvisierten Jackenbeutel. »Was aber?«

»Laura hatte Besuch.«

»Von ihrem lustigen Freund.«

»Richtig.«

»Und das warst nicht du?«

»Nein. Das war nicht ich.«

Ich schwieg. Ich hatte nicht gehört, was Emilia zu ihm gesagt und wie sie Lauras Besucher beschrieben hatte. Mir blieb also nichts anderes übrig, als Elias zu vertrauen.

»Emilia hat den Typ wohl mehrfach vor dem Haus getroffen, als sie draußen gespielt hat.«

Automatisch schaute ich zurück in Richtung Hauseingang. Und richtig. Da standen eine Rutsche und eine kleine Schaukel, in Blickrichtung zu den Balkonen.

»Hat er sie angesprochen?«

»Nein.«

»Warum fand sie ihn dann so lustig?«

»Sie meinte, er hätte immer telefoniert und dabei so rumgezappelt.« Er machte rudernde Bewegungen mit den Armen, und ich konnte mir gut vorstellen, wie Emilia in ihrem orangefarbenen Schneeanzug vor ihm gestanden und es ihm gezeigt hatte.

»Konnte sie ihn beschreiben?«

»Nein. Sie hat gesagt, ein alter Mann.«

»Alt?«

»Wörtlich meinte sie ›ganz alt, älter als die Mama‹. Aus ihrer Perspektive ist alles über fünfundzwanzig uralt.«

»Nicht sehr ergiebig.«

»Nicht, was den Mann angeht. Aber er war wohl nicht immer allein da.«

»Wer war bei ihm?«

»Sophia.« Elias schlug sich mit den flachen Händen seitlich auf den Bauch. »Und«, jetzt betonte er die Wörter, wie Emilia sie vorhin ausgesprochen haben musste. »Sie haben sich geküsst. Ganz dolle.« Dann ergänzte er in seinem normalen Ton: »Los, komm.« Er wandte sich ab und ging. Ich beeilte mich aufs Neue, ihm hinterherzulaufen.

»Wo willst du hin?«

»Eine von Sophias engsten Freundinnen arbeitet in einem Café ganz in der Nähe. Wenn wir uns beeilen, schaffen wir das noch in der Mittagspause.«

»Woher weißt du eigentlich so gut über die Freundinnen der beiden Bescheid?«, wollte ich wissen.

»Weil sie über sie geredet haben, als sie noch miteinander geredet haben. Welche Freundin was zu wem gesagt hatte, warum und was das für Folgen hatte. Ich habe mich meistens ausgeklinkt, aber natürlich trotzdem einiges mitbekommen.«

»Kennt diese Freundin dich?«

»Kann sein. Wir waren mal da und haben was gegessen.« Er blieb stehen und zeigte auf ein Café an der gegenüberliegenden Straßenecke. »Sie kochen gut.«

»Rose's« stand in großen Buchstaben über dem Eingang. Hinter der Glasfront erkannte ich Stehtische mit Barhockern und eine Reihe Tische, an denen die Besucher auf Holzstühlen mit rostroten Samtkissen Platz nehmen konnten. Das Café war gut gefüllt, und die Gäste aßen mit sichtlichem Appetit, während sie sich angeregt über ihr Essen hinweg unterhielten. Zwei Kellnerinnen flitzten geschäftig zwischen den Tischen hin und her, brachten volle Teller, räumten leere ab und jonglierten mit Getränketabletts. Es sah nicht so aus, als ob ich eine Chance auf ein Gespräch hätte. Außerdem knurrte mein Magen so laut, dass Rex sich bemüßigt fühlte, zurückzubrummen.

»Ist eine von denen Sophias Freundin?«

»Die mit den dunklen kurzen Haaren.«

»Okay. Es hat vermutlich keinen Sinn zu warten, bis sie mehr Zeit hat. In einer halben Stunde muss ich das ›Kling und Glöckchen‹ wieder aufmachen. Da sie dich kennt, solltest du nicht in ihre Nähe kommen. Und es wäre sicherlich besser, wenn ich mir zunächst einen glaubhaften Vorwand ausdenke, warum ich sie überhaupt anspreche.« Diesmal war ich es, die sich abwandte und losging.

»Jetzt warte.« Er hielt mich am Ärmel fest. »Ich kann den Laden aufmachen. Du gehst rein, bestellst dir was und kannst mit ihr reden.« Er ließ mich los. »Wir wissen nicht, wie lange sie Dienst hat. Jetzt ist sie hier. Wer weiß, wann wir sie wieder erwischen.«

»Du willst das ›Kling und Glöckchen‹ aufmachen?« Ich blieb stehen. »Allein?«

»Das schaffe ich schon. Du bleibst ja keine Ewigkeit weg. Und hiermit«, er strich sich wieder mit dieser Geste über den falschen Bart, »erkennt mich auch niemand.«

»Solange du den Leuten keine Angst machst.«

Es stimmte. Niemand würde ihn unter dem grauen Gefussel erkennen. Aber darum ging es mir nicht. Auch nicht darum, dass ich befürchtete, er könnte die Kasse ausräumen. So einer war er nicht. Zumal ich den Erlös aus den morgendlichen Verkäufen sowieso vor der Mittagspause aus der Kasse genommen und in der Keksdose deponiert hatte. Und die Vorstellung, er könnte mit unserem wertvollsten Stück, der einen Meter dreißig hohen Weihnachtspyramide aus dem Erzgebirge, durchbrennen, war dann doch zu abwegig. Nein, ihn allein im »Kling und Glöckchen« zu lassen, bedeutete, ihm zu vertrauen. Ihm auf ganzer Linie zu vertrauen. Das war das eigentliche Problem. Aber das lag nicht auf seiner, sondern auf meiner Seite. Ich war nicht allzu gut im Leute-Vertrauen. Auf der anderen Seite hatte ich jetzt und hier die Chance, etwas zu erfahren, das uns möglicherweise weiterbringen konnte. Ich musste mich entscheiden.

Elias streckte seine Hand aus, wartete auf den Ladenschlüssel. Ich rührte mich nicht.

Er schwieg, trat von einem Bein aufs andere und sah mich an. Mein Magen knurrte laut. Elias hob die buschigen Augenbrauen zu einem Gesichtsausdruck, der sagte: Siehst du, du solltest da reingehen, was essen, dabei mit der Kellnerin plaudern und ihr einige für uns wichtige Infos entlocken. Ich rührte mich nicht.

»Na los. Mach schon. Ich bekomme das super geregelt, versprochen.«

Ich griff in meine Tasche. Die Schlüssel fühlten sich kalt an. Ich zog sie hervor, wog sie für einen Moment in meiner Hand und überreichte sie dann Elias.

»Nimm den Hund auch mit.« Ich gab ihm Rex, drehte mich um und marschierte ins Restaurant.

In der hintersten Ecke fand ich einen Platz an einem Vierertisch, von dem die Gäste erst vor wenigen Minuten aufgestanden waren. Ich legte meine Jacke auf die Bank und setzte mich. Leere Teller, halb volle Gläser und zwei Kaffeetassen warteten darauf, abgeräumt zu werden.

Ich lehnte mich an die Wand in meinem Rücken. Es würde nicht lange dauern, bis die Kellnerin an den Tisch käme und ich Gelegenheit hätte, mit ihr zu sprechen. Dummerweise hatte ich noch immer keinen Plan, wie ich es anfangen sollte. Mir wurde heiß. Was um alles in der Welt machte ich eigentlich hier? Ich war schließlich keine Detektivin.

Die Kellnerin erschien, räumte mit raschen Handgriffen das Geschirr ab und verabschiedete sich mit einem »Bin gleich wieder da«. Zwei Minuten Gnadenfrist. Wie sollte ich ein Gespräch mit ihr beginnen? Wie auf Sophia zu sprechen kommen? Und wie auf den Mann, den diese vor Lauras Wohnung geküsst hatte?

Guten Tag, mein Name ist Dianne Glöckchen. Ich komme vom Institut für Demoskopie und möchte gern von Ihnen wissen, wie viele Ihrer Freundinnen in einer Beziehung sind und ob Sie die Partner kennen.

Guten Tag, mein Name geht dich nichts an, aber ich möchte von dir wissen, was für einen Typen sich deine Freundin Sophia an Land gezogen hat.

Guten Tag, mein Name ist Dianne Glöckchen. Ich habe eine Leiche im Keller, verstecke einen von der Polizei gesuchten Mordverdächtigen und möchte jetzt gern von Ihnen wissen, wer Ihre Freundin Sophia geküsst hat.

Ich legte beide Arme auf den Tisch und bettete seufzend meinen Kopf darauf. Das ging so nicht. So etwas musste sorgfältig geplant und vorbereitet werden. Das brauchte ich einfach für meine innere Sicherheit. Die innere Sicherheit war sehr wichtig für mich. Ich hatte ihr sogar schon mal einen Namen gegeben: ISi.

»Geht es dir gut?«

Ich drehte den Kopf und blinzelte über meine Armbeuge hinweg nach oben. Die Kellnerin stand neben mir, einen Notizblock in der einen, einen Stift in der anderen Hand. Ihr Lächeln ging eine Spur über die professionelle Höflichkeit hinaus und zeigte echte Besorgnis. Vielleicht hatte sie aber auch einfach keine Lust auf dramatische Szenen in der mittäglichen Stoßzeit.

»Sie sind eine Freundin von Sophia, richtig?« Ich richtete mich auf. Sie nickte überrascht. »Wissen Sie, wie ihr Freund heißt?« Mit der direkten Frage überrumpelte ich nicht nur sie, sondern auch mich selbst. ISi verdrehte die Augen und schlug sich vor die Stirn.

»Patrick. Wieso?«

»Ich muss ihn dringend sprechen.«

»Woher kennst du Sophia?« Sie musterte mich misstrauisch. Siehst du, mahnte ISi, ich habe es dir ja gesagt. Das geht nach hinten los.

»Über Laura.« Das war nicht gelogen. »Sie wissen, dass beide …« Ich beendete den Satz nicht. Falls sie noch nicht Bescheid wusste, wollte ich keinesfalls die Überbringerin der Nachricht sein. Ein emotionaler Ausbruch war unbedingt zu vermeiden.

»Ja.« Sie schaute sich nach ihrer Kollegin um, entdeckte sie am Tresen, gab ihr ein kurzes Zeichen und zog sich dann einen Stuhl unter dem Tisch hervor, um sich zu mir zu setzen. In meinem Inneren verschränkte ISi die Arme. Sie traute der Entwicklung des Gesprächs immer noch nicht. »Es ist furchtbar, was den beiden passiert ist.« Sie legte Block und Stift vor sich auf den Tisch. »Woher kanntest du Laura? Wart ihr gut befreundet?«

Warum sie mich so konsequent duzte, erschloss sich mir nicht. Sie in eine Diskussion darüber zu verwickeln, erschien mir aber weder sinnvoll noch zielführend, also ließ ich sie.

»Nein. Ich kannte sie nicht gut.« Vielleicht klappte ehrlich genauso gut wie direkt. »Aber ich muss unbedingt Sophias Freund finden. Es ist sehr wichtig. Wenn Sie mir helfen könnten, wäre das toll.«

»Ich weiß nicht, wie er mit Nachnamen heißt. Sie hat immer nur von Patrick gesprochen. Tut mir leid.« Ihre Kollegin rief nach ihr.

»Haben Sie ihn schon mal getroffen?«

»Nein.« Sie stand auf, griff nach Block und Stift und rückte den Stuhl wieder gerade. »Ich muss wieder.« Sie deutete auf die Gäste. »Möchtest du etwas essen? Wir haben heute eine tolle Linsensuppe im Angebot.«

»Aber Sie sind sicher, dass er ihr Freund war?«

»Ziemlich. Sie hatte niemand anderen, nur diesen Patrick. Aber sie hat immer ein großes Geheimnis um ihn gemacht. Was ist jetzt mit Essen?«

»Ich nehme die Suppe. Und einen Kaffee, bitte.«

Nach fünf Minuten stand sie wieder am Tisch und brachte mir das Bestellte. Die Suppe roch verlockend und schmeckte hervorragend. Sogar ISi war wieder einigermaßen beruhigt.

Zum Abrechnen kam die zweite Kellnerin an meinen Tisch. Sophias Freundin war verschwunden. Vielleicht machte sie Pause. Oder sie hatte einfach keine Lust mehr, sich von mir ausfragen zu lassen. Ich gab ein Trinkgeld für beide und beeilte mich, wieder ins »Kling und Glöckchen« zu kommen.

Schon als ich in unsere Straße einbog, hörte ich laute Musik aus dem Laden dröhnen. Bisher hatte ich nicht gewusst, welche Bässe auch in Weihnachtsliedern stecken konnten. So schnell hatte ich die letzten Meter noch nie zurückgelegt. Das war sicherlich nicht in Irmgard Klings Sinne. Ich riss die Tür auf und stolperte beinahe über die Schwelle.

Der Laden war, bis auf Elias, leer. Er stand im Rhythmus wippend mit dem Rücken zur Eingangstür an einem Regal und räumte Waren ein, die dort nicht hingehörten. Er bemerkte mich nicht. Wie sollte er auch? Die Musik übertönte das Bimmeln der Eingangsglocken. Ich versuchte herauszufinden, woher die Musik kam. Aus Irmgards Stereoanlage sicherlich nicht. Das war so eine uralte Kompaktanlage mit Plattenspieler und Kassettendeck. Wenn sie überhaupt Musik im Laden hatte laufen lassen, waren das klassische deutsche Weihnachtslieder gewesen. Interpretiert auf ebenso klassische Weise. Auf den verblichenen Etiketten der Kassetten konnte man noch schwach Namen wie »Niedelsinger Spatzenchor« oder »Ralf Zacharias und die singenden Wollmäuse« lesen. Und genauso hatte Irmgards Beschallung auch geklungen. Altbacken und verstaubt. Außerdem stand die Anlage im hinteren Teil des Büros. Die Musik kam aber eindeutig aus dem Laden.

Ich folgte dem Geräusch nach dem Trial-and-Error-Prinzip und fand schließlich die Quelle. Elias hatte eines der Radios in Tannenbaumform ausgepackt, angeschlossen und einen Sender eingestellt, der nonstop Weihnachtsmusik spielte. Mit einem Ruck zog ich den Stecker aus der Dose. Er fuhr herum.

»Ach, da bist du ja schon. Es war nichts los hier. Warst du erfolgreich?«

»Kein Wunder, dass sich niemand in den Laden traut. Bei dem Krach. Wir sind hier kein Club.« Ich ging zu ihm und nahm ihm das Windlicht mit Sternenmuster aus der Hand, das er gerade ins Regal hatte einräumen wollen. »Das hat da auch nichts zu suchen. Die Windlichter stehen ganz woanders.« In mir brodelte es. Was bildete er sich eigentlich ein? Er stand da in seinem Weihnachtsmannkostüm, das genau genommen noch nicht einmal sein eigenes war, denn ich konnte mich nicht daran erinnern, dass er es bezahlt hatte, und tat so, als wäre die Welt vollkommen in Ordnung und unsere Nachforschungen nur ein lustiger Zeitvertreib. Dabei war *er* derjenige, der unter Mordverdacht stand. *Er* wurde von der Polizei gesucht. *Er* hatte meine Welt ins Wanken und mich dazu gebracht, Dinge zu tun, an die ich vor einer Woche noch nicht einmal gedacht hätte. Der mich in den Club geschickt und mir Gespräche mit völlig fremden Menschen aufgedrückt hatte.

»Also war es nicht gut?«

»Gut? Gut ist hier gar nichts.« Ich widerstand der Versuchung, das Windlicht auf die Theke zu knallen. Die Wut stieg in mir hoch. Ich hatte keine Chance, mich dagegen zu wehren. Das machte mich noch wütender. Emotionen kamen in meinem Leben nicht vor, jedenfalls nicht, wenn ich es verhindern konnte. Meine Kehle kratzte.

Elias trat einen Schritt auf mich zu. »Was ist passiert?«

»Du bist passiert«, platzte es aus mir heraus. »Du ...« ISi kollabierte. »Wenn du nicht –«

Weiter kam ich nicht. Die Ladenglocke ertönte.

»Gut. Du bist da, Dianne. Aber wo hättest du auch sonst sein sollen um diese Zeit? Ich muss dringend ein Gespräch mit dir führen.«

Es gab keine Notwendigkeit, mich umzudrehen. Ich wusste auch so, wer da im Laden stand. Gerade noch rechtzeitig, bevor ich explodierte. Das war Frau Olgas Gespür für Streit. Sie musste eine Art Radar haben. Auch früher hatte sie es bei den sehr seltenen Begegnungen meiner Eltern in unserem Haus immer geschafft aufzutauchen, bevor ein Streit vollends eskalierte, und allein durch ihre Anwesenheit Mäßigung erzielt.

»Der junge Weihnachtsmann hier lässt uns sicher für ein paar Minuten allein.«

Jetzt stand sie neben mir, legte eine Hand auf meine Schulter und hielt mit der anderen ihre Handtasche umklammert. Der Markenname ließ mich ahnen, dass es sich auch hierbei um eine Leihgabe eines unwissenden Luxusgüterhändlers handelte.

»Dianne«, sagte sie, zog mich zu ihr herum und musterte mich. Sie musste meine Stimmung bemerken, sagte aber nichts dazu. »Leider kann ich nicht weiter in meinem Hotel wohnen. Die Umstände sprechen dagegen. Deswegen habe ich entschieden, ein paar Tage bei dir zu bleiben.« Sie wies mit einer knappen Geste zur Eingangstür. Erst jetzt bemerkte ich den Rollkoffer. Auf ihm prangte das gleiche Markenlogo wie auf der Handtasche. Wie diese weitere Leihgabe und die gegen weitere Hotelübernachtungen sprechenden Umstände zusammenhingen, wollte ich gar nicht wissen. Ich setzte zum Widerspruch an.

»Sie können aber nicht einfach hier –«

»Gut. Dann wäre das geklärt.« Sie tat, als hätte sie nichts gehört. »Wo kann ich meine Sachen hinstellen?« Frau Olga ging zur Tür, nahm ihren Koffer und baute sich vor mir auf. Ihre Wangen glühten im gleichen Pinkton wie ihre Mütze.

»Meine Wohnung ist eine Baustelle. Da kann zurzeit niemand wohnen«, startete ich einen neuen Versuch.

»Na, du wirst ja nicht auf der Straße schlafen, oder?«

»Natürlich nicht. Ich wohne hier.«

»Hier?« Frau Olga sah sich im Laden um, dann wieder mich an.

»Im Büro.« Ich deutete hinter mich.

»Und dein Freund?«

»Er ist nicht mein Freund.«

»Ich wohne auch gerade hier«, warf Elias ein.

»Hast du nicht gesagt, deine Chefin sei in Urlaub?«

»So ähnlich.«

»Wie lange?«

»Weiß nicht.«

»Gut. Was ist dann mit ihrer Wohnung? Warum wohnst du nicht in ihrer Wohnung?«

»Weil es *ihre* Wohnung ist.«

»Papperlapapp. Sie überlässt sie dir sicher gern.« Sie knöpfte ihren Mantel auf. Darunter war sie erstaunlich dünn. Ich hatte sie mit mehr Rundungen in Erinnerung. Unter der Mütze kam der altbekannte Dutt zum Vorschein, doch auch ihr Haar schien inzwischen schütterer zu sein. Ich betrachtete sie. Frau Olga war alt geworden. Bei ihrem ersten Erscheinen hier im Laden war es mir nicht aufgefallen, aber jetzt konnte ich es nicht übersehen. In mir rührte sich etwas. Was war das? Bedauern? Mitleid? Nein. Frau Olga zu bedauern oder zu bemitleiden, stand mir nicht zu, das hätte sie sicherlich als sehr große Kränkung empfunden. Nein. Das Gefühl war ein anderes. Eines, das mich überraschte. Ich wollte mich um sie kümmern. Ich wollte, dass es ihr gut ging. Dass sie dablieb. Darüber hinaus hatte sie recht. Es würde Irmgard Kling in der Tat nichts ausmachen, wenn wir uns ihre Wohnung »ausliehen«.

Allerdings käme es überhaupt nicht in Frage, Frau Olga allein dort hineinzulassen. So weit wollte ich dann doch nicht gehen. Was für den Laden galt, musste auch für die Wohnung gelten. Sie war zu behandeln, als könnte Irmgard Kling doch noch jeden Moment von ihrer Reise ohne Wiederkehr zurückkommen.

»In Ordnung. Wir werden in die Wohnung ziehen. Aber«, ich hielt Frau Olga, die schon dabei war, ihre Sachen zusammenzusammeln, am Ärmel ihres Kleides zurück, »erst nach Feierabend.«

Kapitel 12

In der Wohnung roch es, wie es riecht, wenn seit mehreren Tagen weder gelüftet noch sich um herumstehende verderbliche Dinge gekümmert worden war. Behutsam schob ich die Tür zum Flur weiter auf, und wir betraten nacheinander die Etage. Vom schmalen Eingangsbereich gingen vier Türen ab. Hinter der ersten auf der rechten Seite verbarg sich ein Badezimmer. Die Fliesen präsentierten sich in einem freundlichen Pflasterrosa, das meines Wissens Anfang der sechziger Jahre der letzte Schrei gewesen war. Das Waschbecken und die riesige Badewanne hatten den gleichen Farbton, nur noch intensiver. Alles blinkte und blitzte. Erst auf den zweiten Blick entdeckte ich die blinden Stellen am Spiegel und den einen oder anderen Kratzer auf den Armaturen.

Neben dem Badezimmer lag ein kleinerer Raum. Ein schmales Bett neben der Tür, ein Schreibtisch aus schwarzem Metall und dunklem Holz vor dem Fenster, flankiert von zwei Regalen aus dem gleichen Holz. Die Bretter bogen sich unter der Last der Ordner. Vor dem Fenster schützten dunkelgrüne Gardinen mit roter Bordüre vor allzu neugierigen Blicken der Nachbarn.

Auf der linken Seite des Wohnungsflurs führte die erste Tür in ein geräumiges Schlafzimmer. Irmgard Kling schien eine Vorliebe für dunkles Holz gehabt zu haben. Der Kleiderschrank, eine Kommode mit Marmoraufsatz und Spiegel und das große Doppelbett sahen aus wie aus einem Möbelkatalog zu Zeiten des Wirtschaftswunders. Das Bett war bezogen und die Bettdecke auf einer Seite zurückgeschlagen. Hier hatte meine Chefin geschlafen. Auf der anderen Seite bedeckte eine ordentlich eingeschlagene Tagesdecke in Gelb die zweite Matratze.

Die letzte Tür führte in eine große Wohnküche mit einem sehr kleinen, aber gemütlichen Sofa und einer Küchenzeile, die so alt wie der Rest der Wohnung zu sein schien. Alles war sauber, ordentlich und hätte beinahe unbewohnt gewirkt, wäre da nicht der seltsame Geruch gewesen. Es war mir nicht in den Sinn gekommen, mich statt nur um Irmgard Klings Zustand auch um den ihrer Wohnung zu kümmern. Das rächte sich jetzt.

Meine Chefin hatte viel Wert auf gesunde Ernährung gelegt. Das war die Ursache für den Geruch. Der Salat, die Gurke und die Bananen, die sie kurz vor ihrem Treppensturz frisch eingekauft haben musste, hatten vor den hohen Temperaturen, die in der Wohnung herrschten, kapituliert und waren dabei, sich in ihre Bestandteile zu zerlegen.

Neben der Spüle stand ein benutztes Gedeck, auf dem noch Reste der letzten Mahlzeit zu sehen waren und ebenfalls nicht mehr sonderlich ansehnlich wirkten.

Und noch etwas fiel mir auf. In der ganzen Wohnung gab es außer einem Adventskranz aus Tannenzweigen und schlichten roten Kerzen nicht ein einziges Dekoteil. Nichts deutete auf die Pracht und das Vergnügen hin, mit dem Irmgard Kling die Stücke in ihrem Geschäft ausgestellt und präsentiert hatte. Ihre Wohnung sah überhaupt nicht so aus, wie ich sie mir vorgestellt hatte.

Rex rannte an mir vorbei. Er lief aufgeregt hin und her, schnüffelte in allen Ecken, sprang auf das Sofa und wieder hinunter und bellte immer wieder.

»Das Tier wird sich doch zu benehmen wissen, oder?« Frau Olga parkte ihren Koffer im Wohnungsflur und stellte ihre Handtasche auf die kleine Ablage. Sie wirkte ehrlich besorgt.

»Keine Angst. Er ist stubenrein.« Elias klang nicht wirklich überzeugt. Hoffentlich hatte er recht. Ich hatte keine Lust, einen Hundehaufen von der Auslegeware zu kratzen, und sei er auch noch so klein.

»Gut.« Frau Olga schaute sich um. »Ich nehme das kleine Zimmer. Das ist für mich völlig ausreichend.« Sie schob ihren Koffer in die Richtung. »Du und dein Freund, ihr könnt das große Zimmer haben. Ihr seid ja zu zweit.« Ein winziges Lächeln schob sich über ihr ansonsten gewohnt strenges Gesicht. »Und ihr habt den Hund.«

»Aber ich –«

»Kein Aber. Es ist gar kein Problem für mich, in dem kleinen Zimmer zu wohnen. Du brauchst deswegen kein schlechtes Gewissen zu haben, Dianne.« Sprach's und verschwand in Irmgard Klings Arbeits- und Gästezimmer, das sie ab diesem Moment als ihr hocheigenes Reich und damit als uneinnehmbar betrachten würde.

»Ich kann auf dem Sofa in der Küche schlafen.« Elias schaute mich an.

»Das Sofa ist einen Meter zwanzig lang.«

»Das geht schon. Irgendwie.«

»Nein. Das geht nicht. Du kannst bei mir schlafen.«

»Bist du sicher?« Er sah mich mit einem seltsamen Blick an, den ich nicht deuten konnte. War der Gedanke, mit mir ein Zimmer zu teilen, so schrecklich für ihn?

»Natürlich bin ich sicher. Im Zimmer ist genügend Platz. Wir legen einfach eine der beiden Matratzen für dich auf den Boden. Wo ist das Problem?« Ich würde ihn nicht dazu zwingen, im Bett zu schlafen, wenn ich ihm so zuwider war und er absolut nicht wollte.

Er hustete. »Richtig. Einfach eine Matratze auf den Boden legen. Klar. Wie in dem Keller. Natürlich. Kein Problem. Überhaupt nicht.« Er schob sich an mir vorbei in das Schlafzimmer, fegte mit einem Handgriff die Tagesdecke von der unbenutzten Seite und wuchtete die Matratze, die mit einem Spannbettlaken bezogen war, aus dem Bett. Es sah aus, als kämpfte der Weihnachtsmann mit einem besonders unhandlichen Geschenk. Er brauchte eine Weile, bis er die Matratze in eine brauchbare Position gebracht hatte. Er stieß mit dem Fuß dagegen und rückte sie ein paar Zentimeter weiter zur Wand hin. Dann ging er zum Schrank und öffnete wahllos hintereinander die Türen.

»Suchst du etwas Bestimmtes?«

»Bettzeug«, gab er, suchend in den Schrank gebeugt, einem Haufen Wollpullover zur Antwort. »Was hat eigentlich dein Gespräch mit der Kellnerin ergeben? Warst du erfolgreich?« Klick. Er drehte den nächsten Schlüssel, riss die Schranktür auf, schaute hinein und warf sie wieder zu. Klack.

»Wie man's nimmt.«

»Wie man was nimmt?« Klick. Klack.

»Ich weiß jetzt, wie der Freund von Sophia heißt.« Klick, Klack. »Das ist doch sehr gut.« Klick. »Ah, endlich.« Er reckte sich, nahm ein Kopfkissen und eine dicke Bettdecke vom obersten Regal und warf beides auf die Matratze. »Jetzt noch Bettwäsche. Wie heißt er denn?«

»Patrick.«

Das Bettzeug verbarg sich gleich hinter der nächsten Tür. Irmgard Kling hatte für eine alleinstehende Frau erstaunlich viel Wäsche besessen.

»Patrick, und wie weiter?«

»Das weiß ich nicht, weil die Kellnerin es auch nicht wusste.« Ich setzte mich auf die Bettkante und sank augenblicklich bis zu den Hüften ein. Hätte ich mich lieber für das Bodenlager entscheiden sollen?

Elias fächerte den Bettbezug auf, drehte ihn auf links und griff mit beiden Händen jeweils eine Ecke der Bettdecke. Mit Schwung warf er den Bezug nach vorne und zog ihn über die Decke. Dann schloss er die Knöpfe.

»Patrick?« Er hielt in der Bewegung inne.

»Ja. Patrick. Die Kellnerin meinte, Sophia hätte sogar vor ihnen ein großes Geheimnis um den Typen gemacht. Sie kannte ihn nicht persönlich.«

»Patrick«, murmelte er und griff nach dem Kopfkissenbezug.

»Ja. Das sagte ich doch.«

»Patrick.« Zum Dritten. Er richtete sich auf. »Ich kenne einen Patrick.«

»Ich auch. Aber die Wahrscheinlichkeit, dass es sich um den von uns gesuchten Patrick handelt, ist nicht sehr hoch. Zumal ich diesen Patrick zuletzt in der Grundschule gesehen habe.«

Das fertig bezogene Kopfkissen erhielt einen Schlag und landete auf der Matratze auf dem Boden.

Elias rückte seine rote Mütze zurecht. Er trug immer noch sein Weihnachtsmannornat, allerdings wirkte es inzwischen etwas derangiert. Der Bart war ihm unter das rechte Ohr gerutscht, aber er schien es nicht zu bemerken.

»Es gab da mal eine Party bei jemandem.«

»Und der hieß Patrick.«

»Nein.« Er kam zu mir und setzte sich neben mich auf die Bettkante. Gemeinsam sanken wir noch tiefer ein. »Aber die Party war für Sophia, und in der WhatsApp-Gruppe, in der alle dazu eingeladen waren, gab es einen Patrick.«

»WhatsApp-Gruppe?«

»Ja. Das ist eine Gruppe bei einem Messengerdienst, durch die man mit vielen Leuten auf einmal kommunizieren kann.«

»Ich weiß, was eine WhatsApp-Gruppe ist.« Ich verdrehte die Augen und bemerkte sein Grinsen zu spät. Mit einer Hand griff ich nach dem Bart und rückte ihn an die richtige Stelle zurück. »Hast du den Chat noch?«

»Ich denke schon. In meinem Handy.« Er sah mich erwartungsvoll an. Ich erwiderte den Blick.

Elias neigte den Kopf und beugte sich ein wenig zu mir hin. Ich kniff die Augen zusammen. Was sollte das werden? Wollte er mich jetzt küssen? Dafür war dies weder die Zeit noch der Ort. Okay, korrigierte ich mich in Gedanken, der Ort schon, denn welcher Ort wäre wohl geeigneter für einen Kuss als ein Schlafzimmer, aber das tat nichts zur Sache. Ich spürte, wie ich schon wieder rot wurde. Was für ein Mist.

»Du hast mein Handy.« Er ließ sich schräg nach hinten aufs Bett fallen und stopfte sich Irmgard Klings Kopfkissen in den Nacken. »Wenn wir nachschauen wollen, ob wir vielleicht mehr über ihn herausfinden können, müsstest du es jetzt rausrücken.«

»Stimmt. Ich habe dein Handy«, brummelte ich und verstummte. Ich hatte es ihm abgenommen. Zusammen mit seiner Geldbörse und dem Schlüsselbund. Aber wo hatte ich es hingelegt? Ich erinnerte mich, aus dem Keller wieder nach oben gekommen und direkt mit Rex rausgegangen zu sein. Das Handy musste noch im Büro liegen.

»Warte hier. Ich bin gleich wieder da.« Ich stand auf, verließ die Wohnung und lief nach unten. Vom Treppenhaus führte eine Tür direkt ins Büro. Suchend blickte ich mich um. Ich hatte entgegen meiner sonstigen Gewohnheit nicht darauf geachtet, wohin ich das Handy gelegt hatte. Trotzdem war ich mir sicher, es nicht achtlos in einem Regal verstaut zu haben. Konzentriert betrachtete ich die Dinge, die zwischen Kellertür, Büro und Laden in den Regalen standen. Mein Blick fiel auf eine alte Lebkuchendose in Schatztruhenform. Das Handy darin zu verstauen, wäre weder originell noch besonders logisch. Es sei denn, ich wäre davon ausgegangen, von einer Bande Handyräuber überfallen zu werden. Aber auch das wäre nicht sehr schlau gewesen. Die Dose schrie förmlich danach, irgendwelche wichtigen Dinge zu beherbergen. Ich hob den Deckel. Das Handy lag natürlich darin. Was hätte ich auch anderes von mir erwarten können? In der Eile hatte ich es einfach dort hineingetan, weil die Dose eben greifbar gewesen war.

Unter dem Handy lag ein dicker großer Briefumschlag, den ich ebenfalls herauszog. Vielleicht hatte Irmgard hier ja noch weiteres Bargeld deponiert? Ich schaute in den Umschlag. Kein Geld. Das sah eher wie alte Papiere aus. Ich schloss den Umschlag und nahm ihn mit nach oben.

Wenn ich Zeit hatte, würde ich die Unterlagen durchsehen. Womöglich enthielten sie noch weitere Infos zum Laden.

»Wenn du es jetzt anschaltest, kann die Polizei dich finden, oder?« Ich reichte Elias das Handy. Er hatte sich nicht von der Stelle gerührt, sondern lag nach wie vor schräg auf dem Bett. »Ich erinnere mich sehr vage an einen Fernsehkrimi, den ich vor einigen Monaten gesehen habe. Da hatten die Ermittler eine SMS geschickt, die auf dem Handy nicht sichtbar war, und konnten so den Gesuchten finden.«

Elias nickte und überlegte. »Stimmt. Ich nehme die SIM-Karte raus, bevor ich es anmache. Dann müsste es gehen.« Er suchte nach einer Büroklammer, bog sie auf und öffnete damit das Kartenfach. Nachdem er die Karte entnommen und das Fach wieder geschlossen hatte, schaltete er das Handy an. Er drückte auf dem Bildschirm herum, bis die App des Messengerdienstes auftauchte, und scrollte durch die Einträge. »Hier ist die Einladung.« Er rief den Gruppenchat auf.

Ich setzte mich wieder neben ihn, ignorierte das Einsinken, und wir beugten uns über den kleinen Bildschirm. Kurznachrichten reihten sich aneinander. Bei den meisten war ein Name vermerkt, bei manchen nur eine Nummer, die aber vom vermutlichen Absender in hellgrauer Schrift flankiert wurde. Keiner der Absender hieß Patrick.

»Das war wohl nichts.« Enttäuscht rückte ich ein Stück von Elias ab.

»Warte.« Er scrollte weiter nach unten. »Hier sind noch drei Nummern.« Er deutete auf den Bildschirm. Dreimal untereinander stand in sehr kleiner Schrift eine Mobilnummer, darunter ein »hat die Gruppe verlassen«. »Es könnte einer von denen sein.«

»Und wie finden wir das heraus?«

»Auf die ganz klassische Weise. Wir rufen sie an.«

»Aber nicht mit deinem Handy.« Ich stand auf, ging in den Flur und fand, was ich suchte. Ein altmodisches Festnetztelefon mit Drehscheibe. Ich trug es ins Schlafzimmer und schloss die Tür hinter mir. Frau Olga konnte durch Wände hören, auch wenn sie vermutlich andere Geräusche erwartete. Zum Glück war das Kabel lang genug. Ich stellte den Apparat auf meine Knie. Elias diktierte mir die erste Nummer. Das Freizeichen war zu hören, dann eine Frauenstimme.

»Hallo?«

»Ist Patrick zu sprechen?«, versuchte ich mein Glück.

»Hier gibt es keinen Patrick.« Es klackte in der Leitung. Aufgelegt.

Bei der zweiten Nummer informierte uns die Mailbox darüber, dass sie einem gewissen Björn gehörte und darüber hinaus bereit war, für diesen eine Nachricht aufzuzeichnen. Wir verzichteten darauf.

Unter der dritten Nummer klingelte es lange. Dann wurde abgehoben, und wir hörten eine Kinderstimme. »Hier ist Emma Windeck. Wer ist da?«

»Hallo, Emma. Wir suchen Patrick. Ist das sein Handy?«
»Papa liest gerade Julian etwas vor. Soll ich ihn holen?«
»Nein. Ich melde mich später noch mal. Danke, Emma.«
Langsam legte ich den Hörer auf.
»Treffer. Der Typ, dem die Nummer gehört, heißt Patrick Windeck und hat Familie.«
»Das würde das Geheimnis erklären, das Sophia um ihn gemacht hat. Der Typ ist verheiratet.«
»Und Sophia war seine Geliebte.«
»Was hat sie dann in Unterwäsche in meiner Wohnung auf meinem Sofa zu suchen gehabt?«
»Du meinst, warum sie nicht in Unterwäsche in *seiner* Wohnung auf *seinem* Sofa gesessen hat?« Ich wartete nicht auf eine Antwort, sondern gab sie direkt selbst. »Vermutlich hätten Emma und Julian die nette Tante gefragt, ob ihr denn nicht kalt sei und ob sie ihr eine Decke holen sollten. Während Emmas und Julians Mama wohl sehr schnell dafür gesorgt hätte, dass Sophia sich deutlich wärmer anzieht.«
»Du meinst, sie hat sich in meiner Wohnung mit ihm getroffen?«
»Möglich wäre das doch.« Ich überlegte. »Du scheinst dich nicht gefragt zu haben, wie Laura und Sophia in deine Wohnung gekommen sind, als du neulich nach Hause kamst. Laura hatte doch sicherlich einen Schlüssel.«
»Natürlich. Früher mal. Als wir offiziell ein Paar waren.«
»Könnte sie oder Sophia sich einen Nachschlüssel haben machen lassen?«
»Möglich. Laura eher nicht. Aber Sophia. Ohne dass Laura das mitbekommen hätte.«
»Wo habt Laura und du euch denn getroffen, wenn ihr …?« Ich suchte nach dem richtigen Ausdruck für diese Freundschaft-mit-Extras-Sache und fand keinen. »Wenn ihr verabredet wart?«
»Bei ihr. Aber so häufig war das nicht.« Er sah mich an. »In der letzten Zeit sogar eher selten bis gar nicht mehr.«
Ich nahm das mit einer inneren Erleichterung zur Kennt-

nis, die mich überraschte. Elias setzte die Mütze ab, schob den falschen Bart über das Gesicht nach hinten und wischte sich mit dem Ärmel über die Stirn. Nach der stundenlangen Weihnachtsmannmaskerade wirkte sein Gesicht jetzt angreifbar.

»Wir könnten mit ihm sprechen«, schlug ich vor.

Elias lachte auf. »Macht dir das Detektivspiel jetzt doch langsam Spaß?« Er erhob sich, vertrat sich die Beine und streckte sich. Dann reichte er mir eine Hand. »Ich habe Hunger, lass uns was essen.«

Ich griff zu, und er zog mich mit Schwung hoch. Im Aufstehen spürte ich, wie ich ins Wanken geriet, schaffte es aber gerade noch, mich wieder zu fangen. Das fehlte mir noch, dass ich wie ein Klischee in seine Arme fiel.

»Hier in der Wohnung haben wir nichts.« Ich wandte mich zur Tür und hörte, wie er mir folgte.

»Janne?«

Ich drehte mich zu ihm um. Er stand sehr dicht bei mir, nahm mich in den Arm und küsste mich. Einfach so.

Mein großes Problem beim Küssen ist, dass ich mich nicht aufs Küssen konzentrieren kann. Ich denke beim Küssen. An das Küssen selbst und daran, wie es zustande gekommen ist. Dann denke ich darüber nach, wie es ist, das Küssen. Für mich und für meinen Kusspartner. Und ich frage mich, ob ich dieses oder besser jenes tun oder vielleicht doch lieber lassen sollte. Und dann, immer noch während des Küssens, wundere ich mich darüber, wie lange es andauert. Und ich wundere mich über mein Empfinden, dass es mir wider Erwarten doch gefällt, geküsst zu werden und zu küssen. Und dann schleicht wie ein aufdringlicher Zuschauer wieder die Ungewissheit durch die Szene. Auch diesmal dachte ich ans Denken und ans Küssen und wunderte mich, wie gut es mir gefiel. Erst ganz am Schluss kam die Erkenntnis, dass er mich nicht gefragt hatte, ob ich überhaupt geküsst werden wollte. Worüber ich ebenfalls nachdachte und zu einem positiven Ergebnis kam: Ich wollte. Im Anschluss daran dachte ich für eine kurze Zeit gar nichts mehr, was mich im Nachhinein doch sehr überraschte.

Schließlich löste ich mich aus seiner Umarmung und räusperte mich. »Unten habe ich noch Brot und ein paar Tomaten.«

Ich öffnete die Schlafzimmertür, betrat den Flur und blieb sofort wieder stehen. Elias rempelte mich von hinten an. Er hatte nicht mit meinem unvermittelten Stopp gerechnet.

»Was ist los?«

Ich hob eine Hand und legte den Zeigefinger an meinen Mund.

Es drangen Stimmen aus der Küche. Ich erkannte Frau Olgas dunkles Timbre und ihre unverwechselbare Art zu sprechen. Die andere kannte ich auch, aber es dauerte einen Moment, bis ich sie richtig zugeordnet hatte.

Mit wenigen Schritten war ich an der Küchentür und schaute hinein. Am Küchentisch saßen, teetrinkend und in ein angeregtes Gespräch verwickelt, Frau Olga und Waltraud Krause.

Kapitel 13

Waltraud Krause hielt ihre Tasse fest in beiden Händen, pustete den Dampf zur Seite und fixierte mich über den Rand hinweg. Frau Olga saß kerzengerade auf dem Stuhl ihr gegenüber.

Obwohl Waltraud Krause Frau Olga um einige Jahre voraus sein musste, wirkte diese deutlich älter. Hier in dem matschigen Licht der Energiesparlampe fiel auf, wie dunkel die Ringe unter ihren Augen und wie grau der Ton ihrer Haut war.

»Dianne.« Frau Olga wandte mir den Kopf zu. »Wir haben Besuch bekommen.« Sie nickte Waltraud Krause zu und deutete dann mit einer knappen Geste auf einen der beiden anderen Stühle am Tisch. »Setz dich doch.«

»Lieber nicht«, entfuhr es mir. Wenn ich auf eines jetzt sicherlich keine Lust hatte, dann auf eine gepflegte Konversation mit Waltraud Krause in der Küche von Irmgard Kling. »Ich wollte gerade los, um uns etwas zu essen zu besorgen.« Ich ging in Richtung Wohnungstür und bedeutete Elias zu bleiben, wo er war. Waltraud Krause hatte ihn zwar bereits ohne seine weihnachtliche Kostümierung gesehen, aber es lag mir fern, ihre Erinnerung an sein Aussehen aufzufrischen.

»Das brauchst du nicht, Dianne. In den Schränken waren einige Vorräte. Ich habe schon etwas vorbereitet.«

Jetzt roch ich es auch. Aus dem Ofen stieg der Duft eines Auflaufs. Irgendetwas mit Nudeln, Tomatensoße und Zwiebeln.

»Ich könnte noch Salat besorgen.«

»Der ist auch schon fertig. Es war noch ein Glas Bohnen da.«

Kurz war ich in Versuchung, unsere alte Diskussion wieder aufleben zu lassen, bei der ich schon vor Jahren stets verloren hatte. Es ging um die Frage, ob nur frisches Grün einen Salat ergab, der den Namen auch verdient hatte, oder ob Gemüse aus Gläsern oder Dosen in Soße die Kriterien ebenfalls erfüllte. Frau Olga war die Dosen- und Glasbefürworterin. Wobei ich sie seit jeher im Verdacht hatte, diesen Standpunkt nur aus Bequemlichkeitsgründen zu vertreten. Aber ob Dose oder nicht: Dose war jetzt nicht mein Hauptproblem. Das saß am Küchentisch und blies zufrieden kleine Wölkchen von der Teetasse. Waltraud Krause sah aus wie ein Drache, der kurz davor war, Feuer zu spucken.

»Sehr gut. Danke.« Ich rang mir ein Lächeln ab und spürte selbst, wie unecht es wirkte. »Ich muss trotzdem noch mal eben runter. Ich hab was vergessen. Kann etwas dauern.« Ich hob die Hand und winkte Frau Krause zu. »Falls Sie nicht mehr da sind, wenn ich wiederkomme, schon mal einen schönen Abend.«

Das wäre sicher die beste Lösung. Elias war mit Rex wieder im Schlafzimmer verschwunden, und Frau Olga konnte sich in Bezug auf Irmgard Kling nicht verplappern, weil sie nur die Version kannte, die ich auch Waltraud Krause erzählt hatte.

»Man könnte ja glauben, du meidest meine Gesellschaft«, flötete unsere Nachbarin in säuselndem Ton. Und wurde von Frau Olga umgehend unterstützt: »Nun sei nicht so unhöflich, Dianne. Was es auch ist, es wird sicherlich noch fünf Minuten warten können.«

Ich gab meinen Fluchtversuch und jegliche Hoffnung auf, der Situation entkommen zu können, zog mir den Stuhl unter dem Tisch hervor und gesellte mich zu dem Damenkränzchen. In Sekundenschnelle dampfte auch vor mir eine volle Teetasse. Waltraud Krause beugte sich zu mir.

»Hast du schon etwas Neues von Frau Kling gehört?«
»Nein.«
»Geht es ihr gut?«
»Ja.«
»Woher willst du das wissen, wenn du nichts gehört hast?«
»Keine Nachrichten sind gute Nachrichten.« Damit zitierte ich meine Mutter, die mir eine Zeit lang exakt diese Antwort gegeben hatte, wenn ich sie nach meinem Vater fragte. Frau Olga hob eine Augenbraue. Sie kannte den Spruch. Und sie kannte die damalige Situation. Ich wiederum kannte ihren Gesichtsausdruck. Der verhieß nichts Gutes.

»Es ist sehr ungewöhnlich, dass Irmgard das ›Kling und

Glöckchen‹ so lange führungslos lässt.« Waltraud Krause stellte die Tasse auf den Tisch und richtete den Henkel wie eine Speerspitze auf mich aus. »Sie lebt für diesen Laden.« In ihrer Stimme schwang ein Unterton mit, den ich nicht interpretieren konnte. Seit wann waren die beiden überhaupt per Du? Das war mir komplett neu. Und wieso duzte sie auch mich auf einmal?

»Das ›Kling und Glöckchen‹ ist nicht führungslos. Ich bin da«, entgegnete ich entrüstet. Ich leistete gute Arbeit und hatte alles im Griff, sogar unter diesen besonderen Umständen. Irmgard Kling wäre stolz auf mich.

»Weiß sie auch hiervon?« Waltraud Krause umfasste mit einer unbestimmten Geste die Küche.

»Wir pflegen Frau Klings Wohnung sehr gut, keine Sorge«, warf Frau Olga ein. »Es ist nicht gut, wenn die Räume um diese Jahreszeit länger leer und unbelüftet bleiben. Das fördert den Schimmelwuchs. Außerdem kümmern wir uns um die Pflanzen.«

Ich nickte und streckte ein wenig trotzig das Kinn vor.

Frau Olga erhob sich und ging zur Küchentür. »Wenn ich Sie jetzt zur Tür begleiten darf«, sagte sie, als wären wir noch in dem riesigen Haus meiner Eltern, in dem ein Fremder Gefahr lief, sich zu verlaufen.

Waltraud Krause stand ebenfalls auf. Sie zögerte kurz, folgte dann aber widerwillig Frau Olga. Ich sah ihr die Absicht, noch länger zu bleiben und mich weiter über den Verbleib von Irmgard Kling auszufragen, an. Warum war sie nur so hartnäckig? War meine Chefin wirklich der einzige Mensch, mit dem sie ab und an ein Schwätzchen halten konnte? War sie so einsam? Oder gehörte sie einfach zu den Menschen, die ihre Nasen in alles hineinstecken mussten, was sie nichts anging?

Fünf Sekunden später hörte ich, wie die Wohnungstür hinter Waltraud Krause ins Schloss fiel. Nach weiteren drei Sekunden stand Frau Olga wieder vor mir, musterte mich streng von oben bis unten und setzte sich dann auf ihren Platz am Tisch.

»Und nun wüsste ich gern die Wahrheit.« Ihr Ton war unaufgeregt.

»Was für eine Wahrheit?«

»Die ganze. Über Irmgard Kling. Was ist mit ihr?«

»Was soll mit ihr sein?« Ich verbot meinem zwölfjährigen inneren Kind, auf dem Stuhl hin und her zu rutschen. »Sie ist bei ihrer erkrankten Cousine und pflegt sie.«

Frau Olga sah mich an und schwieg. Die Stille stand zwischen uns. Keine von uns beiden rührte sich. Hätte man mich in dem Moment gefragt, ich hätte geschworen, das Atmen komplett eingestellt zu haben. Aber das war sicherlich nur eine subjektive Wahrnehmung, verursacht durch eine Welle von Erinnerungen. Dinge und Situationen aus meiner Kindheit, in denen es genauso gewesen war wie jetzt gerade. Wenn ich vor dem Essen Kekse aus der Dose geklaut hatte zum Beispiel. Wobei Frau Olga mir nie die illegale Aneignung verübelte, sondern den Umstand, dass diese Kekse meinen Magen bereits vor ihrem mit viel Zeitaufwand gekochten Essen füllten. Spätestens wenn ich lustlos mein Essen mit der Gabel auf dem Teller hin und her schob, entstand diese Stille. Voller Fragen, deren Antworten sie bereits kannte, obwohl ich weiter darum bemüht war, den Anschein von Unschuld aufrechtzuerhalten. Oder als ich einmal, im Alter von sieben oder acht Jahren, vor Weihnachten durch alle Schränke des Hauses gekrochen war, auf der Suche nach meinen Geschenken, hatte ich mir doch so dringend und unbedingt diese eine Puppe gewünscht, die alles konnte. Weinen und lachen und Pipi machen. Fast wie ein echtes Baby. Meine Mutter hatte sie gekauft, aber Frau Olga hatte sie versteckt. Und sie hatte auch die Kleidung für die Puppe besorgt. So musste es gewesen sein. Ich fand sie schließlich ganz weit hinten im Schrank meines Vaters hinter Anzügen und Hemden. Ihre blauen Augen starrten mich durch den Kunststoff der Verpackung an. Ich nahm den Karton und umarmte ihn, als hielte ich schon die Puppe im Arm.

Abends stellte Frau Olga mich zur Rede.

Ob ich mich schon auf die Suche nach möglichen Geschenken gemacht hätte. Nein. Ganz ehrlich nicht. Nein. Ob ich sicher sei. Ja. Ob ich im Zimmer meines Vaters gewesen sei. Nein.

Ob ich den Schrank meines Vaters geöffnet hätte. Nein. Ob ich mich um die Überraschung und sie um die Freude über meine Überraschung gebracht hätte. Nein. Frau Olga hatte mich mit strengem Blick fixiert. Ihre Augen so blau wie die der Puppe. Und ich erinnere mich daran, in diesem Moment überzeugt gewesen zu sein, dass die Augen der Puppe in Wirklichkeit die von Frau Olga gewesen waren, durch die sie mich gesehen hatte.

Dieselben Augen schauten mich nun wieder an. Das Blau war trüber geworden, hatte aber nichts von seiner Intensität eingebüßt.

Ich trank einen Schluck Tee. Frau Olga sagte nichts.

Ich drehte die Tasse um ihre eigene Achse, zog den Teebeutel an seinem Faden heraus und ließ ihn wieder in den Tee fallen.

Frau Olga blieb stumm.

Damals hatte ich die Sache durchgezogen. War standhaft bei meiner Aussage geblieben. Nein, die Nacht vor Heiligabend hatte ich nicht geschlafen. Aber nicht vor Spannung und Vorfreude und Aufregung über das, was kommen würde, wie in den Jahren davor, sondern weil mich die Unsicherheit wachhielt. Hatte sie mir geglaubt? War es mir gelungen, sie zu täuschen? Mein Vergehen zu verbergen?

Am Abend entdeckte ich unter dem Baum nur einige wenige kleine Geschenke. Bücher, ein Spiel, einen Pullover. Mein Vater hatte ein Paket geschickt, in dem sich ein Armband mit silbernem Anhänger und ein Foto von ihm befanden. Ich freute mich, wie sie es von mir erwarteten. Die Puppe fehlte. Meine Enttäuschung darüber war riesig. Aber ich durfte sie nicht zeigen. Denn dann wären meine falschen Neins entlarvt worden.

Frau Olga hatte mich an jenem Abend beobachtet. Sie hatte gelächelt und sich zurückgehalten, wie es in Anwesenheit meiner Mutter ihrer Rolle in der Familie entsprach, aber sie ließ mich nicht aus den Augen. Ab und an wechselten meine Mutter und sie einen Blick wie Komplizinnen.

Am nächsten Morgen saß die Puppe in einem Stuhl vor der Tür meines Kinderzimmers. Um sie herum lagen kleine Pakete, von denen jedes ein passendes Kleidungsstück enthielt. Bis heute weiß ich nicht, wessen Idee das gewesen war. Die meiner Mutter oder die von Frau Olga.

Sie hatten es gewusst.

Frau Olga saß reglos vor mir, die Hände im Schoß gefaltet.

Meine Chefin lag seit Tagen tot im Keller. Verblutet nach einem Treppensturz, von mir sorgfältig aufgebahrt und kühl gehalten, damit das »Kling und Glöckchen« nicht geschlossen wurde. Damit ich die Arbeit nicht verlor, die ich so liebte. Damit ich nicht das verlor, was mir Halt und eine Perspektive gab. Ich war die Einzige, die davon wusste. Vielleicht war es an der Zeit, jemanden in mein Geheimnis einzuweihen? Jemanden, dem ich vertraute. Jemanden, der mich verstehen würde.

Frau Olga schwieg. Ich stand auf und bedeutete ihr, mir zu folgen.

Wir gingen durch das hell erleuchtete Treppenhaus nach unten. Der Laden lag im Halbdunkel, beschienen nur von der Straßenlaterne vor dem Fenster. Erst am Treppenabgang zum Keller schaltete ich das hier unten spärliche Licht ein. Frau Olga folgte mir langsam und vorsichtig, Stufe für Stufe. Dann bis ans Ende des Ganges. Ich tastete nach dem Schlüssel in der Mauernische, fand ihn und schloss die Tür auf. Dahinter war es deutlich kälter als im Rest des Kellers. Die geöffneten Fenster erfüllten die ihnen zugedachte Aufgabe.

Das Licht der nackten Glühbirne an der Decke blendete uns beide. Frau Olga musste die Augen schneller wieder geöffnet haben als ich, denn ich hörte ein leises, erstauntes »Oh«.

Sie räusperte sich und trat näher an den Tisch heran, auf dem Irmgard Kling aufgebahrt war. Diese sah in Anbetracht der Umstände auch jetzt noch relativ gut aus.

»Ich nehme an, das ist deine Chefin.« Eine Feststellung. Keine Frage. Sie beugte sich über das Gesicht der Toten und musterte sie neugierig.

»Ja. Das ist Irmgard Kling.«

»Was ist passiert?«

»Sie ist die Treppe hinuntergestürzt.«

»Du hattest nichts damit zu tun?«

»Nein. Ich habe sie nur hier hereingebracht und so hingelegt.«

»Warum?«

Ich erklärte Frau Olga alles. Von meiner Freude, endlich eine Arbeit gefunden zu haben, die mir Spaß machte und in der ich wirklich gut war. Von meiner Angst, sie wieder zu verlieren, und meinem spontanen Entschluss, Irmgard Klings Tod noch eine Weile zu verheimlichen.

»Verständlich.« Frau Olga nickte bedächtig. »Aber nicht sehr gut durchdacht, Dianne. Früher oder später wirst du sie hier trotz der eisigen Temperaturen nicht mehr aufbewahren können.« Sie trat einen Schritt zurück, schnupperte. »Eher früher. Zumal sie eine ordentliche Bestattung sicherlich verdient hat.«

Ich nickte. Natürlich war mir dieser Gedanke auch schon gekommen, aber die aktuellen Geschehnisse hatten mir keine Zeit gelassen, ihn zu Ende zu denken.

Frau Olga ging um den Tisch herum und betrachtete Irmgard Kling von allen Seiten. Sie hob eine Hand, und für einen Moment sah es so aus, als wollte sie ihr über die Wange streicheln. Doch dann ließ sie die Hand wieder sinken.

»Sie sieht friedlich aus«, sagte sie leise, und ich bemerkte ihr Erstaunen. Dann ging ein Ruck durch ihren Körper, sie straffte sich und warf mir einen weiteren ihrer Eisblicke zu. »Der Weihnachtsmann ist dann vermutlich auch nicht dein Freund?«

»Nein.« Ich fragte mich im gleichen Augenblick, ob dieses Nein denn noch der Wahrheit entsprach. Er hatte mich geküsst. Küsste man jemanden, von dem man gar nichts wollte? Weder Freundschaft noch eine Beziehung? »Vielleicht«, schob ich hinterher.

»Ja, was nun? Du weißt, ich bin für klare Verhältnisse, Dianne.«

»Es ist kompliziert. Wir kennen uns noch nicht so lange.«

»Wie lange?«

»Seit vorgestern.«

»Das ist in der Tat noch nicht sehr lange.«

»Aber wir haben uns geküsst.«

»Das wiederum ist eventuell übereilt.« Sie hielt kurz inne und fuhr dann fort: »Erkläre mir bitte, warum er, obwohl eure Bekanntschaft erst seit zwei Tagen besteht, bereits bei dir eingezogen ist. Ist er obdachlos?«

»So etwas in der Art.«

»Ist das etwa auch ›kompliziert‹?«

»So kann man es ausdrücken.« Ich lehnte mich mit auf dem Rücken verschränkten Händen an die Wand und schlug den Hinterkopf immer wieder leicht gegen die Steine. Wenn wir schon die Stunde der Wahrheit erreicht hatten, sollte Frau Olga auch alles erfahren. Angefangen bei der toten Laura zwischen meinen Mülltonnen über die halb nackte tote Sophia auf Elias' Sofa bis hin zu seiner Rolle in dem Ganzen.

»Ich nehme an, der Hund ist auch nicht deiner?«, fragte sie, als ich mit meinem Bericht geendet hatte.

»Nein.«

»Das merkt man sofort. Du kümmerst dich nicht richtig um das Tier. Es ist Winter, und er hat keine wärmende Kleidung an. Chihuahuas stammen aus Mexiko, haben keine Unterwolle und benötigen deswegen bei den hier vorherrschenden Temperaturen zusätzliche Kleidung. Einen Mantel oder Ähnliches.«

»Im Laden habe ich einen Pullover für kleine Hunde. Mit Weihnachtsmotiven.«

»Sehr gut.« Sie ging auf die Tür zu, drehte sich aber noch einmal zu mir herum. »Weiß der junge Mann hiervon?« Sie deutete auf Irmgard Kling.

Ich schüttelte stumm den Kopf.

»Gut.« Sie öffnete die Tür und trat in den Flur hinaus. »Dabei sollten wir es auch belassen.«

Kapitel 14

Elias schlief. Er lag vollständig angezogen rücklings auf dem Bett, einen Arm über die Augen gelegt. Das Licht brannte. Rex schaute auf, als ich das Zimmer betrat. Er hatte sich an Elias' Seite gekuschelt und blinzelte mich verschlafen an. Ich ging zu Elias und berührte ihn kurz an der Schulter. Er rührte sich nicht. Ich stieß ihn erneut an, diesmal kräftiger. Rex streckte sich und sprang vom Bett.

»Elias?« Ich schob seinen Arm zur Seite. Er verzog das Gesicht und knurrte, hielt aber die Augen geschlossen.

»Ist sie weg?«, wollte er mit vom Schlaf knarziger Stimme wissen.

»Ja.«

»Gut.« Er öffnete die Augen, setzte sich auf und rieb sich über das Gesicht. »Sie ist anstrengend.«

»Frau Olga hat gekocht. Sie hat die Schränke geplündert und etwas zusammengezaubert.« Ich ging zur Tür. »Ich habe ihr das mit Laura und Sophia erzählt.« Und ihr meine tote Chefin gezeigt, hätte ich ergänzen können. Aber das ließ ich lieber sein.

»Du hast was?« Alles Verschlafene war aus seiner Stimme verschwunden.

»Sie hätte es sowieso früher oder später herausgefunden. Vor Frau Olga kann man nichts verbergen. Vor allem dann nicht, wenn man mit ihr unter einem Dach wohnt.«

»Sie wird zur Polizei rennen.«

»Nein, das wird sie nicht. Sie und die Ordnungshüter haben, sagen wir mal, kein allzu gutes Verhältnis.«

»Und du traust ihr?« Er stand auf, mit wenigen Schritten war er neben mir.

»So wie ich dir traue.« Ich zog die Tür auf und ging durch den Flur zur Küche. Er folgte mir.

»Dieser Herr Windeck. Woher wisst ihr, dass es der richtige Patrick ist?«, wollte Frau Olga wissen, nachdem wir die Mahlzeit beendet hatten und ich zum ersten Mal seit Tagen wieder das Gefühl hatte, etwas Reelles zu mir genommen zu haben.

»Wir wissen es nicht. Wir denken das nur.«

»Denken und Sein werden vom Widerspruch bestimmt.« Frau Olga erhob mahnend den Finger. »Das hat bereits Aristoteles erkannt.«

»Es ist die einzige Spur, die wir haben.« Elias kratzte mit seiner Gabel die letzten Nudeln aus der Auflaufform, spießte sie der Reihe nach auf und schob sie sich in den Mund. »Es ist zudem sehr wahrscheinlich, denn andere Patricks hat Sophia meines Wissens nicht gekannt. Wir haben uns früher oft zu mehreren getroffen. Da war nie ein Patrick dabei.«

Ich schob meinen Teller weg und griff zum Handy. »Patrick Windeck«, murmelte ich und tippte den Namen in die Suchmaschine. Sie spuckte drei Treffer aus. Einen Artikel über einen ehemaligen Profi im BMX-Fahren, der aber sehr weit weg wohnte. Eine Traueranzeige mit einem Sterbedatum von vor vier Jahren und den Eintrag mit den Angaben zu dem Geschäftsführer eines der größeren mittelständischen Familienunternehmen hier in Dieckenbeck. Es war ein Ausschnitt aus der »Wer wir sind«-Rubrik der Firmenwebsite. Ich las den Eintrag und gab das Handy Elias. Er betrachte das Bild.

»Nie gesehen.« Er reichte es an Frau Olga weiter. Sie vertiefte sich in den Artikel unter dem Foto.

»Hier steht, dass er der eingeheiratete Schwiegersohn ist.« Sie legte das Telefon behutsam ab und schob es in die Mitte des Tisches. »Das könnte erklären, warum er sich nur heimlich mit dieser Sophia getroffen hat. Womöglich setzt er mit einem Verhältnis mehr als nur seine Ehe aufs Spiel.« Sie stand auf, nahm die leeren Teller und trug sie zur Spüle. »Aber hast du nicht gesehen, wie diese Laura ihre Schwester gewürgt hat?«

Wie immer überraschte es mich, wie viele Details Frau Olga sich merken konnte.

Elias nickte.

»Müssten die beiden dann nicht unter einer Decke gesteckt haben?«

»Ergibt das Sinn?«, wollte ich von Elias wissen. Der starrte mich an. Ich sah, dass er versuchte, die Dinge miteinander in Zusammenhang zu bringen.

»Ich weiß es nicht. Ich glaube, ich weiß gar nichts mehr. Außer dass ich Laura definitiv nichts angetan habe.«

»Steht in diesem Ding auch, wo er wohnt?« Frau Olga lenkte unsere Konzentration wieder auf den Rechner.

»Nein.« Ich befragte das allwissende Handy ein weiteres Mal. »Hier nicht. Aber hier.« Ich zeigte auf den Telefonbucheintrag. In Dieckenbeck musste man keine Angst vor seltsamen Besuchern und Besucherinnen haben. Da konnten selbst bekanntere Persönlichkeiten ihre Adresse öffentlich machen. Frau Olga sah auf die große Küchenuhr, die über der Tür hing.

»Dann solltet ihr ihm einen Besuch abstatten.«

»Jetzt?«

»Es ist spät, aber nicht zu spät. Und vielleicht genau der richtige Zeitpunkt. Die Kinder sind im Bett, er und seine Frau dagegen noch wach. Er wird euch schnell wieder loswerden wollen, damit sie nichts mitbekommt. Das solltet ihr ausnutzen.«

»Die Polizei war doch sicher bereits bei ihm.«

»Wenn seine Geheimhaltungsstrategie aufgegangen ist, weiß die Polizei nichts von ihm und kann ihn dementsprechend auch nicht aufgesucht haben.« Sie klatschte in die Hände. »Los, Kinder. Ich werde hier in der Zwischenzeit Ordnung schaffen.«

Auf den Straßen von Dieckenbeck waren bereits die Bürgersteige hochgeklappt. Ob es am dichten Schneefall lag, der unvermittelt eingesetzt hatte, oder an der Tatsache, dass es in Dieckenbeck um diese Uhrzeit absolut nichts gab, was einen hinter dem sprichwörtlich warmen Ofen hätte hervorlocken können, konnte ich nicht beurteilen. Ich für meinen Teil wäre unter anderen Umständen lieber in der Wohnung geblieben. Aber Frau Olga hatte mit ihrer Überrumpelungstheorie wie so oft auch diesmal recht. Und je eher wir es hinter uns brachten, umso schneller war es erledigt.

Für diesen Gedanken verlieh ich mir im Geiste den Goldenen Kalauer am Bande, während ich mich darum bemühte, nicht allzu vielen Schneeflocken die Chance zu bieten, in meinen Halsausschnitt zu kriechen. Außerdem war es die Chance, die ganze Sache zu beenden. Wenn Patrick Windeck Sophias heimlicher Geliebter war, hatte er möglicherweise ein Motiv, sie umzubringen. Elias hatte zwar gesehen, wie Laura ihre Schwester würgte, aber nicht, was vorher passiert war. Was, wenn Sophia schon tot gewesen war? Er wusste auch nicht, was geschehen war, nachdem er und Laura die Wohnung verlassen hatten. Und vielleicht hatte Patrick Windeck sogar Laura auf dem Gewissen. Falls sie von dem Verhältnis gewusst hatte, hätte sie ihn erpressen und er sich das Problem auf unwiederbringliche Weise vom Hals schaffen können. Indem er ihr auflauerte, nachdem er Sophia getötet hatte, und ihr und Elias gefolgt war, um dann sein Werk zu vollenden. Dafür, dass ihm die Polizei bisher nicht auf die Schliche gekommen war, gab es sicherlich ebenfalls einen guten Grund, den ich jetzt nur noch nicht erkennen konnte.

Wenn es Elias und mir gelänge, diesen Patrick zu überführen, hätte Elias nicht nur die Gewissheit, an Lauras Tod nicht schuld zu sein, sondern der Fall wäre gelöst. Elias könnte in seine Wohnung zurück und ich mich wieder voll und ganz dem »Kling und Glöckchen« und Frau Olga widmen. Und Irmgard Kling. Aber daran wollte ich jetzt nicht denken.

Der kalte Wind machte die Angelegenheit nicht angenehmer. Nach einer halben Stunde erreichten wir die Einfamilienhaussiedlung, in der Patrick Windeck laut Internet mit seiner Familie wohnte. Unter der angegebenen Adresse fanden wir ein Haus, über das sich ein Locationscout auf der Suche nach einem Drehort für einen Film über die Reichen und Schönen dieser Welt sicher sehr gefreut hätte. Viel Beton und Glas in kantigen Formen auf grüner Wiese. So ließ sich das Äußere zusammenfassend beschreiben. Eine Mischung aus Bunker und dem dritten Platz eines Architektenwettbewerbs für den Neubau eines Museums für moderne Kunst.

Zwischen der benachbarten Jugendstilvilla zur Rechten und einer Art Forsthaus im Kleinformat zur Linken des Gebäudes wirkte das Haus deplatziert. Eine niedrige Mauer umgab das Grundstück. Am Eingangstor prangte der Name Windeck auf einer Edelstahlplatte. Daneben hing ein Klingeltableau mit Kameralinse und Gegensprechanlage. Elias drückte auf den Klingeltaster. Alles blieb stumm. Entweder hatten sie die Klingel wegen der schlafenden Kinder abgestellt, oder das Haus war so gut isoliert, dass kein Ton nach außen drang. Ich drückte ebenfalls auf den Taster. Weitere Sekunden rührte sich nichts. Ich trat einen Schritt zurück und versuchte, im Haus etwas zu erkennen. Vergeblich. Sämtliche Räume lagen in tiefer Dunkelheit.

»Komm, einmal noch«, sagte Elias und legte den Finger erneut auf die Klingel. Diesmal sehr lang. In der Gegensprechanlage knackte es.

»Wer sind Sie?«, knarzte eine unfreundliche Männerstimme aus dem Lautsprecher.

»Herr Windeck? Herr Patrick Windeck?«

»Wissen Sie, wie spät es ist? Was wollen Sie?«

»Sagt Ihnen der Name Sophia etwas?«, fragte ich rundheraus. In diesem Fall war die direkte Ansprache des Themas sicherlich von Vorteil. Weil wir es hier entweder mit dem falschen Patrick zu tun hatten, der uns unter Androhung von polizeilichen Maßnahmen umgehend verjagen würde, oder weil wir den Richtigen erwischt hatten.

»Welche Sophia?«

Ich hatte schon die Ermahnung der Polizei wegen nächtlicher Ruhestörung im Ohr. Trotzdem ließ ich mich nicht beirren.

»Sophia Mühling. Die Sophia, die Ihre heimliche Geliebte war und die jetzt tot ist«, entgegnete ich ins Dunkel der Kameralinse hinein, um einen trotz allem freundlichen Gesichtsausdruck bemüht.

Schweigen.

Wir warteten. Es knackte wieder.

»Warten Sie. Ich komme raus.«

Die Haustür wurde geöffnet, und ein Mann trat heraus. Er trug keinen Mantel, nur einen Schal um den Hals gewickelt. Ohne das Tor zu öffnen, sprach er uns an.

»Was wollen Sie von mir?«

»Sie waren Sophias Liebhaber.« Elias hielt sich im Schatten der Mauer.

»Behauptet wer?«

»Mit Worten niemand.« Ich trat zu ihm an das Tor. »Aber Sophias Freund hieß Patrick, wir haben Ihre Handynummer in einer WhatsApp-Gruppe zu Sophias Geburtstag gefunden, und Sie stehen hier, um mit uns zu reden. Das bestätigt die Theorie. Warum sollten Sie das sonst tun?«

Patrick Windeck sah prüfend über seine Schulter zurück zum Haus. Dort war alles ruhig.

»Ich habe nicht viel Zeit. Meine Frau ist vor dem Fernseher eingeschlafen, während ich den Kindern vorgelesen habe. Sie wird aber bestimmt gleich wieder wach und wundert sich, wo ich bin.«

»Also stimmt es?«

Patrick Windeck nickte. Er senkte den Kopf und wischte sich mit der Hand übers Gesicht. Weinte er etwa?

»Es mag für Sie vielleicht so aussehen, aber ich bin kein Arschloch, das seine Frau mit einer Jüngeren betrügt.«

»Nein. Vermutlich sind Sie ein echt netter Kerl, der seine Frau mit einer Jüngeren betrügt.« Ich konnte mir die Bemerkung nicht verkneifen. Patrick Windeck reagierte nicht darauf.

»Ich mochte Sophia sehr. Sie war so ganz anders als meine Frau.« Er drehte sich wieder zum Haus um. Ich erwartete, als Nächstes so etwas wie »Meine Frau versteht mich nicht« zu hören oder »Sie hat nur noch Augen für die Kinder« oder »Sie lässt sich gehen, seit die Kinder da sind« oder was man an standardisierten Ausreden fremdgehender Ehemänner sonst noch so gewohnt war. Spontan kam mir mein Vater in den Sinn, der zwischenzeitlich mit dicken Blumensträußen sein schlechtes

Gewissen hatte erleichtern wollen. Ob Patrick Windeck auch einen Stammfloristen hatte, bei dem er rote Rosen im Dutzend erwarb? Oder erledigte das wie bei meinem Vater seine Sekretärin für ihn? Ich spürte, wie ich wütend wurde.

»Sophia hatte das, was ich bei meiner Frau so vermisse.«

Aha. Da wären wir also.

»Sie war fröhlich und interessiert und wollte unbedingt etwas mit den Kindern unternehmen.«

»Ihre Kinder kannten Sophia?« Das verblüffte mich.

»Ja. Aber sie ahnten natürlich nicht, in welchem Verhältnis wir zueinander standen. Für sie war Sophia eine der netten Babysitterinnen, mit denen man viel Spaß haben konnte.«

»Sophia war die Babysitterin Ihrer Kinder?« Was für ein Klischee.

»Nein. Zuerst nicht. Erst als wir nach Möglichkeiten gesucht haben, etwas zusammen zu unternehmen, ist uns diese Variante eingefallen.«

»Und Ihre Frau? War sie einverstanden?«, mischte Elias sich ins Gespräch ein.

»Sie kannte Sophia natürlich. Aber sie hat sich nicht allzu sehr dafür interessiert.«

»Für Ihr Verhältnis zu ihr?«

»Für Sophia als unsere Babysitterin. Sie kümmert sich nicht um die Angelegenheiten der Kinder. Sie ist viel unterwegs für die Firma. Die Firma geht immer vor. Sie ist die Tochter ihres Vaters.«

Eine oft gehörte Erklärung, die wohl als Entschuldigung dienen sollte. Tatsächlich aber war sie nur ein weiteres trauriges Klischee.

»Wer versorgt die Kinder?«

»Ich. Für die Kinder bin ich zuständig. Ich bin gerne Vater, verstehen Sie? Das war es auch, was ich an Sophia so mochte. Sie war ein Familienmensch durch und durch.«

»Sie haben sich aber nicht nur mit ihr zu Ausflügen mit den Kindern getroffen.«

»Nein.« Er zog sich den Schal enger um den Hals.

»Wo haben Sie sich mit ihr getroffen, wenn Sie allein sein wollten?«, fragte Elias.

»Hier ging es natürlich nicht. Die Kinder waren ja da. Und bei ihr zu Hause wollten wir uns auch nicht treffen, um nicht zusammen gesehen zu werden.«

»Also?«

»Ab und an verabredeten wir uns in einem Hotel. Aber niemals hier in Dieckenbeck. Dann hätten wir direkt alles auf dem Marktplatz ausrufen können.«

»Wo noch?«

»Sophia hatte den Schlüssel zur Wohnung vom Ex-Freund ihrer Schwester. Dort haben wir uns des Öfteren getroffen, wenn er nicht zu Hause war.«

Ich hörte, wie Elias zischend die Luft ausstieß.

»Und dieser Ex-Freund der Schwester – hat der nie etwas bemerkt?«, warf ich ein, bevor Elias etwas sagen konnte.

»Ich weiß nicht. Wir waren immer sehr vorsichtig und haben darauf geachtet, nichts zu verändern.« Er lachte versonnen. »Und wir haben nie in seinem Bett miteinander geschlafen.«

»Immerhin etwas«, murmelte Elias.

»Wobei der Typ nicht gerade ordentlich war, um es mal nett auszudrücken. Ich glaube kaum, dass ihm etwas aufgefallen ist.«

»War Sophia einverstanden damit, wie es zwischen Ihnen beiden lief?«

»Ja. Sie wollte nichts Offizielles. Ich glaube, die Geheimhaltung reizte sie ganz besonders.«

»Wann haben Sie erfahren, dass sie tot ist? War die Polizei bei Ihnen?«

»Sophia war unsere Babysitterin. Natürlich waren Polizisten bei uns und haben mich und meine Frau befragt. Aber wir konnten alles erklären. Sophia und ich waren wohl ziemlich erfolgreich mit der Geheimhaltung. Bis Sie jetzt hier aufgetaucht sind.« Er lächelte traurig und machte einen tiefen Atemzug. »Aber ich wusste es schon, bevor die Polizei da war. Ich habe Sophia gefunden.«

»Wo?«

»In der Wohnung von diesem Ex-Freund.«

»Sie waren dort? In der Wohnung?«

»Nein. Wir waren dort verabredet. Ich habe geklingelt, aber Sophia hat nicht geöffnet. Daraufhin habe ich sie angerufen und ihr Handy in der Wohnung klingeln hören. Ich habe mir große Sorgen gemacht. Es war nicht ihre Art, mich zu versetzen oder auf meine Anrufe nicht zu reagieren.«

»Was haben Sie dann gemacht?«

»Erst mal nichts. Ich fuhr nach Hause, konnte mir das mit der geplatzten Verabredung aber nicht erklären. Am nächsten Tag bin ich zu ihrer Schwester gefahren. Laura kannte mich. Ich wollte sie fragen, ob sie wüsste, wo ihre Schwester sei. Aber eine Nachbarin erzählte mir ganz aufgeregt, dass Laura tot sei. Da habe ich die Polizei angerufen.«

»*Sie* haben die Polizei gerufen?«

»Anonym. Von einer Telefonzelle aus.«

Einen Augenblick lang war ich verwirrt. Gab es in Dieckenbeck noch Telefonzellen? Aber dann erinnerte ich mich an eine in der Nähe des Bahnhofs.

»Was haben Sie der Polizei gesagt?«

»Nicht viel. Ich wollte nicht lange reden. Sie sollten mich ja nicht orten und finden können.« Er lachte verlegen. »Ich habe sogar daran gedacht, in der Telefonzelle alles nur mit Handschuhen anzufassen.«

»Wenn es nicht viel war, erinnern Sie sich doch sicher noch.«

»Natürlich. Ich habe die Adresse genannt und gesagt, dass in der Wohnung eine Tote liegt. Dann habe ich aufgelegt und bin so schnell es ging und möglichst ohne auffällig zu wirken weggegangen.«

»Haben Sie eine Ahnung, warum man Sophia getötet hat?«

»Nein.« Wieder war er offenbar kurz davor, in Tränen auszubrechen. »Sie war so liebenswürdig.«

»Gab es in letzter Zeit irgendetwas, das Ihnen seltsam erschien?« So langsam kam ich mir vor wie in einem Sonntagabendkrimi.

»Nein.« Er starrte ins Leere. »Oder warten Sie. Doch. Sie hat mir erzählt, sie wäre da auf eine Sache gestoßen, die ihr seltsam vorkäme.«

»Hat sie noch mehr dazu gesagt?«

»Nein.«

»Wann war das?«

»Vor zwei Wochen ungefähr.«

»Haben Sie noch einmal darüber gesprochen?«

»Nein.« Patrick Windeck zerrte wieder an seinem Schal und schaute nervös zum Haus, zu mir und dann zu Elias. Er betrachtete ihn argwöhnisch. »Ich kenne Sie irgendwoher.«

»Vermutlich von den Fotos.« Elias' Stimme troff vor Ironie.

»Welchen Fotos?«

»Aus der Zeitung«, mischte ich mich schnell ein, gab aber keine weitere Erklärung. Es fehlte noch, dass Elias sich hier als der Besitzer der Wohnung outete, in der die tote Geliebte dieses Mannes auf dem Sofa gesessen hatte. Wer weiß, wie Patrick Windeck dann reagierte. Wenn er nicht der Mörder war – und das glaubte ich von Sekunde zu Sekunde immer weniger –, hielt er unter Umständen Elias dafür und alarmierte die Polizei. Oder er schlug ihn nieder. Oder beides. Das wollte ich nicht riskieren. Ich fasste Elias am Ärmel und zog ihn ein Stück von ihm weg. »Sie haben uns sehr geholfen, Herr Windeck.«

Ich drehte mich um und marschierte, Elias' Ärmel immer noch festhaltend, los.

»Wer sind Sie denn überhaupt?«

Anscheinend war Patrick Windeck erst jetzt aufgefallen, dass wir uns nicht vorgestellt hatten.

Doch auf diese Frage würde er von uns keine Antwort erhalten.

Kapitel 15

Meine Hände tief in den Jackentaschen vergraben, stapfte ich vor Elias durch den immer dichter werdenden Schneefall. Ich war enttäuscht, wütend, genervt und ratlos zugleich. Nein. Das stimmte nicht. Eigentlich wusste ich gar nicht, wie ich mich fühlte. Ich konnte es nicht greifen. Nicht benennen. Ich wusste nur, dass es mir mit dem diffusen Gefühlsgemenge nicht gut ging. Dass es mir naheging. Ein Zustand, der mir in dieser Form noch nicht allzu oft in meinem Leben untergekommen war und den ich zum einen so bald wie möglich überwinden und zum anderen in Zukunft tunlichst vermeiden wollte.

»Er war es nicht.« Elias hatte mich eingeholt.

»Sieht so aus.« Ich vergrößerte den Abstand zwischen uns beiden wieder.

»Was machen wir jetzt?«

»Ich weiß es nicht«, sagte ich, ohne anzuhalten.

»Bist du sauer?«

»Ja.« Ich blieb stehen, sah ihn aber nicht an. »Nein.«

»Was denn nun?«

»Ich weiß es nicht.« Jetzt schrie ich fast. Elias wich vor mir zurück. Mein Versuch, wieder auf meinen üblichen emotionalen Nullzustand zu kommen, war grandios gescheitert. Wieder drehte ich mich um und ging los. Meine Schritte wurden immer schneller, bis ich in einen Lauf verfiel.

Was war nur los mit mir? Irgendetwas an dem Gespräch gerade hatte mich komplett aus der Bahn geworfen. War es der Umstand, dass ein Ehemann seine Frau betrog? Nein. Ganz sicher nicht. Das machten viele. Einschließlich meines Vaters. Nichts Neues also. Oder war es die Art und Weise, wie Patrick Windeck über seine Kinder gesprochen hatte? Sie waren ihm wirklich wichtig. Und in Sophia hatte er nicht nur seine junge Geliebte, sondern auch die bessere Mutter für seine Kinder gesehen. Logisch betrachtet also eine Verbesserung. Und das alles hatte nichts mit mir zu tun. Was um alles in der Welt machte mir da so zu schaffen? Selbst die Erkenntnis, dass wir nicht den Mörder gefunden hatten, löste nur begründbaren Ärger in mir aus. Das war nichts, was meine Stimmung rechtfertigte. Was …

Abrupt blieb ich stehen. Da war es. Ich biss mir auf die Lippe, warf den Kopf in den Nacken und versuchte, die Tränen zu unterdrücken, jedoch vergeblich. Es war dieser Satz über seine Frau. »Sie kümmert sich nicht um die Angelegenheiten der Kinder. Die Firma geht immer vor.« Ich fühlte mich wieder wie das kleine Mädchen, das seiner Mutter hinterherschaute. Das ihr am liebsten die Treppe hinunter, durch den Hausflur, auf den Vorplatz, ins Auto, die Auffahrt und dann die Straße entlang gefolgt wäre. Die Firma hatte immer Vorrang gehabt. Oder etwas anderes. Egal. Es war wichtiger gewesen als ich.

Ich lief weiter. Wurde schneller. Irgendwann rannte ich. Ich hörte Elias' Schritte hinter mir, aber es war mir egal. Ich hastete über die Straße, über den Vorplatz, durch den Hausflur, die Treppe hinauf, in die Wohnung. Da stand Frau Olga. Sie betrachtete mich stumm. Ich ging zu ihr, beugte mich zu ihr hinab und legte meinen Kopf auf ihre Schulter. Schloss die Augen, aber weinte nicht mehr. Frau Olga blieb reglos. Nach einer Ewigkeit spürte ich ihre Hand auf meinem Schulterblatt. Nur die Hand. So verharrten wir beide. Stumm. Bis Frau Olga mir auch ihre andere Hand auf die Schulter legte, mich von sich schob und diese für uns beide ungewohnte Nähe beendete.

»Ich hoffe, ihr hattet Erfolg, Dianne.« Ihre Stimme klang weicher, als die strengen Worte es hätten erwarten lassen.

»Wie man's nimmt.« Elias schob sich von der Wohnungstür, in der er die ganze Zeit über gelehnt und nach Luft gerungen hatte, im engen Flur an Frau Olga und mir vorbei in die Küche. Er nahm sich ein Glas, ließ Wasser aus der Leitung hineinlaufen und trank es in großen Schlucken aus. Dann füllte er es erneut, ging zum Tisch und setzte sich.

»Das bedeutet was?«, wollte Frau Olga wissen.

»Das bedeutet, dass Herr Patrick Windeck zwar der heimliche Geliebte von Sophia war, sie aber aller Wahrscheinlichkeit nach nicht umgebracht hat.«

»Was bringt euch zu dieser Erkenntnis?«

»Er hat es uns gesagt.« Elias trank auch das zweite Glas in einem Zug leer.

»Weil er es gesagt hat, glaubt ihr ihm?« Frau Olga setzte sich ebenfalls an den Küchentisch. Mit der flachen Hand fegte sie ein paar imaginäre Krümel und meine Gewissheit fort.

»Es klang alles sehr stimmig«, warf ich ein, spürte aber, wie Zweifel in mir hochkrochen. Hatte er uns etwas vorgemacht, und wir waren leichtgläubig darauf hereingefallen?

Ich wusste nicht mehr, was ich denken sollte.

»Ich bin müde. Gute Nacht.« Ich wandte mich ab, ging ins Schlafzimmer und zog mich aus. Elias hatte seine Matratze vom Boden zurück ins Bett gehievt. Ich war zu müde, um eine Meinung dazu zu entwickeln. Das Bettzeug war rau und schrubbte über meine Haut. Irmgard Kling hatte anscheinend noch nie etwas von Weichspüler oder einem Trockner gehört. Oder sie war so umweltbewusst gewesen, beides zu ignorieren. So oder so. Das Ergebnis präsentierte sich in steinharter Frotteebettwäsche. Egal. Ich zog die Decke über die Schultern, drehte mich zur Seite und schloss die Augen.

Irgendwann später mussten auch Elias und Rex ins Bett gekommen sein, denn mitten in der Nacht erwachte ich von einem warmen Atem im Gesicht. Rex leckte begeistert über meine Nase, bevor ich ihn fortschob und wieder in tiefem Schlaf versank.

Zum zweiten Mal weckte mich ein warmer Atem, doch diesmal war es nicht der Hund, sondern Elias. Zu seiner Entschuldigung konnte man vorbringen, dass er nicht versuchte, mir übers Gesicht zu lecken. Dafür schnarchte er in mein linkes Ohr. Die Lautstärke war geeignet, bei mir einen amtlichen Hörschaden zu verursachen. Dummerweise war ich in meiner Bewegungsfreiheit stark eingeschränkt. Das lag zum einen an der Bettdecke, die ich mir auf komplizierte Weise im Schlaf um meine Unterschenkel gewickelt hatte und die nun wie eine Fessel alles zusammenhielt. Zum anderen lag es auch an Elias. Der war sehr nahe an mich herangerückt und hatte seinen rechten Arm raumgreifend um meine Körpermitte drapiert. Er bevorzugte beim Schlafen die Bauchlage, was seinem Arm deutlich mehr Gewicht verlieh. Außerdem sabberte er. So gesehen waren wir von der umständehalber gemachten lockeren Bekanntschaft direkt in den Zustand eines langjährigen Ehepaars gesprungen. Kein Sex, aber dafür größtmögliche Intimität, was diverse Körperlichkeiten anging.

Ich räusperte mich ohne großen Erfolg. Elias schnarchte weiter. Allerdings weckte ich den Hund damit auf. Begeistert turnte er übers Bett bis zu meinem Gesicht und leckte es mit womöglich noch größerer Begeisterung ab als zuvor. Vielleicht war es aber auch gar keine Begeisterung, sondern eine Drohung, und er wollte mir damit nur einen Vorgeschmack darauf geben, wie es wäre, wenn ich ihn weiterhin nicht fütterte. Wie ein Mafioso, der, bevor er in ausgesprochen freundlichem Ton seine Schutzgelddrohung vorbrachte, erst mal Teile der Auslage zertrümmerte. Und hatte man nicht schon von Menschen gehört, die von ihren eigenen Haustieren aufgefressen worden waren? Gut. Das war meistens nach dem Tod des jeweiligen Haustierbesitzers gewesen und der Zeit geschuldet, die es dauerte, bis die Leichen gefunden und die Tiere damit gerettet wurden. Unter Umständen war es den Haustierbesitzern ja sogar ganz recht, ihren Lieblingen ein letztes Mal mit einem letzten Mahl Freude bereiten zu können. Berücksichtigte man die Relation von Rex' Körpergröße und meinem Körpervolumen, könnte meine Leiche den Hund sicherlich ein gutes Vierteljahr ernähren, wenn nicht sogar noch länger. Aber noch war ich ja nicht tot, und ich hatte auch nicht vor, in absehbarer Zeit zu sterben. Jedenfalls nicht freiwillig. Sollte ich mich der atemberaubenden Bedrängnis von Männerarm und Hundezunge aber nicht zügig entledigen können, würde dieser Moment unter Umständen schneller eintreten, als ich Pfui sagen konnte.

Also beeilte ich mich, Pfui zu sagen, meine Beine von der Deckenfessel zu befreien, Elias' Arm von meinem Bauch und Rex von meinem Gesicht zu schieben. Beide knurrten ein bisschen. Draußen war es noch immer stockdunkel. Ich sortierte mich also unter der Bettdecke neu, schloss die Augen und wartete auf den Schlaf. Der hatte aber heute genug von mir und gab mir unmissverständlich zu verstehen, dass er gerade Besseres zu tun hatte.

Ich klappte meine Augen wieder auf. Es war zwecklos, dem Schlaf nachzutrauern wie ein Kind einem Luftballon, der ihm aus der Hand geglitten war. Ich kannte das. Wenn es passierte, tat ich gut daran, aufzustehen und etwas Sinnvolles zu erledigen. Lesen zum Beispiel. Oder Aufräumen. Oder vier Folgen einer Serie streamen. Meine aktuelle Situation gestattete mir nichts von alledem. In Irmgard Klings Wohnung gab es kein WLAN, und ich würde mein Datenvolumen nicht für Binge-Watching verschleudern. Mitten in der Nacht aufzuräumen machte zu viel Lärm, und in dieser Wohnung war es noch dazu überflüssig. Hier war alles sehr ordentlich. Sogar für meine strengen Maßstäbe. Blieb noch das Lesen. Aber was? Sonderlich viele Bücher hatte ich in dieser Wohnung bisher noch nicht entdecken können. Und die, die ich gesehen hatte, konnten mein Interesse nicht wecken. Uralte Liebesromane und historische Schinken, deren Einbände tatsächlich aus dem Mittelalter zu stammen schienen, waren nicht so meins.

Mir fielen die Papiere ein, die ich in dem Umschlag in der Lebkuchenkiste gefunden hatte. Jetzt war der ideale Zeitpunkt, um herauszufinden, was sie beinhalteten. Vielleicht waren es alte Buchhaltungsunterlagen aus dem »Kling und Glöckchen«? Oder wichtige Verträge? Das wäre nicht schlecht, denn dann könnte ich sicherlich die eine oder andere nützliche Information herausfiltern, die mir den Weiterbetrieb des Ladens ermöglichen würde. Aber wo hatte ich den Umschlag hingelegt, nachdem ich ihn aus dem Keller mit hochgebracht hatte? Ich versuchte mich zu erinnern. Im Regal links, oberstes Fach, neben der Weihnachtstasse mit Sprung, auf der ein einfacher Tannenbaum abgebildet war, an dessen Zweigen, wenn man ein heißes Getränk eingoss, auf einmal Kugeln und Kerzen erschienen. Oder im Ablagekörbchen.

Leise, um Elias nicht zu wecken, stand ich auf. Das Schnarchen hatte er mittlerweile eingestellt, aber seine Atemzüge verrieten seinen weiterhin tiefen Schlaf. Ich nahm meine Jacke, verließ das Zimmer und schlich durch den Flur zur Wohnungstür. Unter der Tür von Frau Olgas Zimmer sah ich Licht. Wäre sie ebenfalls wach, könnte es doch sehr nett sein, gemeinsam in der Küche einen Tee zu trinken und dabei zuzusehen, wie die Zeiger der Uhr in Richtung Tag wanderten. Eine durchaus attraktive Alternative zu den potenziellen Buchhaltungsunterlagen, wie ich fand. Ich trat an ihre Zimmertür und lauschte. Vielleicht war sie ja einfach bei Licht eingeschlafen. Sollte es geben. Aber sie schlief nicht. Aus ihrem Zimmer drang ein Geräusch, das ich zunächst nicht einordnen konnte. Es dauerte einige Sekunden, bis ich es erkannte.

Irritiert trat ich einen Schritt zurück. Dieses Geräusch hatte ich von ihr noch nie zuvor gehört, und ich wusste nicht, wie ich damit umgehen sollte.

Frau Olga weinte.

Ich hob die Hand, um anzuklopfen, verharrte aber mitten in der Bewegung und ließ sie wieder sinken. Es ging mich nichts an. Mehr noch. Sie würde nicht wollen, dass ich sie weinen sah. Die Tatsache, dass ich sie zum ersten Mal in unserer jahrelangen Bekanntschaft weinend erlebte, sprach Bände. Sie hatte mit Sicherheit auch schon vorher geweint, nur hatte ich es nie mitbekommen. Möglicherweise würde sie böse mit mir werden, wenn ich sie jetzt störte. Im schlimmsten Fall wäre es ihr peinlich. Nein. Ich schlich leise weiter zur Wohnungstür.

Der Umschlag aus der Keksdose war genau dort, wo ich mich erinnerte, ihn hinterlassen zu haben. Nicht neben der kaputten Tasse – da hätte ich ihn nur fast abgelegt, bevor ich mich umentschied –, sondern im Ablagekorb.

Es dauerte etwas, bis ich ihn wiederfand. Der Ablagekorb war eigentlich ein logischer Platz, um einen Umschlag mit Papieren zwischenzulagern, aber natürlich hatte ich die neu eingetroffenen Rechnungen, Lieferscheine und andere Briefe ebenfalls hineingelegt, und sie überdeckten den dicken braunen Packen. Ich öffnete den Umschlag, griff hinein und nahm den Inhalt heraus. Ein einzelnes Blatt segelte zu Boden. Ich bückte mich und hob es auf. Ein Brief. Ich erkannte die Handschrift. Es war die von Irmgard Kling. Die gleiche Schrift, die mich hier im Geschäft auf zahlreichen kleinen Zetteln umgab und die ich sehr genau studiert und geübt hatte, um ihre Unterschrift auf alle für den Weiterbetrieb des Ladens notwendigen Papiere setzen zu können. Allerdings in einer geringfügig anderen Version. Die Buchstaben hier waren etwas kräftiger, der Gesamteindruck ließ mehr Schwung erkennen.

Ich schaute auf das Datum. Der Brief war mehr als vierzig Jahre alt. Irmgard Kling musste zum Zeitpunkt des Schreibens ungefähr so alt gewesen sein, wie ich es heute war. Ich versuchte, mir diese jüngere Version meiner Chefin vorzustellen. Ihr Haar konnte nicht immer schon grau gewesen sein, aber welche Farbe hatte es wohl gehabt? Ihr Gesicht, das mich zu ihren Lebzeiten an die ausgesprochen freundliche Frau des Weihnachtsmanns erinnert hatte, war unbestritten einmal glatt und faltenlos gewesen. Ihr Gang aufrechter und ihr Blick klarer. Ich las die ersten Zeilen.

Liebster Rüdiger,
so lange habe ich nichts mehr von dir gehört. Ich kann nicht glauben, dass du wirklich weggegangen bist. Ich vermisse dich so sehr …

Ich packte den Brief zuunterst in den Stapel. Das war ein persönlicher Brief von Irmgard Kling an jemanden namens Rüdiger, dem sie einmal sehr nahegestanden haben musste. Zumindest so nahe, dass sie ihn vermisste, nachdem er weggezogen war. Das war etwas komplett anderes als Buchhaltungsunterlagen und ging mich definitiv nichts an. Obgleich ich die Briefe zumindest ordnen könnte. Ordnung war immer hilfreich. Nach Datum vielleicht. Oder nach Länge. Nein, chronologisch war die bessere Methode. Das wäre sicherlich auch im Sinne von Irmgard Kling. Ja. Ordnen und dann in einem Ordner abheften.

Oder in eine nette Pappschachtel legen. Zuoberst den ältesten und den zuletzt geschriebenen unten auf den Boden der Kiste. Vielleicht sollte ich sogar noch ein hübsches Band um die Kiste wickeln. Ich könnte eines der Stoffgeschenkbänder benutzen, die sich zu voluminösen Schleifen binden ließen. In Rot, das passte gut zu Liebesbriefen. Aber was, wenn es gar keine Liebesbriefe waren? Dann wäre Rot ganz und gar nicht passend.

Ich setzte mich an den Schreibtisch und drehte das erste Blatt um. Es hatte mit dem Rücken nach oben gelegen. Die gleiche Schrift, ein früheres Datum, liebster Rüdiger. Mit beiden Händen fächerte ich den Stapel auf der Schreibtischplatte auf, drehte systematisch alle verkehrt herum liegenden Blätter auf die Vorderseite. Liebster Rüdiger, liebster Rüdiger, liebster Rüdiger. Alles Briefe. Manche so kurz, dass sie auf eine Seite passten, einige mit wenigen Zeilen auf der Rückseite, andere erstreckten sich über viele eng beschriebene Seiten. Ich strich über das Papier. Es fühlte sich glatt und weich und warm an. Als ob von der Liebe, die darin stecken mochte, noch ein Rest vorhanden wäre.

Wer war dieser liebste Rüdiger? Ich konnte mich nicht daran erinnern, diesen Namen aus dem Mund meiner Chefin gehört zu haben. Das mochte an der Kürze unserer Bekanntschaft oder an deren Qualität gelegen haben. Tiefergehende Privatgespräche hätten mich auch eher abgeschreckt und unserer Geschäftsbeziehung vermutlich geschadet. Aber in geflissentlich überhörten Gesprächen mit guten Bekannten im Laden oder bei Telefonaten mit Freunden war der Name Rüdiger ebenfalls nicht gefallen. Wobei ich mich, wenn ich es recht bedachte, überhaupt nicht an Gespräche mit Bekannten oder Freunden erinnern konnte. Irmgard Kling schien beides nicht gehabt zu haben. Aber es hatte einmal einen Rüdiger gegeben, der ihr unter allen Rüdigers der liebste gewesen war. Wo war er? Lebte er überhaupt noch?

Wieder strich ich über die Seiten. Zwischen dem ersten und dem letzten Brief lagen fünf Jahre. Eine lange Zeit, um jemanden zu vermissen. Warum endeten sie? Hatte Irmgard Kling einfach aufgehört zu schreiben? War er wiedergekommen von seinem Weggang? Angelockt von ihren Briefen?

Das Papier war vollständig glatt. Keine Ecke und vor allem kein Falz, der darauf schließen ließ, dass diese Briefe jemals in einen Umschlag gesteckt und verschickt worden waren. Hatte Irmgard Kling all diese Zeilen an ihren liebsten Rüdiger geschrieben, ohne dass sie ihn jemals erreicht hatten?

Was, wenn ich darin einen Hinweis auf möglicherweise doch noch existierende Erben finden würde?

Lesen oder nicht lesen, das war hier die Frage. Ich entschied mich für einen Kompromiss. Ich würde erst mal nur einen der Briefe lesen.

Liebster Rüdiger,
ich schreibe dir diese Zeilen, wenige Stunden nachdem du die Tür hinter dir ins Schloss gezogen hast. Ich habe deine Schritte im Treppenhaus gehört. Sie wurden immer leiser, je mehr du dich von mir entferntest. Mein Herz brannte. Dabei war ich es, die dich fortgeschickt hat. Ich hoffe, du verstehst. Und ich hoffe, du verzeihst mir – irgendwann, wenn es dir und mir weniger wehtut. Ich konnte nicht anders, als so zu handeln. Die Vernunft und das Leben haben es geboten.
Was wir hatten, war auf den Augenblick ausgelegt, auf das Jetzt und Hier, nicht auf eine Zukunft, deren Weichen in eine ganz andere Richtung gestellt waren. Auf unserem Platz auf dem Hügel mit dem weiten Blick in die Ferne, den ich so mochte, habe ich mir immer vorgestellt, es wäre der Blick in unsere gemeinsame Zukunft. Aber jetzt ist alles anders.
Wenn wir uns wiedersehen, wird alles anders sein. Wir werden voreinander stehen und uns die Hand reichen wie Fremde, die einander gerade erst kennengelernt haben. Oder die sich von flüchtigen, oberflächlichen Begegnungen her kennen. Niemand darf wissen, wie unwahr das ist, denn für alle anderen ist das, was zwischen uns war, falsch. Niemand darf bemerken, wie nah wir uns standen. Wie sehr wir zusammengehörten.

*Wenn wir uns wiederbegegnen, werde ich dich ansehen und den Schmerz verbergen. Niemand darf ihn sehen. Auch du nicht.
In Liebe
Irmgard*

So viel Gefühl hatte ich Irmgard Kling gar nicht zugetraut. Wenn nicht ihr Name unter den Zeilen gestanden und ihre Handschrift so klar erkennbar gewesen wäre, hätte ich diesen Brief niemals mit ihr in Verbindung gebracht. Sie schien diesen Rüdiger, mit dem sie eine heimliche Liebschaft verband, aus Vernunftgründen fortgeschickt zu haben, obwohl sie ihn liebte. Ohne die näheren Umstände zu kennen, konnte ich das nachvollziehen. Vernunft war letztlich immer die bessere Entscheidung. Sie vermied Emotionen, die einen in genau solche unwägbaren Situationen hineinkatapultierten. Irmgard Kling hatte meine volle Hochachtung.

Im Laden erklang viermal kurz hintereinander ein helles Glöckchen, gefolgt von einem instrumentalen »Jingle Bells«. Die amerikanische X-mas-Clock. Ich stutzte und schaute auf die Wanduhr. Sechs Uhr.

Ich stand auf, schob die Briefe wieder zu einem Stapel zusammen und steckte sie zurück in den Umschlag. Mein Blick fiel auf den Eingang zum Keller. Langsam ging ich zur Treppe, stieg nach unten und lief durch den Gang bis zu der Tür, hinter der Irmgard Kling lag. Ich schloss auf und betrat den Raum. Es war noch kälter geworden, mein Atem stand in kleinen Wölkchen vor mir. Ich trat zu meiner toten Chefin, betrachtete sie. In ihren Zügen war nichts zu erkennen, was auf ihr Erleben hingedeutet hätte. Alle Sorgen, alle Schmerzen, aber auch alles Glück und alle Freude waren fort. Ihr Gesicht war nicht mehr ihr Gesicht. Irmgard Kling war fort. Endgültig.

Ich drehte mich um und verließ den Raum. Wenn ich den Tag noch einigermaßen gut beginnen wollte, sollte ich mir jetzt die Zähne putzen und etwas Anständiges anziehen.

Kapitel 16

Im Treppenhaus erklang Musik. Wobei Musik der falsche Ausdruck war. Töne drangen durch die Wohnungstür in den Flur. Ich erkannte ein Klavier und – ich blieb stehen – Gesang, unter den sich ein lang gestrecktes, jaulendes Geräusch mischte. Die Lautstärke steigerte sich, je näher ich der Wohnung kam, und erreichte vollends die Schmerzgrenze, als ich die Tür öffnete und hineinging.

Hatte ich mich bis dahin gefragt, was die Ursache sein könnte, und mir Dinge ausgemalt wie eine Horrorserie im Fernsehen, eine Technoparty oder einen landenden Düsenjet, so wurde ich nun eines Besseren belehrt.

Der Ursprung der Kakofonie saß an Irmgard Klings Klavier. Frau Olga und Rex hatten ihre musikalische Ader entdeckt. Oder besser gesagt, sie suchten sehr intensiv danach. Allerdings ohne großen Erfolg und ohne Rücksicht auf ihre Mitmenschen zu nehmen. Selbst der klavierspielende Schneemann aus massenhafter Billigproduktion unten im Laden traf die Töne besser.

Frau Olga spielte »Leise rieselt der Schnee« mit einer Vehemenz, die das alte und anscheinend seit Jahren nicht mehr gestimmte Klavier hörbar überforderte. Dazu sang sie aus voller Kehle und vollem Herzen, jedoch ohne irgendwelche Musikalität erkennen zu lassen. Die Kombination allein verursachte schon den einen oder anderen Knoten in meinem Gehörgang. Als Krönung der Gesangseinlage konnte allerdings unbestritten Rex bezeichnet werden. Der Hund saß kerzengerade und mit hoch aufgerichteten Ohren zu Frau Olgas Füßen und begleitete heulend den Gesang. Die beiden befeuerten sich gegenseitig und mit großer Begeisterung, wobei ich feststellte, dass Rex mehr Töne als Frau Olga traf.

Ich beobachtete die beiden vom Türrahmen her. Jedes Mal, wenn Frau Olga Rex anschaute, sah ich die verquollenen Ringe unter ihren Augen. In ihrem Sangeseifer hatten Frau und Hund mich noch nicht bemerkt, und ich beschloss, mich an ihnen vorbei ins Schlafzimmer zu schleichen. Warum Elias bei dem Lärm nicht ebenfalls hellwach auf der Matte stand, war mir ein Rätsel. Nur ein Toter würde von diesem Krach nicht aufgeweckt werden.

Elias lag reglos diagonal im Bett, aber er atmete noch. Immerhin. Vielleicht war er als Kind neben einem Truppenübungsplatz groß geworden und lärmresistent? Ich ging zu ihm, setzte mich auf meine Seite des Bettes und schob seinen Arm zur Seite. Durch die zugezogenen Vorhänge drang ganz schwach der Schein einer Straßenlaterne. Das Zimmer roch nach Schlaf und Wärme. Ich ließ mich zur Seite fallen, hob meine Beine aufs Bett und sank gleichmäßig in die Matratze ein.

»Ich schlafe nicht. Ich betreibe Schlafmimikry.« Elias legte den Arm, den ich gerade aus dem Weg geschoben hatte, wieder an die ursprüngliche Stelle, ohne Rücksicht darauf zu nehmen, dass die bereits von meiner Hüfte belegt war. »Wo warst du?« Seine Worte klangen, als schliefe seine Stimme noch.

»Im Laden unten.«

»Was machen die da draußen?«

»Sie spielen Klavier und singen.«

»Musikalisch talentiertes Tier.« Er winkelte den Arm an und zog mich näher an sich heran, bis ich mit meinem Rücken an seinem Bauch lag, und legte die Decke über meine Schulter.

»Das ist durchaus verschieden interpretierbar.« Ich drehte mich auf die andere Seite und schaute ihn an. Unsere Gesichter lagen nun dicht beieinander. Elias hatte die Augen geschlossen. Aus einem spontanen Impuls heraus lehnte ich mich zu ihm rüber und küsste ihn. Ich wusste nicht, warum ich das tat. Eigentlich war es unsinnig und unvernünftig. Er erwiderte meinen Kuss und drückte mich an sich. Sein Mund schmeckte nach Schlaf. Es gefiel mir. Ich dachte an den letzten Sex, den ich gehabt hatte. Den Typen dazu hatte ich über eine Datingplattform gefunden, wir trafen uns in einer Kneipe, und in Ermangelung geistiger Gemeinsamkeiten waren wir rasch zur Sache gekommen. Timo, so hieß er, wenn ich mich recht erinnerte, war kein Freund großer Worte. Eher ein Mann der Tat. Er hatte nach Zahnpasta und Mundwasser geschmeckt und nach einem aufdringlichen Herrenduft, der meine Nase zuschwellen ließ. Aber da war es schon zu spät für einen Rückzieher gewesen, und ich hatte die Sache durchgezogen, die im Großen und Ganzen aus einer Runde ambitioniertem Zirkeltraining mit zu vielen Liegestützen, schmerzhaftem Planking und Sit-ups bis zur Leistungsgrenze bestand. Irgendwann hatte es im Schlafzimmer wie in einer Sporthalle gerochen, und der Spaßfaktor für mich war ähnlich hoch. Ich fühlte mich an die Schmach des Bockspringens erinnert, wenn ich mit Anlauf das Sprungbrett verfehlt oder wenn meine Mitschüler bei der Hilfestellung genau an die Stelle gefasst hatten, die nichts nutzte. Der Aufprall war laut und hart und hatte die Eleganz eines Albatros beim Startvorgang. Und wie beim Sportunterricht trug ich danach zahlreiche blaue Flecken davon. Tags darauf hatte ich mich von der Plattform abgemeldet. Noch so ein Leistungsturner und meine Bandscheiben würden sich deutlich verfrüht in Rente verabschieden.

Mit Elias war es mehr wie ein Tanz. Langsam und schnell, raumgreifend und klein, mit- und füreinander. Auch wenn Musik und Gesang, die nach wie vor aus dem Wohnzimmer zu uns herüberschallten, so weit von Harmonie und Rhythmus entfernt waren wie ein Fußballer vom Synchronschwimmen.

Ich genoss das körperliche Empfinden und nahm mir, was ich brauchte. Am Ende lagen wir außer Atem nebeneinander. Frau Olga und Rex hatten endlich alle Weihnachtslieder abgearbeitet. Zuletzt ein sehr hoffnungsfrohes »Ihr Kinderlein kommet«, was ich inhaltlich aber weit von mir wies. Elias drehte sich auf die Seite, stützte seinen Kopf in die linke Hand und strich mit dem Finger der anderen um meinen Bauchnabel. Er beugte sich vor und pustete warme Luft über meine Haut. Für einen Moment schloss ich die Augen, genoss die Berührung und begriff nur ein wenig später, dass ich das Denken vergessen hatte. Doch da war es bereits vorbei.

Wie der Schnee in einer Schneekugel, die man schüttelt, wirbelten meine Gedanken wild durcheinander. Was tat ich hier? Ich war für ihn doch sicher nicht mehr als eine Art Notlösung. Außerdem wies mich mein inneres Bundesbedenkenträgertum auf das Fehlen des finalen Unschuldsbeweises hin, was die Lage auch nicht entspannte. Kurz, ich war weder mit mir selbst noch mit meiner Umwelt im Reinen. Und mit Elias schon mal gar nicht. Ich zuckte zurück. Mit einem Mal wollte ich seine Berührung nicht mehr. Seine Nähe war mir unerträglich. Ich sprang auf und klaubte meine Kleidung zusammen.

»Was ist los?«

»Nichts.« Für eine Grundsatzdiskussion in Sachen Liebschaft fühlte ich mich nicht gewappnet.

»War das nicht okay gerade?«

»Was meinst du mit okay?« Ich wandte ihm den Rücken zu, während ich mir die Hose hochzog. »Meinst du, ob du okay warst? Ob du gut warst? Der perfekte Liebhaber?«

»Nein. Das meinte ich eigentlich nicht.« Elias setzte sich auf und lehnte sich mit dem Rücken an das altmodische Kopfteil des Ehebetts, wobei die Decke nur knapp seinen Schoß bedeckte. Er fuhr sich mit beiden Händen durch die Haare. »Ich meinte, ob es für dich nicht okay war, mit mir zu schlafen. Ob du es gar nicht wolltest.«

»Ich habe dich geküsst.«

»Das stimmt.«

»Also habe ich angefangen.« Ich zerrte hastig den Pulli über meinen Kopf und verhedderte mich im linken Ärmel.

»Das stimmt auch.«

»Dann ist ja alles klar.« Ich zog meine Schuhe an und ging zur Tür.

»Janne?«

»Was?« Meine Hand lag auf der Türklinke. Ich drehte mich nicht zu ihm um.

»Wolltest du es?«

»Ja, verdammt. Ich wollte es.« Ich ging aus dem Raum und knallte die Tür hinter mir zu.

»Habe ich euch geweckt?« Frau Olga strich ihre Bluse glatt, als wäre sie einer dieser Hauskittel, die sie in meiner Kindheit getragen hatte. Ich erinnerte mich an bunte Muster, glatten Stoff und das Knistern und die Funken, die übersprangen, wenn ich zu nah an Frau Olga herangekommen war.

»Ja.« Ich ging zur Spüle, nahm mir ein Glas aus dem Schrank und ließ eiskaltes Wasser hineinlaufen.

»Gut.« Sie trat neben mich, griff nach einer bereits benutzten Kaffeetasse und spülte sie unter fließendem Wasser aus, bevor sie sie ebenfalls füllte. Sie trank mit hastigen Schlucken. »Es ist nicht gut, wenn junge Leute zu lange im Bett herumlottern. Das bringt sie nur auf schlechte Gedanken.«

»Etwa Gedanken darüber, wie man am einfachsten an das Eigentum anderer Leute kommen kann?«

Frau Olga presste die Lippen zusammen.

»Oder solche, wie man sich ungefragt anderen aufdrängen und sich in ihrem Leben einnisten kann?«

Sie hob ein gefaltetes Trockentuch vom Stapel, ließ es auseinanderfallen und polierte ausgiebig die Tasse, nachdem sie sie erneut abgespült hatte, schwieg aber weiterhin.

»Oder solche, wie man sich dann auch noch in das Leben dieser Leute einmischt, obwohl man keinerlei Recht dazu hat?« Ich trank gierig mein Wasser, stellte das Glas ins Becken und drehte den Wasserhahn voll auf. Das Wasser spritzte hoch und nässte meine Vorderseite ein. »Scheiße!« Ich sprang zurück, prallte gegen Frau Olga. Die stolperte nach hinten und verlor das Gleichgewicht. Elias schnellte vor und fing sie auf. Ich hatte nicht bemerkt, dass er in die Küche gekommen war. Er half ihr wieder auf die Beine und blieb bei ihr stehen. Rex bellte aufgeregt und sprang an Frau Olga hoch.

»Geht's noch, Janne? Was ist los mit dir?« Er trat auf mich zu, stoppte dicht vor mir. »Du hättest sie ernsthaft verletzen können. Ist es das, was du wolltest?«

»Es scheint dir ja heute nur darum zu gehen, was ich will«, giftete ich ihn an. In mir staute sich immer mehr Wut auf. Ich war aggressiv, ohne zu wissen, warum. Der Zorn war wie ein kleiner glühender Ball in meinem Inneren, der unbedingt hinausmusste, damit ich mich nicht daran verbrannte. »Ob ich Frau Olga verletzen wollte, ob ich mit dir schlafen wollte. Soll ich dir vielleicht auch noch erklären, ob ich wirklich dieses Wasser trinken wollte?«

»Bist du jetzt doch mit ihm intim geworden?« Frau Olgas Stimme klang heiser, aber trotz allem besorgt.

»Ja.« Pause. »Und es war ein Fehler.«

Elias starrte mich an, eine Mischung aus Erstaunen und Enttäuschung im Blick und etwas, das wie Resignation aussah.

»Du hast recht. Es war ein Fehler. Das alles hier.« Er drängte sich an mir vorbei zur Wohnungstür, öffnete sie und ging hinaus. Ich hörte, wie er die Treppen hinunterlief, aber die Haustür hörte ich nicht. Stattdessen klang das Knarzen der Kellertreppentür durch den Hausflur. Was wollte er dort? Gab es etwas, das unten liegen geblieben war? Hatte er etwas vor mir versteckt?

Meine Wut verpuffte wie der letzte Dampfstoß eines Räuchermännchens und machte einer Erkenntnis Platz, die sich träge in mein Bewusstsein vorarbeitete. Ich hatte die Tür zu Irmgard Klings Kellerraum nach meinem Besuch heute Morgen nicht wieder abgeschlossen. Mehr noch. Ich konnte mich nicht daran erinnern, die Tür überhaupt zugemacht zu haben. Ich war so in meinen Gedanken gefangen gewesen, dass ich es womöglich vergessen hatte. Was, wenn Elias Irmgard Kling nun entdeckte?

Ich rannte hinter ihm her, die Stufen hinunter. Außer Atem kam ich unten an, bog um die Ecke und stoppte abrupt.

Der Flur war leer, kein Geräusch war zu hören. Nur die Tatsache, dass das Licht brannte, zeigte, dass jemand, Elias, hier gewesen sein musste. Aber wo war er jetzt?

Im Vorbeigehen spähte ich kurz in den Raum, in dem ich ihn eingesperrt hatte. Nichts. Die Decken lagen auf dem Boden, die Kissen lehnten an der Wand. Unter der Heizung erkannte ich die durchtrennten Stücke des Kabelbinders, mit dem ich ihn gefesselt hatte. Es schien mir eine Ewigkeit her zu sein, und ich erschrak, als mir klar wurde, dass seitdem nur wenige Tage vergangen waren.

Ich lauschte. Alles war still. Vielleicht war Elias doch aus dem Haus gegangen, und ich hatte mich geirrt. Als ich die Tür wieder schloss und weitergehen wollte, entdeckte ich Frau Olga. Sie musste unbemerkt an mir vorbeigegangen sein. Sie stand vor Irmgard Klings geöffneter Tür und starrte hinein. Selbst in dem fahlen Licht der Kellerleuchte sah ich, wie aschgrau ihr Gesicht war. Sie schwankte. Ich lief zu ihr, fasste sie am Arm und stützte sie.

Ich wollte etwas sagen, aber sie schüttelte nur den Kopf und wies in den Raum hinein. Ich wandte mich um.

Elias stand mit dem Rücken zu uns neben dem Tisch. Reglos sah er auf die tote Irmgard Kling hinab. Er hatte uns nicht bemerkt. Langsam ging ich zu ihm.

»Das ist Irmgard Kling. Meine Chefin. Sie ist die Treppe hinuntergestürzt, und ich habe –«

»Stopp.« Elias sprach leise, aber unüberhörbar.

»Aber es ist nicht –«

»Stopp«, wiederholte er, diesmal lauter. Und dann schrie er es: »Stopp!« Er trat einen Schritt zur Seite, fixierte mich mit seinem Blick. »Du hattest recht. Es war ein Fehler. Alles. Ein noch viel größerer Fehler, als ich dachte. Von Anfang an.«

»Elias, bitte, lass mich das hier erklären.«

»Was willst du da schon erklären? Jetzt wird mir klar, warum du mir so begeistert geholfen hast. Du hast …« Er suchte nach Worten. »Du hast das hier …« Wieder machte er eine Pause. »Und ich dachte, ich wäre komplett durchgeknallt, aber das …« Er drehte sich zu Frau Olga um. »Wussten Sie davon?« Frau Olga nickte stumm.

Er nickte und wandte sich wieder der Leiche zu.

»Das muss ein Ende haben«, flüsterte er kaum hörbar. Dabei bewegte er sich rückwärts in Richtung Tür.

»Sie ist gefallen, und ich habe sie am nächsten Morgen gefunden, als sie längst tot war. Das musst du mir glauben, Elias.« Meine Stimme überschlug sich. Ich redete immer schneller. »Ich habe sie hier aufgebahrt, weil das ›Kling und Glöckchen‹ aufbleiben musste.« Ich spürte, wie schräg sich das anhörte. Ich zitterte am ganzen Körper. »Natürlich wollte ich es beenden, aber dann passierte eins nach dem anderen, und es gab keine Gelegenheit.«

»Du hast mich belogen.« Er hatte die Tür fast erreicht.
»Es tut mir leid, Elias. Aber ich wusste nicht, wie –«
Ich brach ab und sah ihn nur an. Zu spät begriff ich, was er vorhatte, als er eine Kehrtwende machte und durch den Flur zur Treppe lief. Es waren zwei, drei Schrecksekunden, die seinen Vorsprung vergrößerten und ihn uneinholbar für mich machten. Er nahm zwei Stufen auf einmal. Gleich darauf hörte ich die Haustür ins Schloss fallen.

Als ich oben ankam und auf die Straße trat, war von Elias nichts mehr zu sehen. Im gelben Schein der Straßenlaternen fielen dichte Flocken zu Boden.

Kapitel 17

Ich hörte Frau Olga im Keller meinen Namen rufen. Benommen ging ich die Treppe zu ihr hinunter. Sie stand an die Wand gelehnt, beide Hände vor die Brust gepresst, jede Farbe war aus ihrem Gesicht gewichen.

»Die Tür ist wieder verschlossen.« Sie reichte mir den Schlüssel. Ihre Hand zitterte. Ich nahm ihn entgegen und steckte ihn in meine Hosentasche. Dann trat ich neben sie, griff behutsam nach ihrem Arm und stützte sie, während wir schweigend die Stufen hinaufstiegen. Nur Frau Olgas heftiges Atmen war zu hören. Im Erdgeschoss musste sie eine Pause einlegen.

»Ist er weg?«, fragte sie mit Blick auf die Haustür.

»Ja.«

»Weißt du, wohin?«

»Nein.«

»Welche Möglichkeiten hat er?«

»In seine Wohnung wird er nicht gehen können. Die hat die Polizei sicher im Blick.«

»Hat er Freunde?«

»Ich weiß es nicht.«

»Du wirst mit einem Mann intim und weißt nicht einmal, ob er Freunde hat? Was sind das nur für Sitten heute?« Frau Olga schüttelte entrüstet den Kopf.

»Wollen wir weiter?« Ich bot ihr meinen Arm an und wies mit dem Kopf in Richtung Obergeschoss. Auf ihre Bemerkung ging ich nicht ein. Es hatte keinen Zweck, mich mit ihr auf eine Diskussion über moralische Grundsätze einzulassen. Ich würde sowieso verlieren, egal, ob ich recht hatte oder nicht. Die nächsten Minuten war wieder nur ihr heftiges Atmen zu hören.

»Frau Olga, ist alles in Ordnung mit Ihnen?« Ich fragte es so beiläufig wie möglich, während ich die Wohnungstür aufschloss. Sie darauf anzusprechen, war im Grunde sinnlos. Sie redete nicht über ihre eigenen Schwächen. Niemals. Aber ich konnte nicht länger so tun, als würde ich nichts bemerken. Es ging ihr gesundheitlich nicht gut. Ihr schlechtes Aussehen nur auf den Stress und das Alter zu schieben, hieße, sich etwas vorzumachen. Auch ihre offensichtlichen Schwächeanfälle sprachen Bände. Hatte sie deswegen neulich nachts geweint?

»Natürlich ist alles in Ordnung, Dianne.« Sie straffte den Rücken, strich ihren Rock glatt und setzte ein Lächeln auf. »Wie kommst du darauf, dass es anders sein könnte?«

Ich sah sie nur an und öffnete die Wohnungstür.

»Sag mir lieber, was du über unseren lieben Elias denkst. Kommt er wieder?«

»Das ist, glaube ich, nicht das Hauptproblem. Die Frage ist ja nicht, ob er wiederkommt, sondern – wenn ja – mit wem. Mit der Polizei zum Beispiel.«

Wir betraten hintereinander die Wohnung. Rex begrüßte uns, als wären wir von einer mehrmonatigen Expedition zum Nordpol zurückgekehrt. Frau Olga ging in die Küche, setzte Wasser auf und stellte zwei Tassen auf den Küchentisch. Sie griff nach der Packung mit den Teebeuteln und reichte sie mir. Ich hängte jeweils einen in unsere Tassen und wickelte die Fäden mit den Zettelchen dreimal um die Henkel.

»Das Leben ist eine Chance. Liebe ist unendlich«, stand als Botschaft auf dem von Frau Olga. Wie wäre es schön, wenn der Teebeutel recht hätte. »Ich bin schön, voller Gaben und Seligkeit«, erklärte mir meine Teebotschaft.

»Lügner«, murmelte ich und zerknüllte das Zettelchen. Von Gaben und Seligkeit hatte ich in letzter Zeit nicht viel mitbekommen. Frau Olga goss das dampfende Wasser in die Tassen, stellte den Kessel zurück auf den Herd und setzte sich zu mir an den Küchentisch. Mit spitzen Fingern entwirrte sie den Teebeutelfaden.

»Er wird sich der Polizei stellen.«

»Was?«

»Elias. Er wird sich der Polizei stellen.«

Ich starrte sie an. Sie hatte recht. Wie immer. Es war die einzig logische Konsequenz. »Das muss ein Ende haben«, hatte er gesagt. Das konnte nur bedeuten, dass er sich nicht länger vor der Polizei verstecken wollte. Keine Heimlichtuereien mehr, keine Zwangsbündnisse mit durchgeknallten Endzwanzigerinnen und deren kleptomanischen Haushälterinnen.

»Und Irmgard Kling?«, fragte ich. Auf eine Antwort zu warten, erübrigte sich. Natürlich würde er der Polizei auch von meiner ganz persönlichen Leiche im Keller berichten. Natürlich würden schon bald Beamte vor unserer Tür stehen. Und natürlich würde das eine Menge Fragen und eine noch größere Menge an Ärger bedeuten. Ich trank einen Schluck Tee und verbrannte mir die Lippe. Der Tee schwappte über den Rand, als ich die Tasse fluchend zu heftig auf dem Tisch absetzte und aufstand.

Ich ging zum Fenster und schaute hinaus. Durch das feine Netz der weißen Gardine betrachtet, wirkte der Schnee im fahlen Morgenlicht noch trübseliger. Bald müsste ich den Laden aufschließen. Zum allerersten Mal seit ich im »Kling und Glöckchen« arbeitete, hatte ich keine Lust dazu. Die Vorstellung, zwischen all den schönen Dingen zu stehen, kam mir falsch vor, so als würde ich sie dadurch beschmutzen.

Frau Olga hustete leise. Ich drehte mich nicht um, sondern schaute weiter auf die Straße vor dem Haus. Jeden Moment würden Polizeiwagen vorfahren, uniformierte Gestalten aus den Autos springen und auf unser Haus zustürmen.

Frau Olga hustete erneut. Lauter diesmal und länger. Alarmiert wandte ich mich zu ihr um. Das klang definitiv nicht nach einem Jetzt-hör-mir-mal-zu-Husten und auch nicht nach einem Ich-habe-mich-ein-bisschen-erkältet-Räuspern. Der Husten wurde schlimmer, sie röchelte und kippte auf einmal zur Seite weg. Ich war nicht schnell genug bei ihr, aber zum Glück verlangsamte die Tischplatte, auf die sie ihre Arme gestützt hatte, ihren Sturz etwas.

»Frau Olga?« Ich kniete neben ihr auf dem Boden, klopfte ihr auf die Wangen. Sie reagierte nicht, atmete aber. Ich sprang auf, rannte ins Schlafzimmer und holte mein Handy. Rex sprang aufgeregt bellend um mich herum, rannte zu Frau Olga und leckte ihr übers Gesicht.

Ich wählte die 112, nannte die Adresse und schilderte kurz Frau Olgas Zustand.

Wenige Minuten später blinkte das Blaulicht des Krankenwagens vor dem »Kling und Glöckchen«. Zwei Sanitäter und eine Rettungsärztin füllten die Küche mit Taschen, Geräten und kurzen, präzisen Ansagen, bevor sie Frau Olga auf eine Trage packten und mit ihr hinauseilten. Ich schnappte mir meinen Schlüssel, knallte die Tür zu, ohne abzuschließen, und rannte hinterher. Fast wäre ich die Treppen hinuntergefallen. Unten angekommen, schloss einer der Sanitäter gerade die Tür des Wagens. Ich konnte nur noch einen kurzen Blick auf die Rettungsärztin erhaschen, die sich über Frau Olga beugte.

»Kann ich mitfahren?«

»Leider nicht«, rief er mir zu, während er nach vorne zur Beifahrertür hastete. »Aber wir bringen sie ins Sankt-Nikolaus-Krankenhaus.«

Die Räder des Rettungswagens drehten beim Anfahren im nassen Schnee durch, und Sirenengeheul setzte ein. Ich starrte dem Fahrzeug bewegungslos hinterher, bis das Blaulicht nicht mehr zu sehen war.

Erst dann kam wieder Leben in mich. Ich musste dorthin. Auf keinen Fall wollte ich Frau Olga in so einer Situation alleinlassen. Sie brauchte mich jetzt. Auch wenn ich keine Ärztin war, war mir klar, dass mit dem, was mit ihr geschah, nicht zu spaßen war. Mehr noch. Es war bedrohlich.

Oberhalb meines Magens ballte sich ein kleiner heißer Klumpen zusammen, der sich quer durch mein Inneres fraß. Der Schmerz nahm mir den Atem. Ich hatte Angst. Brennende, stechende, beißende Angst um Frau Olga. Ich musste so schnell wie möglich in dieses Krankenhaus. Aber was war mit Rex? Und dem Laden? Egal. Der Hund musste allein in der Wohnung bleiben, den Laden konnte ich öffnen, wenn ich wieder zurück war.

Ich lief noch mal nach oben, holte meine Jacke und machte mich auf den Weg.

Eine knappe halbe Stunde nachdem der Krankenwagen vor dem »Kling und Glöckchen« losgefahren war, stand ich in der Eingangshalle des Sankt-Nikolaus-Krankenhauses und wusste nicht, wo ich hinsollte. Ich hatte das Gefühl, trotz meiner Taxifahrt die ganze Strecke gerannt zu sein. Menschen eilten von allen Seiten kommend irgendwohin und beachteten mich nicht. Ich suchte nach einer Art Empfang, fand aber nichts. Erst als ich um eine Ecke bog, entdeckte ich einen Tresen, hinter dem ein heller Pferdeschwanz auf und ab wippte.

»Olga Hundgeburth.« Ich legte beide Hände auf die erhöhte Theke und versuchte, mehr als nur die Haare der Person dahinter zu entdecken. Mein Atem beruhigte sich nur langsam. Der Pferdeschwanz wippte noch einmal von links nach rechts, dann erhob er sich in die Höhe. Ein Gesicht kam darunter zum Vorschein.

»Ja?« Professionelles Lächeln.

»Frau Olga Hundgeburth.«

»Was ist mit ihr?« Das Lächeln verkniff sich etwas in den Mundwinkeln.

»Sie wurde eben eingeliefert.«

Die Pferdeschwanzträgerin setzte sich wieder, senkte den Blick, und ich hörte das Klappern einer Tastatur.

»Ich kann niemanden dieses Namens entdecken.«

»Sie ist aber hier.«

»Laut meinen Informationen nicht.« Das Lächeln wurde schmallippig. Ich spürte, wie ich wütend wurde und wie die Angst wieder zunahm.

»Hören Sie. Sie muss im Haus sein. Der Sanitäter hat mir ganz klar gesagt, dass man sie ins Sankt-Nikolaus-Krankenhaus bringen wird.«

»Dann wird das wohl auch so sein.« Das Lächeln taute wieder auf und erhielt eine Prise Mitleid. »In der Notaufnahme kümmern sie sich erst um die Patienten und dann um die Formalitäten.« Sie griff zum Hörer, sprach mit jemandem am anderen Ende der Leitung und wandte sich dann wieder an mich. »Sind Sie mit Frau Hundgeburth verwandt?«

»Ja«, log ich spontan. »Ich bin ihre Nichte.« Und ergänzte nach einer kurzen Pause: »Sie hat sonst niemanden mehr.« Was ja auch irgendwie stimmte.

Die Frau hinter dem Tresen nickte und wies mit der Hand nach links in einen Gang, dessen Ende ich von hier aus nicht sehen konnte. Ihre ganze Haltung hatte sich geändert. Von leichter Genervtheit zu warmer Zuneigung und mitfühlender Freundlichkeit. Das beunruhigte mich.

»Dort entlang. Meine Kollegin erwartet sie schon und wird Ihnen weiterhelfen.«

»Wissen Sie, was mit ihr ist?« Das alles ließ nichts Gutes ahnen. Ich spürte wieder diesen brennenden Angstball in meiner Brust.

»Ich kann Ihnen leider nichts sagen. Das macht die Ärztin.« Wieder wies sie nach links. »Sie erwartet Sie bereits.«

Ich ging in die Richtung, in die sie mich geschickt hatte. Meine Füße kamen mit meinen widerstreitenden Gefühlen nicht klar und verhedderten sich bei nahezu jedem Schritt. Auf der einen Seite wollte ich so schnell wie möglich zu Frau Olga. Um bei ihr zu sein. Um sie zu trösten und sie zu unterstützen. Auf der anderen Seite war da diese Angst. Dass es womöglich nichts mehr gab, worin ich sie unterstützen könnte. Dass niemand mehr zu trösten war. Dass die Ärztin mir nur noch mit trauriger Miene Frau Olgas Tod verkünden würde. Aber selbst wenn Frau Olga tot wäre, selbst dann würde ich es schnell wissen wollen. Nur den Schmerz, der daraufhin folgen würde, den fürchtete ich.

Irgendwann, nach Stunden oder auch nach nur einer halben Minute, stand ich am Ende des Ganges. Die Kollegin der Pferdeschwanzträgerin nahm mich in Empfang, geleitete mich durch einen weiteren Gang und lieferte mich schließlich in einem Zimmer ab, in dem eine weitere Frau, vermutlich die Ärztin, auf mich wartete.

»Ist sie tot?«, platzte ich ohne jegliche Begrüßung heraus.

»Nein.« Sie bedeutete mir, mich zu setzen, und wartete, bis ich auch tatsächlich auf dem Stuhl gegenüber dem Schreibtisch Platz genommen hatte. »Nein. Frau Hundgeburth ist nicht tot.

Aber sie ist in einem sehr kritischen Zustand, und ich gehe davon aus, dass sie in den nächsten Stunden sterben wird.«

Ich hörte ihr zu. Verstand die Worte, aber es war, als ob sie über jemand ganz anderen reden würde. Noch bevor ich etwas sagen konnte, fuhr sie fort.

»Die Krankheit ist zu weit fortgeschritten. Es ist keine Heilung mehr möglich. Die Patientin …« Sie unterbrach sich und begann von Neuem. »Frau Hundgeburth hat mir gesagt, dass sie keine weitere Behandlung mehr möchte. Sie wusste, was auf sie zukommt, und jetzt ist es so weit.«

»Was für eine Krankheit? Ich …«

»Hat sie Ihnen nichts gesagt?«

Ich schüttelte den Kopf. »Was denn?«

»Sie hat einen bösartigen Tumor in ihrem Herzen. Das ist eine sehr seltene Erkrankung. Leider in vielen Fällen, wie in dem Ihrer Tante, nicht heilbar.«

»Nicht heilbar«, echote ich. »Nicht heilbar.«

»Nein.« Für einen Moment schwiegen wir beide. Dann stand ich auf.

»Kann ich zu ihr?«

»Ja.« Sie erhob sich ebenfalls. »Frau Hundgeburth ist sehr schwach, aber ansprechbar.« Sie ließ mir den Vortritt, schloss ihre Bürotür und führte mich dann den Gang entlang, bis sie schließlich vor einer Tür stehen blieb.

»Ihre Tante liegt allein in diesem Zimmer.« Sie deutete ein tröstliches Lächeln an. »Klingeln Sie nach der Schwester, wenn Ihre Tante oder Sie etwas brauchen. Wir schauen in regelmäßigen Abständen vorbei, wollen Sie aber nicht stören.« Sie trat zur Seite, nickte mir zu und ging dann wieder zurück in die Richtung, aus der wir gekommen waren.

Ich legte meine Hand auf die Klinke, drückte sie aber nicht herunter. Die Angst, die mich die ganze Zeit nicht verlassen, sondern sich nur versteckt hatte, war wieder da. Ich hatte noch nie jemand beim Sterben begleitet. Ich wusste nicht, was ich tun sollte, wie ich ihr beistehen konnte. Nur dass ich es wollte. Ich atmete tief ein und wieder aus. Dann betrat ich das Zimmer.

Es war anders, als ich erwartet hatte. Statt in kaltes Neonlicht und blendendes Weiß war alles in warmen Schein gehüllt. Das Bett war zwar ein Krankenhausbett, aber über dem Nachttisch hing ein in freundlichen Farben gemaltes Bild, und jemand hatte vorsorglich eine dunkelrote Wolldecke über den Besucherstuhl gehängt.

Frau Olga war wach. Sie lag klein und eingefallen im Krankenbett, den Oberkörper durch das aufgestellte Kopfteil leicht aufgerichtet. Ihr Blick war müde, aber klar. Als sie mich sah, lächelte sie. »Dianne, wie schön, dass du mich besuchst.« Als hätte sie sich nur ein Bein gebrochen und dies wäre ein normaler Krankenbesuch. Sie versuchte erfolglos, sich noch etwas mehr aufzurichten. Mit wenigen Schritten war ich am Bett und half ihr. Sie zeigte auf die Wasserflasche, die neben einem Glas auf dem Nachttisch stand. Ich goss Wasser ein und reichte es ihr.

»Warum haben Sie mir nichts gesagt, Frau Olga?«

»Weil ich es nicht wollte.« Sie griff nach meiner Hand, aber ich trat einen Schritt zurück. »Jedenfalls nicht sofort. Ich hatte es vor, aber es ergab sich keine richtige Gelegenheit. Du hattest genug um die Ohren. Da brauchte es nicht auch noch eine alte, sterbende Haushälterin.« Sie richtete sich so gerade auf, wie es ihr Zustand erlaubte. »Außerdem belästigt man niemanden mit so etwas.«

»Warum sind Sie dann überhaupt zu mir gekommen?«

Frau Olga strich mit beiden Händen über ihr Laken, glättete unsichtbare Falten. Sie sah mich nicht an, sondern blickte zum Fenster hinaus. Zum ersten Mal seit Tagen schien die Sonne und ließ den Schnee hell aufleuchten.

»In deiner Familie habe ich die längste Zeit meines Lebens gearbeitet. Alle anderen Anstellungen dauerten immer nur kurz, weil mir Dinge nicht passten oder sie dem Vergleich mit euch nicht gerecht wurden.« Jetzt sah sie mich an. Ich zog den Besucherstuhl nahe ans Bett und setzte mich. Als sie diesmal ihre Hand nach mir ausstreckte, ergriff ich sie.

»Aber wir waren eine furchtbare Familie. Eigentlich waren meine Eltern und ich überhaupt keine Familie.«

»Eben. Deswegen ja.« Sie wiegte versonnen den Kopf. Der Tonfall, in dem sie es sagte, klang wie ein leises Echo ihrer ehemaligen Strenge.

»Weil Sie bei uns machen konnten, was Sie wollten?« Ich dachte an unsere stillschweigende Übereinkunft in Bezug auf die Eigentumsverhältnisse zahlreicher Gegenstände in unserem Haus.

»Das auch.« Sie hatte mir meine Gedanken vom Gesicht abgelesen. »Deine Eltern besaßen sehr viele Dinge, die sie mit anderen teilen und ihnen damit eine Freude machen konnten, auch wenn ihnen das nicht so bewusst war.« Sie hustete. »Aber das war nicht der Grund, Dianne. Der Grund warst du.«

»Ich?«

»Nun, ein Haustier, an das ich mein Herz hätte hängen können, gab es ja nicht in eurem Haus.« Ihr leises Lachen ging in ein weiteres Husten über.

»Sehr schmeichelhaft.«

»Du warst ein sehr anstrengendes Kind und ein meine Nerven strapazierender Teenager. Es gab Tage, da hätte ich am liebsten meine Sachen gepackt und fristlos gekündigt.«

»Das haben Sie aber nicht.«

»Nein. Das habe ich nicht.« Sie drückte zaghaft meine Hand. Eine ungewohnte Geste. Sie senkte den Kopf. »Weil ich jedes Mal, wenn ich kurz davor war, an dich denken musste. Weil mir die Vorstellung nicht gefiel, dich zurückzulassen.«

Sie verstummte, atmete schwer. Ich schwieg mit ihr. Nach einer Weile fuhr sie fort: »Ich mochte dich, Dianne. Nein«, sie schüttelte den Kopf, »das ist falsch. Ich mag dich. Sehr sogar. Da ist eine Lücke in meinem Herzen, seit ich von euch weggegangen bin. Sie hat immer ein bisschen wehgetan, so als wäre sie entzündet. Vielleicht war sie das ja auch wirklich. Ich habe das Gefühl ignoriert, bis ich erfuhr, dass dort ein Tumor wächst, und mir klar wurde, dass er der falsche Lückenfüller in meinem Herzen war. Du bist das einzige Kind, das ich je hatte. Du füllst diese Lücke. Deswegen bin ich zu dir gekommen. Um dir das zu sagen. Und um mich zu verabschieden.«

Der brennende Ball in meiner Brust kroch langsam den Hals hinauf, nistete sich in meiner Kehle fest und sandte Ausläufer hinter meine Augenlider. Ich schluckte. Was sie sagte, traf mich. Ich war das einzige Kind, das sie je hatte. Und sie war die einzige Mutter, die ich je hatte, auch wenn es da noch die andere Frau in meinem Leben gab, die diesen Titel offiziell für sich beanspruchte. Ich erwiderte ihren Händedruck. Sie sah mich an.

»Nun werd mal nicht sentimental, Dianne. Das tut uns nicht gut.« Wieder ein Husten. »Sag mir lieber, was du in Sachen Elias zu tun gedenkst und wegen all der anderen Probleme, die da draußen auf dich warten.«

Ich blinzelte. »Was?«

»Nun. Ich werde vermutlich nicht mehr da sein, um dir bei der Lösung dieser Angelegenheit zu helfen. Aber es würde mich deutlich beruhigen, wenn ich wüsste, was du vorhast.«

»Ich weiß es nicht. Keine Ahnung, was mich erwartet, wenn ich nach Hause komme. Vielleicht steht die Polizei samt Leichenwagen vor der Tür, weil sie Irmgard Kling gefunden haben. Vielleicht aber auch nicht.«

»Du solltest die Dinge nicht einfach so geschehen lassen, Dianne. Nimm es selbst in die Hand. Triff Entscheidungen und handle danach und trage auch die Konsequenzen. Egal, wie sie aussehen. Sonst wirst du nie wirklich erwachsen werden.«

»Und was heißt das konkret?« Ich hatte das Gefühl, wieder in der Küche meiner Kindheit zu stehen und mir einen ihrer Vorträge anzuhören. Unwillkürlich verfiel ich in die Abwehrhaltung des Teenagers von damals.

»Das kann ich dir nicht sagen, weil ich nicht für dich entscheiden kann, was zu tun ist. Das musst du selbst tun. Ich will dich nicht bevormunden.« Sie ließ sich zurücksinken und schloss die Augen. Nach wenigen Sekunden öffnete sie sie wieder. »Allerdings wäre es nicht schlecht, wenn du mit Elias ins Reine kommen und dich um eine ordentliche Bestattung deiner ehemaligen Chefin kümmern würdest. Solltest du darüber hinaus noch zur Aufklärung der beiden Mordfälle beitragen können, wäre das sicherlich eine gute Sache.« Sie lächelte. »Und kümmere dich vor allem gut um den Hund. Er braucht mehr Mäntelchen und will zur Klaviermusik singen.«

Sie schloss die Augen, ihr Atem wurde langsamer, und sie schlief ein. Die Ruhe tat ihr sicher gut. Vielleicht erholte sie sich ja wieder. Ich blieb bei ihr sitzen und hielt ihre Hand. Irgendwann stand ich auf, ging zum Tisch, um mir ein Glas Wasser einzugießen. Ich trank, schaute aus dem Fenster und lauschte ihren Atemzügen. Es dauerte eine Weile, bis ich die Veränderung erkannte.

Frau Olga atmete nicht mehr. Frau Olga war tot.

Kapitel 18

Es stand keine Polizei vor der Tür und auch kein Leichenwagen. Kein Beamter wartete an der Eingangstür auf mein Erscheinen, keine Spuren zeugten von gewaltsamem Eindringen in die Wohnung oder das »Kling und Glöckchen«.

Ich registrierte das alles, aber es hatte keine Bedeutung für mich. Es wäre mir auch egal gewesen, wenn ich von einer Hundertschaft in Empfang genommen und mit Handschellen abgeführt worden wäre. Wie in Trance schloss ich die Haustür auf und stieg die Treppe hinauf. Schon ab der zweiten Stufe setzte das Gebell ein. Rex hatte mich gehört und begrüßte mich lautstark. Während ich die Wohnungstür aufschob, sprang er bereits an mir hoch, wuselte um meine Beine herum und rannte dann aufgeregt zu seinem Fressplatz, den Frau Olga für ihn mit einem Platzset nett eingerichtet hatte.

Der Hund war komplett ausgehungert. Kein Wunder. Seine letzte Portion hatte er gestern Abend bekommen, genau wie ich. Im Gegensatz zu ihm machte mir das aber gar nichts aus. Der Geruch des Hundefutters, der mir beim Öffnen der Dose entgegenschwappte wie ein Fleischdunst-Tsunami, ließ mich würgen. Ich stellte Rex das Futter hin, warf die gebrauchte Gabel in die Spüle, überließ ihn seinem Fressglück und ging ins Schlafzimmer. Ich setzte mich aufs Bett, kippte zur Seite, zog die Beine an und rollte mich zusammen. Ganz klein. Ganz fest. Wie ein Igel. Nichts hören, nichts sehen, nichts fühlen. Allein.

Ich dachte an das Gefühl von Frau Olgas Hand in meiner, die Wärme ihrer Haut, die Vertrautheit, obwohl wir uns nie viel berührt hatten. Ich versuchte mich zu erinnern, ob sie mich jemals in den Arm genommen hatte, und kam zu keinem Ergebnis. Körperliche Nähe war nie so das Ihre gewesen. Meines aber auch nicht. Vielleicht hatten wir deswegen so gut zueinander gepasst, ohne es zu merken.

Vor meinem Fenster bewegte sich die winterkahle Krone eines Baumes sachte im Wind. Auf den dickeren Ästen lag Schnee. Eine Taube kauerte nah am Stamm und duckte sich in das Gewirr von Zweigen und immer kleiner werdenden Ästen. Ich starrte auf das Tier, unfähig, meinen Blick abzuwenden, weil ich wusste, dass sonst der Schmerz wiederkommen würde.

Frau Olga war tot.

Ich packte diesen Satz in dicke Schichten Schnee, den ich von den Ästen des Baumes hob. Eine nach der anderen. Um ihn zu verstecken. Um nicht mehr daran denken zu müssen. Um es nicht wahrhaben zu müssen. Aber der Satz brannte sich durch alles hindurch, ließ sich nicht verbergen. Er war da. Es war wahr. Eine Tatsache. Unumkehrbar. Ich weinte. Ich weinte um Frau Olga. Und ich weinte, weil alles so war, wie es war. Die Taube schaute mir zu, ohne etwas zu sagen.

Ihr Blick war vorwurfsvoll. Was natürlich Unsinn war, denn Tauben können nicht vorwurfsvoll gucken, weil ihnen das System von Schuld und Sühne vollkommen fremd ist. Aber ich sah den Vorwurf. Oder Mitleid. Je nachdem.

Mitleid war allerdings nicht angebracht. Es waren Dinge geschehen, auf die ich keinen Einfluss gehabt hatte. Ich hatte Irmgard Kling nicht die Treppe hinuntergestoßen, sie war gestolpert. Trotzdem hatte ich ihren Tod nicht gemeldet und sie stattdessen im Keller aufgebahrt. Nicht ich hatte Laura und Sophia umgebracht. Doch ich hatte Elias, den ich zunächst für den Mörder hielt, auch nicht der Polizei ausgeliefert, sondern ihn aus selbstsüchtigen Gründen versteckt und schließlich auf eigene Faust Ermittlungen angestellt. Die hatten nicht nur nichts gebracht, sie hatten ihn auch davon abgehalten, sich der Polizei zu stellen, um die Sache endgültig zu klären.

Ich hatte das »Kling und Glöckchen« offen gehalten und so getan, als wäre alles in Ordnung. Als wäre es mein Laden und die Kunden meine Kunden.

Aber das war es nicht. Es war eine Illusion. Eine Vorstellung von dem Leben, das ich gerne hätte. Das ich mir wünschte. Ich machte mir etwas vor, betrog mich selbst. So, wie ich es schon oft getan hatte. Die vielen Praktika in unzähligen Firmen. Jedes einzelne war toll und aufregend gewesen, solange alles neu gewesen war und einfach. Solange ich glänzen konnte und Lob einheimste. Kamen mit der Routine die Schwierigkeiten und gingen die Leichtigkeit und der Spaß verloren, verschwand auch meine Begeisterung. Ich machte Fehler, die ich vertuschte. Ich belog mich und andere. Wie viel einfacher es doch war, weiterzuziehen. Zum nächsten Job, zum nächsten Praktikum, zur nächsten Branche. Um bloß nicht ausloten zu müssen, was das alles mit mir zu tun hatte.

Ich versuchte mich zu erinnern, ob es jemals eine Situation gegeben hatte, in der ich nicht die Schuld auf jemand anderen abgewälzt hatte. Wobei dieser andere nicht zwingend immer eine Person gewesen war. Oft hatten auch die Umstände, das Material oder sogar das Wetter herhalten müssen, wenn etwas nicht so funktionierte, wie es sollte. Auf diese Weise musste ich mich auch nicht den Konsequenzen stellen.

Beim »Kling und Glöckchen« hatte ich zum ersten Mal das Gefühl gehabt, hier wirklich richtig zu sein, aber auch das beruhte auf Selbstbetrug. Das »Kling und Glöckchen« gehörte mir nicht. Es gehörte der toten Irmgard Kling.

Entscheidungen treffen, danach handeln und die Konsequenzen tragen, egal, ob sie gut oder schlecht ausfielen. Das hatte Frau Olga mir geraten. Erwachsen werden hieß, auch für die schwierigen Folgen des eigenen Handelns geradezustehen. Nicht nur die Zuckergussseite, sondern auch die verbrannten Stellen des Zimtsterns zu essen.

Rex kam zu mir ins Zimmer. Er setzte sich vor das Bett, schaute kurz zu mir hoch und lief dann schwanzwedelnd zur Tür. Dort blieb er stehen, bellte und rannte weiter in den Wohnungsflur. Es folgten Kratzgeräusche, dann tauchte er erneut im Türrahmen auf, um gleich wieder zu verschwinden. Der Hund musste mal. Wie es schien, sehr dringend. Nicht nur die guten, sondern auch die schwierigen Seiten. Nicht nur das Kuscheln, sondern auch die Kacke.

Ich entrollte mich. Jeder Muskel tat mir weh. Aber es nutzte nichts. Wenn ich jetzt nicht mit dem Hund rausging, blieb ihm nichts anderes übrig, als in die Wohnung zu machen, falls das nicht sowieso schon geschehen war. Und das wollten weder er noch ich. Vielleicht war es ja auch genau der richtige Start in mein erwachseneres Leben. So ein Gassigang war doch recht überschaubar und barg nicht allzu viel Fehlerpotenzial.

Ich suchte nach dem Mäntelchen und der Leine. Als ich sie fand, gab es mir wieder einen Stich. Frau Olga hatte beides ordentlich und griffbereit an der Garderobe drapiert.

Wir verließen das Haus. Vor der Eingangstür des »Kling und Glöckchen« stand Hildegard Sonius und spähte in den Laden. Als sie mich entdeckte, erschien ein Lächeln auf ihrem Gesicht.

»Da sind Sie ja.«

Ich blieb stehen. Rex zerrte an der Leine. Er wollte weiter.

»Heute bleibt das Geschäft geschlossen, Frau Sonius. Ich habe einen Trauerfall.«

»Ist etwas mit Frau Kling?« Ihre Miene drückte echte Besorgnis aus.

»Meine ...« Fast hätte ich wieder Tante gesagt, aber das stimmte ja nicht. Keine Lügen mehr. Auch keine Notlügen. »Heute Morgen ist Frau Olga gestorben. Sie war viele Jahre lang unsere Haushälterin, und für mich ist sie wie eine Mutter gewesen. Ich muss mich heute um alles kümmern.«

Hildegard Sonius nickte. »Mein herzliches Beileid für Sie, Frau Glöckchen. So ein Verlust ist immer sehr schlimm. Meine Sache eilt auch nicht. Ich komme gerne in den nächsten Tagen noch einmal vorbei.« Sie lächelte mir zu, wandte sich ab und ging in die entgegengesetzte Richtung davon.

Ich sah ihr nach. »Frau Sonius!«, rief ich, als sie fast schon ihren Wagen erreicht hatte, und lief ihr hinterher.

»Ja?« Sie drehte sich zu mir um.

»Sie können den heiligen Jupp«, ich räusperte mich, »den heiligen Josef beim nächsten Mal mitnehmen. Die Krippenfigur, nach der Sie gesucht haben«, ergänzte ich, als ich ihren irritierten Gesichtsausdruck sah.

»Oh, das ist aber toll. Dann können wir endlich unseren

Krippenweg vollständig aufbauen. Ohne den heiligen Josef geht das doch nicht.« Sie nickte mir dankbar zu. »Ich komme dann in den nächsten Tagen und hole ihn ab.«

»Nein. Warten Sie.« Ich drückte ihr Rex' Leine in die Hand, ging zurück zum »Kling und Glöckchen« und zog meinen Schlüsselbund aus der Jackentasche. Das war etwas, das ich auch direkt erledigen konnte.

Im Laden war es dunkel. Trotzdem fand ich den heiligen Jupp sofort und auch einen Edding. »Wegen Trauerfall geschlossen«, schrieb ich hastig auf ein Blatt Papier, klebte es von innen an die Tür und verschloss den Laden wieder.

»Hier. Für Sie.« Ich überreichte Hildegard Sonius den Jupp. Sie nahm ihn freudestrahlend in Empfang.

»Was bekommen Sie von mir?« Sie kramte in ihrer Handtasche.

»Nichts.«

»Aber das geht doch nicht. Sie haben ihn doch extra für mich bestellt.«

»Doch, das geht. Er ist nicht neu und hat auch schon ein paar Kratzer abbekommen.« Von seinem Einsatz als Selbstverteidigungswaffe und Schlagwerkzeug erzählte ich ihr lieber nichts. Auch Ehrlichkeit hat ihre Grenzen, und nichts zu sagen war ja nicht lügen. »Er ist ein Geschenk für Sie. Passen Sie gut auf ihn auf.« Ich lächelte ihr zu, nahm ihr Rex' Leine aus der Hand und setzte den Spaziergang fort.

Der Hund schnüffelte ausgiebig an jeder Straßenecke, blieb stehen, hob das Bein, lief voraus. Er folgte einer Spur, die nur er sah. Ich trabte hinterher, ließ mir den Kopf freipusten vom kalten Winterwind. Ab und an wartete Rex auf mich, um dann, wenn ich ihn fast eingeholt hatte, weiter seinen unsichtbaren Pfad zu erkunden. Er schien, im Gegensatz zu mir, seinen Weg zu kennen. Was sollte ich nun machen? Ich war vollkommen allein. Frau Olga war tot, Elias fort. Ich hatte keine Freunde, und meine Eltern wären sicherlich mehr als überrascht, wenn ich plötzlich bei ihnen vor der Tür stehen würde. Wobei ich mir nicht einmal sicher war, ob meine Mutter denn überhaupt noch hinter derselben Tür wohnte wie bei meinem letzten Besuch.

Nein. Es gab niemanden, den ich um Hilfe bitten konnte. Ich allein musste die anstehenden Aufgaben angehen und bewältigen. Mit Elias wieder ins Reine kommen, mich um eine ordentliche Bestattung für meine ehemalige Chefin kümmern und darüber hinaus zur Aufklärung der beiden Mordfälle beitragen. Ich ging davon aus, dass Frau Olga es mir nicht allzu übel nehmen würde, wenn ich die von ihr vorgeschlagene Reihenfolge etwas abänderte. Um mit Elias ins Reine zu kommen, musste Elias auch anwesend sein, was er aber definitiv nicht war. Die Aufklärung der beiden Mordfälle bedingte eine Idee, was ich Sinnvolles beitragen könnte. Die mir aber fehlte. Noch. In meinem Hinterkopf arbeitete es bereits. Aus Erfahrung wusste ich, dass ich die besten spontanen Eingebungen hatte, wenn ich mich nicht direkt mit einem Problem beschäftigte, sondern erst einmal mit etwas anderem. Dieses andere war nun Irmgard Kling. Sie musste aus dem Keller raus und unter die Erde. Aber welche Möglichkeiten hatte ich? Ich konnte sie ja schlecht in einen Karton packen und damit beim Friedhof auftauchen.

Im Geiste sah ich mich den großen Teppich aus ihrem Wohnzimmer in den Keller wuchten, sie darin einrollen und dann ... Ja, was dann? Eine Limousine, in deren Kofferraum ich sie wie in einem schlechten Mafiafilm hätte verstauen können, um sie dann in einen Wald zu fahren und zu vergraben, besaß ich nicht. Ich hatte gar kein Auto. Außerdem war dieses Szenario sicherlich nicht das, was Frau Olga – oder die zu Bestattende selbst – unter einer »anständigen Bestattung« verstand.

Ich könnte versuchen, in den Lehmboden des Kellerraums ein tiefes Loch zu graben und sie dort in allen Ehren in den Mauern ihres eigenen Hauses zur Ruhe zu betten. Das hätte schon etwas mehr Würde, entsprach aber vermutlich ebenfalls nicht den Wünschen der beiden alten Damen. In meiner Vorstellung saßen die beiden gerade gemeinsam auf einer Wolke bei einer Tasse heißem Tee und beobachteten, was ich hier auf Erden noch so trieb. Da sie sich im Leben nicht gekannt hatten und nur die Umstände sie vereinten, war ihr Verhältnis von einer freundlichen Distanz geprägt, deren gemeinsamer Nenner ich war. Unwillkürlich schaute ich nach oben. Der Wintermorgen hatte sich aufgeklart, der Himmel versprach im Laufe des Tages noch ein ordentliches Blau zustande zu bringen.

»Und was stellen Sie sich für Ihre Bestattung so vor, liebe Frau Olga?«, fragte Irmgard Kling und beugte sich zu ihrer neuen Gefährtin.

»Nur kein Aufheben.« Frau Olga lächelte. »Meine Asche soll auf einem schönen Blumenbeet verstreut werden, am liebsten auf einem Rosenbeet.« Sie trank einen Schluck. »Und Sie?«

»Ich weiß es nicht. Ehrlich gesagt, hatte ich mir darüber noch keine Gedanken gemacht, weil ich nicht damit rechnete, so schnell in diese Situation zu kommen.« Sie strich ihr Gewand glatt. »Wissen Sie, liebe Frau Olga, es geschah alles so schnell, und ich war so überrascht. Noch im Fallen dachte ich nicht daran, womöglich zu sterben. Ich war damit beschäftigt herauszufinden, warum ich überhaupt fiel.«

»Haben Sie denn jetzt einen Wunsch?«

»Nein. Ich möchte nur nicht gern dort bleiben, wo ich oder besser gesagt meine sterblichen Überreste sich gerade befinden. Mal abgesehen davon, dass es sehr unhygienisch ist, hätte ich gern ein bisschen mehr Privatsphäre bei meinem Verwesungsprozess. Da gibt es ja durchaus ein paar Dinge, die man nicht so gern öffentlich macht.«

Ich blinzelte in die Wolken und schüttelte den Kopf. Hatte sie mich gerade vorwurfsvoll angesehen?

»In Ordnung. Sie bekommen eine richtige Beerdigung. Mit allem, was dazugehört«, sagte ich laut, ohne auf den irritierten Blick einer Passantin zu achten. »Und für Sie, Frau Olga, finde ich das schönste Rosenbeet in ganz Dieckenbeck.«

Allerdings, so wurde mir klar, konnte ich jetzt nicht einfach nach Hause gehen, einen Bestatter anrufen und Frau Kling abholen lassen. Das würde Fragen aufwerfen und die Polizei auf den Plan rufen. Vielleicht wäre es besser, wenn ich selbst auf die Polizei zugehen, sie über die Umstände aufklären und dann erst den Bestatter informieren würde? Elias hatte ja allem Anschein nach nichts gesagt. Die Polizei würde auf jeden Fall kommen und sich die Sache vor Ort ansehen wollen. Deshalb musste ich für den Moment alles so lassen, wie es war.

Rex bog um eine Ecke, ich folgte ihm und erkannte, wo wir uns befanden. Auf der gegenüberliegenden Straßenseite lag das Café, in dem Sophias Bekannte arbeitete. Ein Kellner war gerade dabei, einige kleine Tische samt Stühlen dicht an der Fensterfassade entlang aufzureihen. Auf die Stühle legte er leuchtend rote Fleecedecken, fuhr die Markise aus und schaltete die Heizstrahler darunter an.

Ich überquerte die Straße, ging zum Café und setzte mich an den ersten Tisch neben der Eingangstür.

Zum Milchkaffee brachte der junge Mann auch einen Wassernapf für Rex mit. Ich zog mein Handy aus der Manteltasche, um Punkt zwei auf meiner Liste anzugehen. Etwas Sinnvolles zu den Mordermittlungen beitragen. Wobei ich mir kurz die Frage stellte, ob das Sinnvollste nicht wäre, mich komplett aus allem rauszuhalten und alles der Polizei zu überlassen. Aber das hatte Frau Olga damit nicht gemeint. Sie hatte nicht gesagt: »Halt dich raus«, sondern »Trage etwas Sinnvolles dazu bei«.

Und wenn ich ehrlich war, gefiel mir die aktive Variante auch deutlich besser. Zumal ich damit den ersten Punkt vielleicht leichter bewältigen konnte. Wenn ich etwas fand, das ihn entlastete, wäre Elias vielleicht bereit, mir zu verzeihen, dass ich ihm Irmgard Kling verschwiegen hatte.

Aber was konnte ich tun? So viele Möglichkeiten gab es nicht. An meiner Überzeugung, dass Patrick Windeck nicht der Täter war, hatte sich nichts geändert. Leider hatte er uns auch keinen anderweitigen Hinweis geliefert. Wobei, ganz stimmte das nicht. Er hatte erwähnt, dass Sophia vor rund zwei Wochen etwas eigenartig gefunden hätte. Mehr wusste er nicht. Aber die Bemerkung war ihm in Erinnerung geblieben, also musste sie wichtig sein. War sie deswegen umgebracht worden? Aber was war das gewesen? Und wer könnte etwas darüber wissen?

Der junge Mann ging an mir vorbei. Er trug ein Tablett mit

zwei großen Tassen Caffè Latte darauf, stellte sie zwei Tische weiter ab und blieb noch eine Weile bei den Gästen stehen. Anscheinend kannten sie sich. Sie lachten und redeten miteinander wie gute Freunde.

Richtig. Das war es, was ich tun konnte: Sophias Freundinnen aufsuchen und mit ihnen sprechen. Vielleicht wussten sie etwas über ihre mysteriöse Entdeckung? Einen Versuch war es wert.

Kapitel 19

Es gab nur einen Haken: Ich hatte keine Ahnung, wer Sophias Freundinnen waren. Außer der Kellnerin, die ich hier schon angesprochen hatte. Aber die war nicht da und nutzte mir insofern auch nichts.

Lauras Freundinnen hatte ich im Lünebach gesucht und zwar nicht gefunden, dafür aber eine feine Panikattacke erlebt. Könnten nicht zumindest ein paar davon auch Kontakt zu Sophias Freundinnen gehabt haben? Laut Elias waren die beiden Schwestern vor ihrem Streit sehr eng miteinander gewesen. Vielleicht gab es in diesem besonderen Fall ja eine ähnliche Aufteilung, wie sie bei einer Scheidung vorkam – mit einem jahrelang gemeinsamen Freundeskreis, der sich nun auf die beiden Seiten aufteilte. Fragte sich nur, wer zu wem gehörte und wie ich das herausfinden konnte.

Die Antwort gaben mir meine beiden Cafétischnachbarn. Der Kellner hatte sich nach dem ausführlichen Plausch kaum wieder seiner eigentlichen Arbeit zugewandt, als die beiden auch schon ihre Smartphones zückten, ihre Unterhaltung einstellten und wie gebannt auf die Displays starrten. Auch wenn ich normalerweise kein großer Fan der sozialen Medien war und um die ganzen Plattformen einen weiten Bogen machte, hatte ich doch irgendwann mal einen Account bei Herrn Zuckerberg angelegt. Den ich im Anschluss behandelte wie zerknittertes Lametta – man nutzte es nicht, warf es aber auch nicht weg, denn man könnte es ja noch mal brauchen. Womit ich ja dann letztlich auch recht behalten hatte – wenn auch in einem Zusammenhang, den ich mir damals niemals hätte vorstellen können. Aber egal. Der Account war da, ich musste ihn nur wieder aktivieren.

Was dann auch erstaunlich schnell gelang. Dank meiner Angewohnheit, überall dasselbe Passwort zu benutzen, kam ich ohne Schwierigkeiten in mein Profil. Mir war vollkommen klar, dass ich mit diesem Passwortmanagement irgendwann das Opfer einer groß angelegten Hackerattacke sein würde, aber diesen Umstand ignorierte ich nach wie vor sehr erfolgreich. Einmal eingeloggt, brauchte ich allerdings eine ganze Weile, um mich auf der Seite zurechtzufinden, denn gefühlt war nichts mehr an dem Platz, wo ich es vor mehr als einem Jahr zuletzt gesehen hatte. Damit machte sich Herr Zuckerberg auch diesmal keine Freundin, und ich sehnte jetzt schon den Moment herbei, da ich mein Profil wieder in den Netzschlaf schicken konnte. Zuerst aber musste ich den Freundeskreis der beiden Schwestern ausfindig machen.

Lauras Profil entdeckte ich sehr schnell. Sie lachte mich von ihrem Profilfoto an, und es fiel mir schwer, dieses Bild mit dem, das ich von der toten Laura in meinem Gedächtnis abgespeichert hatte, übereinzubringen. Auf ihrer Seite gab es einige Posts, in denen Menschen ihr Beileid und ihre Trauer über Lauras Tod mitteilten. Die sah ich mir genauer an. Nach zwei, drei Posts von Facebook-Freunden mit Blumen oder gezeichneten Avataren als Profilfoto entdeckte ich ein Gesicht, das Elias' Beschreibung von Lauras Freundinnen sehr nahekam. Und noch ein weiterer Post war erfolgversprechend.

Ich überprüfte beide Profile und fand, wie ich erwartet hatte, auch Sophias Namen in den Freundeslisten. Eine der beiden Frauen nannte sich Lena von Dieckenbeck, was ganz klar ein Fakename war. Die andere, Vanessa Hartwell, hatte einer kurzen Befragung der Netzweisheit zufolge ihren richtigen Namen genutzt und schien auch ansonsten ein sehr auskunftsfreudiger Mensch zu sein, der sich nicht allzu sehr mit dem Thema Datenschutz belastete. Sie stand nicht nur ganz offiziell im Dieckenbecker Telefonbuch, sondern hatte heute Morgen auch aller Welt verkündet, mit heftigem Schnupfen und Husten das Haus zu hüten. Vermutlich pflegte sie einen ähnlichen Umgang mit Passwörtern wie ich.

Ich trank meinen Kaffee aus, legte Geld auf das Tablett und setzte Rex, der die ganze Zeit auf meinem Schoß gelegen hatte, wieder auf den Boden. Er freute sich, dass es weiterging, und tänzelte aufgeregt vor mir her.

Vanessa Hartwell wohnte nicht allzu weit weg vom Café. Nach zehn Minuten hatten wir unser Ziel erreicht. Inzwischen hatte es wieder angefangen zu schneien, und Rex jagte wie ein Besessener hinter den dicken Flocken her.

Sie meldete sich nach dem zweiten Klingeln an der Türsprechanlage.

»Wer ist da?« Es folgte ein heftiger Hustenanfall.

»Hallo. Mein Name ist Dianne Glöckchen. Ich würde sehr gern mit Ihnen über Sophia sprechen, wenn es geht.«

Am anderen Ende der Leitung blieb es still.

»Sind Sie noch da?«, wollte ich wissen.

Sie nieste zur Antwort.

»Ich würde wirklich gern mit Ihnen reden. Ich habe mir viele Gedanken gemacht, warum das passiert sein könnte. Vielleicht wissen Sie etwas, das mir weiterhilft.«

»Sind Sie von der Polizei?«, krächzte ihre Stimme aus der Freisprechanlage.

»Nein.«

Ich rechnete damit, mir endgültig eine Abfuhr eingehandelt zu haben, doch zu meiner großen Überraschung summte der Türdrücker.

»Dritter Stock, der Fahrstuhl ist kaputt. Wenn Sie hochkommen, schauen Sie bitte mal in meinen Briefkasten und bringen mit, was Sie rausfischen können. Ich schaffe es gerade nicht bis nach unten.«

Achtundvierzig Stufen später erreichte ich schnaufend ihre Wohnungstür. In der einen Hand einen Haufen Kataloge und Briefe, in der anderen den Hund. Unter dem Arm mit den Briefen klemmte zusätzlich ein mittelgroßes Päckchen, das ihr ein freundlicher Nachbar auf die Fußmatte gelegt hatte. Ich schwitzte fürchterlich und rang nach Luft. Vanessa Hartwell stand in der halb geöffneten Tür. Sie trug einen Schlafanzug, der eleganter wirkte als etliche meiner offiziellen Kleidungsstücke, und hatte sich einen dicken rosafarbenen Wollschall um den Hals gewickelt. Ihre langen blonden Haare flossen in einem nachlässig gebundenen Pferdeschwanz über Schal und

Schultern. Alles in allem sah sie aus wie das Nachherbild einer Fernsehwerbung für Hustensaft.

»Dianne?«, fragte sie und streckte beide Hände aus. Ich brauchte einen Moment, bis ich begriff, dass sie mich lediglich von den Briefen, Katalogen und dem Päckchen befreien wollte und dass die Geste keine besonders herzlich gemeinte Begrüßung darstellte.

»Ja.« Ich übergab ihr meine Last und setzte Rex auf den Boden. Der nutzte die Chance, um ins Warme zu kommen, und flitzte zwischen Vanessa Hartwells Beinen hindurch in die Wohnung. »Rex! Stopp!« Ich wollte zumindest den Anschein erwecken, als hätte ich den Hund unter Kontrolle.

»Kein Problem.« Sie zog geräuschvoll die Nase hoch, was so gar nicht zu ihrem perfekten Aussehen passte, sie mir aber sofort sympathischer machte. »Komm rein.« Sie trat zur Seite und machte mir den Weg frei.

»Nur um es noch mal klarzustellen: Ich bin nicht von der Polizei. Du musst mich also nicht reinlassen.«

»Ich weiß.« Sie zeigte in die Richtung, in die Rex bereits gelaufen war. »Genau deswegen wollte ich ja, dass du raufkommst. Tee?«

»Was?«

»Ob du einen Tee möchtest.«

Ich nickte.

»Ich ärgere mich über die Polizei, weil ich den Eindruck habe, dass sie nicht richtig weiterkommen.« Sie hustete rasselnd, und eine Träne lief über ihre Wange. »Laura und Sophia waren meine Freundinnen. Jetzt sind beide tot, und ich habe das Gefühl, die Polizei stochert komplett im Nebel.« Sie betrat kurz die Küche, die auf der rechten Seite des Flurs lag, und nahm eine Tasse aus dem Schrank. Ich ging weiter ins Wohnzimmer am Ende des Gangs. Rex hatte es sich bereits auf einem flauschigen Teppich gemütlich gemacht. Genüsslich rollte er sich auf den Rücken und streckte sich in die Länge. Ich beugte mich zu ihm hinunter und befreite ihn von seinem Mäntelchen.

»Hast du mit der Polizei gesprochen?« Ich pustete vorsichtig über den Tee, den sie mir eingegossen und gereicht hatte. Er roch nach Glühwein.

»Ja. Aber nur kurz.«

»Was wollten sie wissen?«

»Ob Sophia oder Laura Feinde gehabt hätten, ob wir im Freundeskreis Streit gehabt hätten, ob sie mit jemand anderem Streit gehabt hätten.«

»Und hatten sie?«

»Nein.« Sie wühlte in ihrer Hosentasche und zog ein zerknülltes Papiertaschentuch hervor. »Jedenfalls nichts von Bedeutung, nicht dass ich wüsste.«

»Was ist mit Elias?« Ich beschloss, die Sache direkt anzugehen.

»Elias? Lauras Ex?« Sie sah mich verwundert an. »Was soll mit dem sein?«

»Verdächtigst du ihn nicht?«

»Sollte ich?« Sie lachte, was sich wie das Krächzen einer liebeskranken Krähe anhörte. »Nein. Eher nicht. Ich kenne kaum einen Menschen, der friedfertiger ist als Elias. Er hat sogar versucht, zwischen uns Frauen zu vermitteln, wenn es Krach gab.«

»Soweit ich weiß, hat es zwischen Laura und Sophia welchen gegeben.«

»Bei den beiden herrschte eine Zeit lang dicke Luft, das stimmt. Das heißt aber nichts. Vermutlich nur das übliche Geplänkel. Irgendwer ist immer wegen irgendwas sauer. Das legt sich meistens ganz schnell wieder.« Sie schaute zu Rex und klopfte neben sich auf das Sofa. Der Hund nahm die Einladung dankend an, sprang auf ihren Schoß und ließ sich ausgiebig von Vanessa streicheln.

»Wart ihr alle gleich gut mit Laura und Sophia befreundet?«, wollte ich im Hinblick auf meine Ehepaartheorie wissen.

»Verstanden haben wir uns alle miteinander gut. Klar ist nicht jede gleich viel mit jeder unterwegs, jede von uns hat eine oder zwei, mit denen sie am meisten macht. Aber als Clique funktionieren wir sehr gut.«

»Auch wenn Laura und Sophia Stress miteinander hatten?«

»Es war dann halt mal die eine und dann wieder die andere dabei. Wir haben uns angewöhnt, solche Einzelkonflikte einfach hinzunehmen. Irgendwann renkt es sich wieder ein.« Sie verstummte und schaute aus dem Fenster. »In dem Fall ja nun leider nicht mehr.« Ich sah, dass Tränen in ihren Augen schimmerten. »Dabei hat der ganze Mist ja überhaupt erst angefangen, als die beiden meinten, der Menschheit unbedingt etwas Gutes tun zu müssen.«

»Wie meinst du das?«

»Na ja. Politisch aktiv sein ist doch zurzeit wieder groß im Kommen. Wer etwas darstellen will, muss sich engagieren.«

»Sind die beiden in eine Partei eingetreten?« Jetzt war ich ehrlich verblüfft. Nach allem, was ich über die Schwestern in Erfahrung gebracht hatte, konnte ich mir beim besten Willen nicht vorstellen, dass sie an Samstagvormittagen vor Supermärkten den Kunden Flugblätter in die Hand gedrückt hatten.

»Nein.« Vanessa Hartwell grinste. »Ganz so nah am Menschen wollten sie dann doch nicht sein.« Aus dem Grinsen wurde wieder ein Husten. »Wir sind eines Abends darauf gekommen. Zuerst nur im Scherz, von wegen, wir wären ja nun aus dem Alter raus, an dem wir freitags fürs Klima auf die Straße gehen können, auch wenn wir alle dauernd versuchen, nachhaltig zu leben. Und in Dritte-Welt-Gruppen sahen wir uns auch nicht. Letztlich endete die Diskussion damit, dass wir es am besten finden würden, vor Ort zu helfen. Das Elend in der Welt ist so groß, dass man als Einzelner eh nicht alles retten kann. Aber man kann direkt vor seiner Haustür die Augen aufmachen und schauen, wo die Not am größten ist.«

Ich nickte und schwieg. Ehrlicherweise musste ich zugeben, beeindruckt zu sein. Das Letzte, was ich von diesen blond bezopften Frauen erwartet hätte, war soziales Engagement. So konnte man sich irren.

»Und wofür habt ihr euch schließlich entschieden?«

»Nicht wir. Laura und Sophia haben sich entschieden. Wir anderen haben es bei den theoretischen Überlegungen belassen.

Aber ich …« Sie senkte kurz den Kopf. »Ich habe deswegen ständig ein schlechtes Gewissen. Und jetzt, wo die beiden tot sind, noch viel mehr.«

»Was haben sie denn gemacht?«

»Sie haben eine Stiftung gefunden, in der sie ehrenamtlich arbeiten wollten.«

»Weißt du, was das für eine Stiftung war?«

»Nein.« Sie schüttelte den Kopf, was einen Niesanfall zur Folge hatte. Ich konnte nur hoffen, dass mich mein intaktes Immunsystem die Kollision mit diesem Bazillenmutterschiff unbeschadet überstehen ließ.

Vanessa tastete nach einem Taschentuch und kniff die Augen zusammen. »Aber der Name. Sie hatten ihn mir gesagt, doch ich habe ihn vergessen. Irgendwas mit Hans oder Gerhard oder Rüdiger. Ein Männername auf jeden Fall.«

»Du weißt also nicht, was das für eine ehrenamtliche Tätigkeit war?«

»Nicht genau.« Sie hob die Schultern in einer Geste der Entschuldigung. »Ich weiß, ich hätte mich mehr dafür interessieren müssen, aber …« Sie seufzte. »Hab ich halt nicht.« Wieder musste sie husten und niesen. Diesmal beinahe gleichzeitig.

»Du solltest dich ins Bett legen.« Ich stand auf. Rex öffnete müde ein Auge. »Komm, Hund. Wir lassen Vanessa jetzt allein, damit sie sich ausruhen kann.« Rex gähnte ausgiebig. Er machte den Eindruck, als würde er seiner neuen Freundin sehr gerne Gesellschaft beim Ausruhen leisten. Ich pflückte ihn von Vanessas Schoß und klemmte ihn mir unter den Arm. Dann griff ich nach meiner Jacke. »Danke. Mal sehen. Vielleicht kann ich etwas über die Stiftung herausfinden.«

»Hältst du mich auf dem Laufenden?«

Ich nickte. Falls ich in der Sache wirklich weiterkam, würde ich mich bei ihr melden.

Als ich die Tür hinter mir ins Schloss zog, musste ich zu meinem Erstaunen feststellen, dass mir das Gespräch mit Vanessa Hartwell gefallen hatte. So war es also, wenn man gleichaltrige Bekannte hatte und sich mit ihnen unterhielt. Nicht zwingend über Leichen und Morde, aber das war ja in unserem Fall auch eine Ausnahme. Ich nahm mir vor, Vanessa Hartwell auf jeden Fall noch einmal zu besuchen, wenn das alles vorbei war. Einfach weil ich sie nett fand. Eine völlig neue Erfahrung für mich.

Draußen spielte der Winter weiter Klischee. Die dicken Flocken von vorhin hatten sich als flauschiger weißer Teppich auf alles gelegt, was nicht gestreute Straße war. Der Himmel strahlte eisblau, und die Sonne gab sich Mühe, schön auszusehen, ohne die Schneepracht zu zerstören. Im Gehen versuchte ich, meinem Smartphone Informationen zu der Stiftung zu entlocken, musste aber schnell einsehen, dass das so nichts brachte.

Ich steckte das Handy in meine Jackentasche und schaute auf, um mich zu orientieren. Auf der gegenüberliegenden Straßenseite entdeckte ich ein Bestattungsinstitut. Nachdenklich starrte ich auf die Auslage im Schaufenster. Vor dezenten Hintergrundfarben standen einige Urnen auf einem Podest. Ein Schild informierte über die ständige Bereitschaft, sich um die Kunden zu kümmern, und ein Tannenkranz mit vier Kerzen in gedecktem Weinrot erinnerte mehr an Grabschmuck als an die Weihnachtsdekoration, um die es sich augenscheinlich handelte.

Auch wenn ich beschlossen hatte, Irmgard Kling noch kurze Zeit im aufgebahrten Zustand zu belassen, für Frau Olga konnte und musste ich alles in die Wege leiten. Darüber, warum ich bisher nicht daran gedacht hatte, wollte ich nicht nachdenken. Sonst waren mir Ordnung und ordentliche Abläufe sehr wichtig. Ihr Tod hatte mich komplett aus der Spur geworfen. Verdrängung und Nicht-wahr-haben-Wollen spielten dabei sicherlich eine größere Rolle, als mir lieb war.

Ich überquerte die Straße und blieb für einen Moment vor der Eingangstür des Bestattungsinstituts stehen. Dann ging ich hinein. Ich musste herausfinden, ob sich der Wunsch nach einer Bestattung in einem Rosenbeet hier würde verwirklichen lassen.

Eine Glocke erklang in sanften Tönen, als ich das Institut betrat. Hinter einem Sichtschutz trat ein freundlicher älterer

Herr hervor, der mich mit einem zurückhaltenden Lächeln begrüßte.

»Willkommen«, sagte er schlicht, blieb mit etwas Abstand vor mir stehen und schaute mich erwartungsvoll an.

»Hallo.« Ich räusperte mich. Auch wenn ich einige Monate in einem ähnlichen Institut gearbeitet hatte, war es doch etwas vollkommen anderes, als Kundin an die Sache ranzugehen. »Ich brauche eine Bestattung.« Ich räusperte mich erneut. »Also nicht für mich, sondern für Frau Olga. Sie will in ein Rosenbeet.«

Was um alles in der Welt stammelte ich da zusammen?

Doch der freundliche Bestatter ließ sich nicht aus der Ruhe bringen. Für ihn waren Menschen in Extremsituationen Alltag.

»Möchten Sie erst einmal Platz nehmen?« Er zeigte auf eine kleine Sitzgruppe mit gemütlichen Sesseln. Ich nickte und setzte mich. Rex legte sich auf meine Füße und schloss die Augen. »In welchem Verwandtschaftsgrad steht Frau Olga denn zu Ihnen?«, wollte der Bestatter wissen. Er hatte im Sessel gegenüber Platz genommen und eine dezente Mappe auf dem kleinen Beistelltisch neben sich abgelegt. Wenn ich mich richtig erinnerte, hielt er darin Kataloge mit Sarg- und Urnenmodellen, Informationen zu alternativen Bestattungsarten und Preislisten bereit.

»In gar keinem. Wir sind«, ich unterbrach mich, »wir waren nicht verwandt. Aber«, schob ich schnell hinterher, »wir standen uns sehr nahe.«

»Gibt es denn Verwandte, die wir einbeziehen können?«

»Nein. Frau Olga hatte nur mich.« Meine Augen brannten. Aber ich wollte nicht weinen. Ich wollte Frau Olgas Wunsch nach dem Rosenbeetgrab umsetzen. Auch wenn er ja eigentlich nicht wirklich von ihr geäußert worden war.

»Was genau haben Sie denn vor?« Er zog die Hand, die er kurz in Richtung der Mappe ausgestreckt hatte, wieder zurück und lehnte sich zurück.

»Möchten Sie die offizielle Version hören oder das, was mir wirklich vorschwebt?« Mir war klar, dass »Rosenbeet« keine gesetzlich genehmigte Bestattungsart darstellte.

»Das, was die Verstorbene und Sie wirklich wollen. Ich schaue dann, was ich möglich machen kann.« Die Fältchen um seine Augen herum bedeuteten mir, dass es eine Menge sein würde, was möglich gemacht werden konnte.

Ich erzählte ihm von meinen Ideen, er hörte zu, und am Ende verließ ich das Bestattungsinstitut in dem Wissen, diesmal alles richtig gemacht zu haben.

Kapitel 20

Rex zog merklich an der Leine. Er hatte Hunger und wollte an den Napf. Mein Magen und ich zeigten vollstes Verständnis. Ich hatte heute noch nichts gegessen und wusste, dass, wenn ich nicht bald Abhilfe schaffte, meine Laune parallel zu meinem Blutzuckerspiegel ins Tal der Tränen absinken würde.

Auf unserem Weg lag ein Supermarkt. Hier konnte ich für uns beide ein paar Leckereien erstehen. Kurzerhand schob ich Rex unter meinen Mantel und hoffte, dass er sich dort nicht rühren würde. Rex schien es zu gefallen. Er rollte sich ein wenig zusammen, und gemeinsam ergaben wir das Bild einer Schwangeren, die ihren Bauch mit der einen Hand abstützte, während sie mit der anderen den Einkaufswagen schob. Die Menschen machten mir auf meinem Weg durch die Gänge freundlich lächelnd Platz. Nur am Weinregal erntete ich einige Blicke in der Spannweite von besorgt über entrüstet bis hin zu regelrecht böse, als ich zwei Flaschen Rotwein in den Wagen stellte. Ich ignorierte die Fremdmoralisten und strebte samt Rexbauch der Kasse zu.

Alles ging gut, bis Rex, als ich schon meine Einkäufe aufs Band gelegt hatte und die Kassiererin ihre Arbeit tat, auf einmal randalierte. Der Mantel beulte sich bedenklich aus. Ich krümmte mich ein wenig, murmelte etwas von lebhaftem Kind und raffte alles zusammen, bevor ich aus dem Laden lief und draußen vor der Tür Rex einer Sturzgeburt gleich aus meinem Mantel plumpsen ließ. Er rannte zum nächsten Gestrüpp und schnupperte nach Artverwandten, während ich die eilig gegriffenen Waren in den beiden Tüten mit den übrigen Einkäufen verstaute.

An der Haustür ließ ich die Leine los. Rex stürmte die Treppe hinauf, so schnell seine kurzen Beine es zuließen. Auf dem Treppenabsatz blieb er stehen und fing an zu bellen. Ich schleppte mich mit gesenktem Kopf die Stufen hoch, den Wohnungsschlüssel schon in der Hand.

»Hallo.«

Ich schrak zusammen und blieb stehen. Das überraschte mich jetzt doch.

»Hallo.«

Elias stand auf, kam mir einen Schritt entgegen und nahm mir die Einkaufstüten ab. Ich schwieg und wartete ab, was kommen würde. Unser letztes Zusammensein war mit lautem Türenknallen zu Ende gegangen. Er hatte mir vorgeworfen, ihn belogen zu haben, womit er ja in gewisser Weise auch recht gehabt hatte. Er ging bis zur Wohnungstür, blieb seitlich davon stehen. Ich folgte ihm und schloss auf. Rex rannte sofort in die Küche und blieb schwanzwedelnd an seinem Napf stehen.

Elias stellte die Taschen auf den Küchentisch. Ich kramte nach dem Hundefutter, öffnete die Dose und füllte den Napf. Erst danach zog ich meine Jacke aus und legte sie über die Lehne eines der Küchenstühle. Immer noch hatte ich nichts gesagt.

Ich setzte mich, fischte einen Apfel aus der Tüte und rieb ihn an meinem Pulli ab, bevor ich hineinbiss. Das Krachen des frischen Obstes und die begeisterten Laute, die Rex beim Fressen von sich gab, waren die einzigen Geräusche, die in der Küche zu hören waren.

»Ich war bei der Polizei.« Elias zog sich ebenfalls einen Stuhl unter dem Tisch hervor und setzte sich auf den Platz mir gegenüber.

Zur Antwort nickte ich nur und konzentrierte mich weiter auf meinen Apfel.

»Ich habe alles erzählt über Laura und Sophia und über das, was passiert ist.« Er machte eine kurze Pause, bevor er fortfuhr: »Alles, was mich anging. Von deiner Chefin habe ich nichts gesagt.«

Gut, dachte ich, ging aber nicht darauf ein.

»Jetzt bist du wieder hier.«

»Ja.«

»Warum?«

»Sie haben mich gehen lassen.«

»Also verdächtigen sie dich nicht mehr?«

»Nein.«

»Das ist gut.« Ich wusste selbst nicht, warum ich so kurz angebunden und abweisend war. Ich hatte mir doch fest vorgenommen, die Dinge in meinem Leben in Ordnung zu bringen. Mit Elias ins Reine zu kommen. Auf diese Art und Weise würde mir das sicher nicht gelingen. Und trotzdem. Irgendwas in mir ließ mich ihm gegenüber so ein Ekel sein.

»Willst du nicht wissen, warum?«

»Doch. Warum verdächtigen sie dich nicht mehr?«

»An den Leichen haben sie Spuren gefunden, die mich als Täter ausschließen.« Er verzog sein Gesicht zu einem Ausdruck der Erleichterung.

»Haben sie gesagt, was für Spuren?«

»Nein. Sie meinten, wegen der laufenden Ermittlungen dürften sie keine Details preisgeben. Ehrlich gesagt, war es mir in dem Moment auch egal. Ich bin einfach nur froh, dass ich nicht schuld an Lauras Tod bin.«

»Ja.« Ich legte den Apfelrest auf die blanke Tischplatte und verkniff mir weitere Nachfragen. Es wäre natürlich sehr nützlich zu wissen, in welche Richtung die Ermittlungen gingen, aber darüber hatte man ihm garantiert auch nichts gesagt, und nachzubohren wäre nicht nur zwecklos, sondern auch zu viel für Elias. Von ihm war eine große Last abgefallen. Das sollte er auskosten können. »Danke.«

»Wofür?«

»Dass du mich nicht an die Polizei verraten hast.«

»Ehrlich gesagt, war ich ganz kurz davor.«

»Was hat dich davon abgehalten?«

»Ich habe mich erinnert, dass du versucht hast, es mir zu erklären. Ich wollte es aber nicht hören. Als ich dastand und die tote Frau gesehen habe ...« Er verstummte. »Das war ein Schock für mich.«

»Nachdem du weg warst, habe ich jeden Moment damit gerechnet, die Polizei vor der Tür stehen zu haben. Aber es kam niemand.«

Elias stand auf, ging zur Spüle und füllte den Wasserkocher.

Er zeigte auf die Tassen im Regal und eine Packung Tee, die auf der Anrichte lag, und schaute mich fragend an. Ich nickte.

»In diesem Zimmer bei der Polizei … als sie mir erklärten, dass ich es gar nicht gewesen sein *konnte* … da ist mir einiges klar geworden.«

»Was?«

»Auch wenn man denkt, genau zu wissen, was war, kann es doch anders gewesen sein.«

»Und was noch?«

»Das gilt auch für die Leiche in deinem Keller. Ich musste dir eine Chance geben, mir das Ganze zu erklären.«

»Danke. Du hattest jedes Recht, mich für komplett abgedreht zu halten und auf mich sauer zu sein.«

»Ja. Hatte ich, habe ich und war ich.« Er kam auf mich zu und blieb vor mir stehen. »Mir ist aber noch was klar geworden.«

»Was?«

»Ich wollte, dass du mir die Sache erklären kannst. Dass ich verstehe, warum du das gemacht hast. Dass du eben *nicht* irgendeine Verrückte bist, die Leichen in ihrem Keller sammelt. Ich wollte, dass das nicht so ist, weil ich dich sehr mag, Janne Glöckchen.«

Ich sah zu ihm hoch. Er rührte sich nicht. Ich stand auf. Er sah mich unverwandt an, wartete auf meine Reaktion. Ich beugte mich vor und klopfte ihm auf die Schulter. Er mochte mich. Nach allem, was passiert war, immerhin etwas.

»Okay.«

»Okay?«

»Ja. Okay. Lass uns gute Freunde sein.«

»Freunde?«

»Das ist es doch, was du möchtest.«

»Nein.« Er nahm mich in den Arm und küsste mich. Wieder kam es für mich überraschend, und wieder fühlte ich mich überrumpelt. Aber das lag vielleicht daran, dass ich grundsätzlich nicht damit rechnete, geküsst zu werden. Weder von Elias noch von sonst wem. Wobei Elias mir in diesem Fall sehr recht war.

»Also keine Freunde«, sagte ich, als wir uns schließlich voneinander lösten. »Auch gut.« Ich grinste, als ich seinen Blick sah. »Nein. Besser.«

Elias lachte erleichtert und trat einen Schritt zurück.

»Wo ist Frau Olga? Soll ich für sie auch einen Tee machen?«

Ich schluckte und fiel aus meinem rosaroten Himmel wie eine schwere Weihnachtskugel von einem zu zarten Ast. In einem Moment glitzerte und strahlte sie noch, im nächsten lag da nur noch ein Scherbenhaufen. Er wusste es ja noch nicht.

»Frau Olga ist tot.« Die Kugel zersplitterte. Meine Stimme bröckelte. Diesen Satz ausgesprochen zu haben, würde mir noch eine ganze Weile wehtun.

Bevor Elias nachfragen konnte, erzählte ich ihm alles. Angefangen von ihrem Zusammenbruch hier in der Küche bis hin zu ihrem Tod im Krankenhaus.

»Eben war ich bei einem Bestatter. Sie wird eine schöne Beerdigung bekommen.«

Er nahm mich wieder in den Arm. Diesmal fühlte es sich tröstlich an. Ich blieb ganz still. Die Berührungen waren allesamt ungewohnt für mich, aber ich mochte sie sehr.

»Und was ist mit deiner Chefin?«, fragte er nach einer Weile.

»Irmgard Kling liegt noch unten. Ich wollte nichts verändern, solange ich nicht wusste, was du der Polizei gesagt hast.« Ich trat einen Schritt zurück.

»Hältst du mich für komplett daneben, wenn ich dich bitte, noch mal mit mir da runterzugehen?« Elias legte die Hand in seinen Nacken und kratzte sich verlegen. »Ich glaube, ich muss mich dem Anblick noch mal stellen. Sonst werde ich das Bild nie wieder los.«

Ich nickte, nahm meinen Schlüssel und ging zur Tür.

»Komm, Rex«, sagte ich zu dem Hund, aber der hatte sich auf seiner Decke in der Ecke zusammengerollt und öffnete nur müde ein Auge. Unser ausgiebiger Spaziergang hätte einem ausgewachsenen Labrador zur Freude gereicht. Für meinen kleinen Chihuahua war er nahezu eine Weltreise gewesen. Ich ging zu ihm, beugte mich hinunter und streichelte ihm über den Rücken. Er brummte leise und kuschelte sich tiefer in die Decke. »Ist ja gut. Du hast gewonnen. Bleib liegen und schlaf.« Ich richtete mich wieder auf. Vermutlich würde jetzt jeder Hundetrainer einen mittleren Anfall bekommen und etwas von Rangordnung zwischen Rudelführer und Hund erzählen, aber ich brachte es einfach nicht fertig, ihn aus seinem erschöpften Schlaf zu reißen. Wenn ich ehrlich war, würde ich mich am liebsten zu ihm legen und ebenfalls schlafen.

Stattdessen wandte ich mich Elias zu. »Komm, Elias.« Wenigstens er folgte mir in den Keller.

Irmgard Kling lag nach wie vor auf ihrer improvisierten Bahre. Nach meiner halben Vision von ihr und Frau Olga auf der Wolke irritierte mich das. Der Anblick ihrer Leiche brachte mich aber sehr schnell und sehr hart wieder auf den Boden der Tatsachen zurück.

Hinter mir zog Elias scharf die Luft ein. Ein Fehler, wie ich aus meiner Praktikumszeit im Bestattungsinstitut wusste. Auch wenn die eisigen Temperaturen im Keller den Verwesungsprozess sehr stark verlangsamt hatten, ganz aufgehalten hatten sie ihn nicht. Und so lag ein leichter Verwesungsgeruch über allem.

Ich trat näher, ohne sie jedoch zu berühren. Ihre Züge hatten sich noch mehr verändert. Von ihrer ursprünglichen Mimik war nichts mehr übrig geblieben. Als hätten die Muskeln ihres Gesichts ihren Charakter noch eine Zeit lang festgehalten und gespeichert und erst jetzt endgültig freigegeben.

»Was genau hast du nun vor?«, wollte Elias wissen.

»Ich hatte verschiedene Ideen. Heimlich wegschaffen und sie irgendwo im Wald beerdigen, hier direkt im Keller ein Grab ausheben. Aber letztlich war das alles Unsinn, weil es mir dabei nicht um sie, sondern um mich ging. Es waren Versuche, mich da herauszulavieren. Keine Verantwortung übernehmen zu müssen. Aber das will ich nicht mehr.«

»Was willst du stattdessen?«

»Zu dem stehen, was ich getan habe.« Ich berührte ihn leicht am Arm. »So wie du.«

»Egal, was das für Konsequenzen hat?«

»Egal, was es für Konsequenzen hat.«

»Das ist mutig.«

»Nicht mutiger als du. Immerhin habe ich meine Chefin nicht umgebracht.« Ich unterbrach mich. »Und auch nicht gedacht, ich hätte sie umgebracht.« Am liebsten hätte ich ihn spontan umarmt, was mich nicht nur überraschte, sondern mir auch in Anbetracht dessen, wo wir uns befanden, etwas unangebracht vorkam. »Also, was ich sagen will, ist, dass ich zur Polizei gehen und denen alles sagen werde. Ich rechne fest mit einer großen Untersuchung, aber zum Schluss werden sie ja herausfinden, was genau geschehen ist. Selbst wenn sie mich ein paar Tage dabehalten. Und weißt du was? Das kann ich auch gleich jetzt machen.« Ich tastete meine Hosentaschen ab, auf der Suche nach meinem Telefon, bis mir einfiel, dass es noch oben in der Wohnung war. Ich hatte es in die Manteltasche gesteckt. »Kannst du mir kurz dein Telefon geben?«

Elias reichte es mir, und ich wählte die 110. Auch wenn es kein direkter Notfall war, unter dieser Nummer würde man wissen, an wen ich mich wenden musste. Vielleicht schickten sie ja auch direkt einen Streifenwagen los.

Ich presste das Handy ans Ohr und wartete auf das Freizeichen, aber nichts geschah.

»Probleme?«, wollte Elias wissen. Ich zuckte mit den Schultern und schaute auf das Display. »Kein Empfang, wie es aussieht.«

Ich gab ihm das Telefon zurück. Ein paar weitere Minuten würden jetzt auch nichts mehr ausmachen.

»Was hast du eigentlich vor, wenn das alles hier geregelt ist?« Elias deutete mit ausgestrecktem Daumen zur Decke. »Mit dem ›Kling und Glöckchen‹?«

»Ich weiß es nicht. Am liebsten würde ich es natürlich weiter offen halten und selbst betreiben. Aber das kann ich mir vermutlich abschminken. Wenn nicht noch aus irgendeiner Ecke irgendein Erbe oder eine Erbin auftaucht oder ein Testament vorliegt, geht Frau Klings Vermögen an den Staat. Aber ob derjenige, der den Laden bekommt, daran interessiert sein wird, ihn zu veräußern, steht in den Sternen. Und selbst wenn, ich hätte ja gar nicht die Mittel, das Haus und den Laden zu halten.«

»Also gehst du erst in den Knast, und dann stehst du auf der Straße.« Elias sagte es mit deutlich ironischem Unterton, aber ich befürchtete völlig ironiefrei, dass er damit womöglich recht haben würde.

»Versprichst du mir, dich um den Hund zu kümmern?«

»Aber natürlich.« Er kam zu mir und wollte mich mit einer theatralischen Geste in den Arm nehmen. Ich drehte mich weg. Hier war wirklich nicht der Ort dafür. Ich ging zur Tür, öffnete sie und prallte zurück. Vor mir stand Waltraud Krause.

Kapitel 21

Ich stieß gegen Elias, der mir dicht gefolgt war. Gemeinsam stolperten wir einige Schritte rückwärts in den Kellerraum. Waltraud Krause stand wie eine Marmorstatue im Türrahmen. Sie kam auf uns zu. Wir wichen weiter aus.

»Frau Krause«, hob ich an, um die Situation wieder unter Kontrolle zu bringen. Auf keinen Fall durfte sie ganz zu uns hereinkommen. Denn dann würde sie Irmgard Kling entdecken, und das wäre mit Sicherheit nicht gut für meine Pläne zur kontrollierten Offenlegung der Gesamtlage. Frau Krause würde schreien und vielleicht sogar kreischen, was bei ihrer eher schrillen Stimme sehr unangenehm werden würde. Womöglich würde sie sich auch so sehr aufregen, dass sie in Ohnmacht fiel oder direkt einen Herzinfarkt erlitt. Letzteres hätte zwar den Vorteil, dass sie uns nicht mehr verraten könnte, würde aber zusätzliche Probleme schaffen. Waltraud Krause war eine stattliche Person. Sie die Treppe hinaufzuwuchten, egal ob lebend oder tot, wäre eine wortwörtlich schwere Aufgabe.

»Frau Glöckchen.« Sie erhob sich leicht auf die Zehenspitzen und versuchte, über meinen Kopf hinweg in den Raum hineinzuspähen. Dort traf ihr Blick allerdings auf Elias, der die Situation wohl ähnlich einschätzte wie ich.

»Wollten Sie mal wieder schauen, was wir so treiben?«, fragte er sie mit deutlich ironischem Unterton, den Waltraud Krause geflissentlich überhörte. Sie ignorierte die Bemerkung und würdigte Elias keines weiteren Blickes. Stattdessen reckte sie ihre spitze Nase in die Luft und schnupperte. Sie schüttelte den Kopf, sah mich sehr nachdenklich an und schnupperte erneut.

Ich versuchte es auf die amtliche Tour. »Es wäre mir sehr lieb, wenn Sie jetzt gehen würden, Frau Krause. Sie haben kein Recht, hier unten zu sein. Das ist Hausfriedensbruch, und ich werde die Polizei rufen, wenn das nicht aufhört«, sagte ich und hoffte, dass es half.

Es half nicht. Ganz im Gegenteil. Waltraud Krause schob sich einen weiteren Schritt in den Raum hinein, bis sie dicht vor mir stand. Ich konnte ihren Atem riechen. Sie hatte Leberwurst zum Frühstück gehabt. Und Kaffee. Unter Umständen auch noch ein Ei, aber das konnte ich nicht genau ausmachen.

»Frau Krause, Sie haben gehört, was Janne gesagt hat«, ergänzte Elias in einem scharfen Ton, den ich so noch nie von ihm gehört hatte.

Für eine Sekunde starrten wir uns an. Dann schob sie mich mit einer Vehemenz zur Seite, die mich nicht nur verblüffte, sondern auch nachgeben ließ. Ich trat zurück, versuchte aber instinktiv, ihre Sicht auf die hinter mir liegende Irmgard Kling mit meinem Körper zu verdecken. Was natürlich nicht gelingen konnte, auch wenn ich eine Menge Sichtschutz aufzubieten hatte. Schon stand Waltraud Krause mitten im Raum. Ich wartete auf den Schrei oder zumindest auf ein Stöhnen oder irgendeine Lautäußerung. Doch es blieb still, eine gefühlte Ewigkeit lang.

Was dann folgte, verblüffte mich allerdings noch mehr als die vorherige Nichtreaktion.

»Ach.« Kurzes Räuspern. »Hier ist sie also. Ich hatte mich schon gewundert. Eine Leiche verschwindet ja nicht so leicht.«

Ihr Gesicht drückte Erleichterung aus. Als hätte sich ein kniffliges Rätsel nach sehr langer Zeit mit einer sehr simplen Lösung einfach in Luft aufgelöst.

Nach drei Sekunden bemerkte ich, dass mein Mund offen stand. Nach vier Sekunden schloss ich ihn wieder. Und nach fünf Sekunden begriff ich, was Waltraud Krauses Bemerkung bedeutete.

Sie hatte von Irmgard Klings Tod gewusst. Sie musste die Leiche gesehen haben. Sie hatte niemandem davon erzählt.

Grundsätzlich unterschied sich das nicht von meiner Situation. Den wesentlichen Unterschied machte die Frage, warum wir jeweils nichts davon gesagt hatten. Was mich betraf, war die Sachlage klar. Ich hatte das Weihnachtsgeschäft für das »Kling und Glöckchen« und meinen Traumjob retten wollen. Darüber hinaus war ich so nett zu der toten Irmgard Kling gewesen, wie man zu einer Toten nur sein konnte, mal abgesehen von dem Umstand, dass ich ihr die ihr zustehende ordentliche Bestattung bis auf Weiteres vorenthalten hatte.

Was aber hatte Waltraud Krause davon abgehalten, zur nächsten Polizeistation zu laufen und ihren Fund zu melden? Welchen Vorteil zog sie daraus? Spontan fiel mir nur eine Antwort ein. Sie hatte von Irmgard Klings Tod gewusst, weil sie ursächlich dafür gewesen war. Mein Mund klappte wieder auf.

»Sie haben Irmgard Kling die Treppe hinuntergestoßen«, teilte ich Waltraud Krause und damit auch Elias mit.

Ihre Miene veränderte sich. Es erschien wieder der Ausdruck selbstgerechter Entrüstung, den ich so gut von ihr kannte. Sie steckte beide Hände in die Taschen ihres Mantels, was ihr eine trotzige Haltung verlieh. »Sie hatte es sich selbst zuzuschreiben.« Die Antwort kam schnippisch.

»Warum?«

»Wir hatten Unstimmigkeiten.«

»Unstimmigkeiten? Welcher Art?« Waltraud Krause gehörte ja nun mal erklärtermaßen nicht zu den Lieblingskundinnen meiner Chefin, aber deswegen warf man sich nicht gegenseitig irgendwelche Treppenstufen hinunter. »Waren Sie mit dem Service des ›Kling und Glöckchen‹ nicht zufrieden?«

Waltraud Krause schaute mich an, als hielte sie mich für eine dumme, begriffsstutzige kleine Göre, was sie vermutlich auch tat. Schließlich ließ sie sich dazu herab, mir ein wenig mehr Informationen zu geben, auch wenn sie das sichtlich als unter ihrer Würde und ihrem Niveau empfand.

»Es ging um ihre Spende. Die hatte Irmgard mir bereits seit Langem versprochen. Aber es kam und kam nichts.« Sie seufzte und schaffte es dabei gleichzeitig, den Mund zu spitzen. »Dabei könnten wir die gerade jetzt sehr gut gebrauchen.«

»Wer ist wir?«, wollte ich wissen.

»Rüdiger-Gerhard.«

»Wer ist Rüdiger-Gerhard?«

»Nicht ist, sind«, korrigierte sie mich. »Oder um ganz korrekt zu sein: Wer waren Rüdiger und Gerhard?«

Ich zog eine Augenbraue hoch und wartete ab. Vielleicht kam noch mehr, ohne dass ich groß nachbohren musste. In einem der Krimis, die mich dazu gebracht hatten, keine Krimis mehr zu konsumieren, hatte die Kommissarin das so gemacht. Einfach eine Weile nichts gesagt. Nur abgewartet und den Verdächtigen schmoren lassen. In dem Krimi war dieses Vorgehen sehr effektiv gewesen. Waltraud Krause hatte ihn wohl auch gelesen. Oder auch nicht, je nachdem, wie man ihre Redebereitschaft interpretieren wollte.

»Rüdiger und Gerhard waren meine Ehemänner. Rüdiger der erste und Gerhard der zweite. Gott hab sie selig.« Den letzten Satz sagte sie mit einem Ausdruck echten Bedauerns in der Stimme.

Irgendetwas klingelte in meinem Hinterkopf, aber ich kam nicht drauf, was es war. Waltraud Krause ließ mir auch keine Zeit, weiter darüber nachzugrübeln.

»Irmgard hatte mir eine größere Summe versprochen, mich zuletzt aber immer wieder vertröstet, sie sei jetzt nicht so liquide. Vor allem, seit du hier aufgetaucht bist.« Sie zeigte mit dem Finger auf mich. Der spontane Wechsel in der Anrede war vermutlich weniger ein Ausdruck von Vertraulichkeit, sondern von Abwertung. »Sie bräuchte das Geld nun für dein Gehalt, und ich solle mich damit zufriedengeben, dass sie Rüdiger-Gerhard in ihrem Testament bedacht habe. Sie müsse Rücklagen aufbauen, falls du auch nach dem Weihnachtsgeschäft bleiben und weiter im ›Kling und Glöckchen‹ arbeiten wolltest.« Waltraud Krause schnaubte. »Sie hielt anscheinend große Stücke auf dich«, ergänzte sie in einem Ton, der besagte, wie unvorstellbar das für sie war. Sie trat von einem Fuß auf den anderen. Ihre dicken Sohlen quietschten unangenehm.

Ich spürte eine kleine warme Welle durch meinen Körper schwappen. Irmgard Kling hatte erwogen, mich auch über die Saison hinaus zu beschäftigen, weil sie meine Arbeit schätzte. Weil ich Dinge richtig gemacht hatte. Weil ich im »Kling und Glöckchen« an der richtigen Stelle war. Gleichzeitig zweifelte ich an dem, was Waltraud Krause da über Irmgard Klings Testament erzählte. Meine Chefin hatte diese Frau nicht leiden können. Und ausgerechnet ihr sollte sie etwas vermachen?

»Zuerst wollte ich schauen, ob ich mich deiner auf irgendeine Art und Weise entledigen konnte. Eine Schwäche, bei der sich ansetzen ließe, musste es doch geben. Aber du bist ein ausgesprochen langweiliger Mensch. Sogar deine Wohnung war in dieser Hinsicht sehr unergiebig.« Sie schüttelte bedauernd den Kopf.

»Meine Wohnung?«, rutschte es mir heraus. »Was hat meine Wohnung …?« Dann verstand ich. Sie war die Einbrecherin gewesen, deren Fußspuren wir gefunden hatten. Diese kleinen Abdrücke mit den dicken Sohlen. Waltraud Krauses Füße waren für eine Frau ihrer Größe ausgesprochen winzig. Und sie trug feste Schuhe mit stabilen Sohlen. Bei der Vorstellung, wie diese Frau in meinen Sachen gewühlt hatte, wurde ich wütend.

»Da gab es dann nur noch eine Möglichkeit für mich.« Sie hob bedauernd die Schultern. »Wenn das Geld im ›Kling und Glöckchen‹ feststeckte, musste ich eben dafür sorgen, dass es das nicht mehr tat.«

»Aber Irmgard Kling hätte das ›Kling und Glöckchen‹ nie zugemacht.«

»Korrekt. Da sie die Spende nicht freiwillig machen wollte, musste ich Maßnahmen ergreifen, um das Geld aus dem Testament freizusetzen. Und zwar bald. Sonst käme sie womöglich noch auf die Idee, dich anstelle von Rüdiger-Gerhard als Erbin einzusetzen.« Sie lächelte freundlich.

Wäre die Situation eine andere gewesen, man hätte sie für eine nette alte Dame halten können. Aber das war sie nicht. Waltraud Krause hatte Irmgard Kling die Treppe hinuntergestoßen, mit dem Ziel, sie so aus dem Verkehr zu ziehen. Damit das »Kling und Glöckchen« geschlossen und das Testament eröffnet werden musste. Meine Chefin war nicht an einem Genickbruch gestorben. Sie war verblutet, weil ihr Oberschenkelhals gebrochen war und der Knochen die Arterie verletzt hatte. Waltraud Krause war egal gewesen, ob sie litt. Hoffentlich hatte Irmgard Kling durch den Sturz das Bewusstsein verloren.

Diese Frau kannte keine Skrupel. Meine Chefin hatte ihre Pläne durchkreuzt und deswegen sterben müssen. Jetzt standen Elias und ich ihr im Weg – und ich mochte mir nicht vorstellen, was sie bereit war, uns anzutun. Wobei das »im Weg stehen« so definitiv nicht stimmte. Denn sie war es, die sich zwischen uns und unserem Fluchtweg befand. Dem galt es abzuhelfen. Allerdings war Waltraud Krause weder dumm noch schwächlich, was dieses Unterfangen deutlich erschwerte und die Option »einfach überrennen« ausschloss. Also anders. Aber wie?

Ich stellte fest, trotz meines zwiegespaltenen Verhältnisses zu Kriminalromanen wohl doch eine Menge Krimis gesehen zu haben, denn nun fiel mir eine andere Variante ein, die von den Ermittlern in Fernsehfilmen gern praktiziert wurde. Ablenkung. Außerdem interessierte es mich wirklich.

»Warum brauchten Sie für Ihre Ehemänner Geld? Sagten Sie nicht, die seien tot?«

Zur Antwort erhielt ich erst wieder einen dieser Blicke, die mich als unwürdig und dumm klassifizierten, doch dann entschloss sie sich, mich von meiner Unwissenheit zu erlösen.

»Rüdiger und Gerhard sind die Namensgeber für meine Stiftung. Die Rüdiger-Gerhard-Stiftung. Wir kümmern uns um Kinder in schwierigen Lebenssituationen. Kostenloser Mittagstisch, Hausaufgabenbetreuung, Nachhilfestunden.« Sie ratterte den Satz wie auswendig gelernt herunter.

Die Klingel in meinem Kopf wurde lauter. Diesmal klingelte es sogar an zwei unterschiedlichen Stellen. Aber noch hatte ich nicht alle Töne zusammen.

Waltraud Krause schien nicht auf meine Reaktion angewiesen zu sein, um weiter ihre Informationen abzuspulen.

»Meine erste Ehe mit Rüdiger blieb leider kinderlos. Wir beide hatten es nicht immer leicht miteinander. Er starb recht jung und überraschend. War gerade mal Mitte vierzig, der Gute«, sagte sie mit einem Unterton, den ich nicht richtig zuordnen konnte. Sie versank kurz in andächtiges Schweigen, ehe sie weitersprach. »Danach dauerte es eine Weile, bis ich meinen zweiten Mann Gerhard traf. Da war es dann zu spät, um noch über Nachwuchs nachzudenken. Das habe ich wirklich sehr bedauert, wissen Sie.«

Für einen ganz kurzen Augenblick erkannte ich in ihrer Miene, dass dies die reine Wahrheit war. Ihre Kinderlosigkeit hatte sie wirklich getroffen. Vielleicht war das der Grund für sie gewesen, so zu werden, wie sie geworden war. Eine Erklärung. Keine Entschuldigung.

»Gerhard war es ebenfalls nicht vergönnt, mich lange auf meinem Lebensweg zu begleiten.« Sie faltete ihre Hände vor der Brust und ließ sie mit einer Geste des Bedauerns sinken, um sie direkt im Anschluss wieder in die Manteltaschen zu stecken. »Beide Männer hinterließen mir jeweils ein kleines Vermögen, das ich dann aus unterschiedlichen Gründen in die Stiftung überführt habe. Die Rüdiger-Gerhard-Stiftung ist natürlich gemeinnützig. Ich bin die Vorsitzende.«

Jetzt fiel mir ein, aus welchem Zusammenhang ich den Namen Rüdiger kannte. »Liebster Rüdiger«. Die Briefe. Geschrieben an Irmgard Klings Geliebten, aber nie abgeschickt. »Liebster Rüdiger«. War es derselbe Rüdiger? Hatte Irmgard Kling vor unzähligen Jahren ein Verhältnis mit Waltraud Krauses Ehemann gehabt? Das könnte der Grund gewesen sein, der sie dazu veranlasst hatte, der Stiftung eine Spende zu versprechen. Zum Andenken an ihren lang verstorbenen Liebhaber oder vielleicht sogar aus schlechtem Gewissen der betrogenen Ehefrau gegenüber. Oder war sie einfach nur wegen der guten Sache dazu bereit gewesen, weil Kinder, die sie ja ebenfalls nicht gehabt hatte, davon profitieren würden? Ich hatte keine Ahnung, und alle Erklärungen, die mir einfielen, waren reine Spekulation. Sie würden es auch bleiben, da meine Chefin nichts mehr dazu sagen konnte.

Elias trat hinter mich. Er blieb dicht neben mir stehen. Ich spürte seine Anwesenheit, er stärkte mir im wahrsten Sinne des Wortes den Rücken.

Rüdiger, Rüdiger, Rüdiger. Der Briefeschreiber. Aber da war noch was.

»Rüdiger«, murmelte ich leise.

»Rüdiger-Gerhard, bitte. Beide Männer sollen zu ihren Ehren kommen.« Waltraud Krause klang indigniert.

Ich starrte sie an, und die Erkenntnis fühlte sich an wie der Moment, wenn an Heiligabend die Tür zum Geschenkezimmer geöffnet wurde. »Irgendwas mit Hans oder Gerhard oder Rüdiger. Ein Männername auf jeden Fall.« Das hatte Vanessa Hartwell gesagt, als sie nach dem Namen der Stiftung suchte, die Laura und Sophia für ihr ehrenamtliches Engagement ausgewählt hatten. Es lag auf der Hand, dass es auf die Ehemänner-Stiftung von Waltraud Krause bezogen gewesen war. Ein Zufall? In Anbetracht dreier Leichen wagte ich, das zu bezweifeln.

»Wofür brauchte Ihre Stiftung das Geld denn so dringend?«, wollte ich wissen. Waltraud Krause schien nach wie vor in Plauderlaune zu sein, und das galt es auszunutzen, während ich weiterhin überlegte, wie wir sie überwältigen und fliehen konnten.

»Es gab unvermutete Ausgaben meine Position betreffend. Es ist nicht immer möglich, auf alles zu verzichten, auch wenn ich sehr bescheiden und sparsam in meiner Lebenshaltung bin.« Waltraud Krause hob das Kinn. Wenn sich ihre Käufe im »Kling und Glöckchen« auch auf andere Geschäfte übertragen ließen, hatte sie eine seltsame Vorstellung von Bescheidenheit und Sparen. Aber das musste es sein. Die Bemerkung von Patrick Windeck fiel mir wieder ein, nach der Sophia rund zwei Wochen vor ihrer Ermordung irgendetwas seltsam gefunden habe. Es war dabei um ihre Tätigkeit bei der Stiftung gegangen.

»Kannten Sie Sophia Mühling?«

»Selbstverständlich. Sehr nette junge Frau. Wie ihre Schwester. Beide hinterließen beim Vorstellungsgespräch einen bleibenden Eindruck. Hervorragende Erziehung. Sehr gute Manieren. Die Schwester hatte nur diesen Hund. Ich hasse Hunde. Und ihrer kläffte so unerträglich. Auf keinen Fall hätte ich dieses Tier in meinem Büro geduldet. Deswegen konnte ich sie leider nicht einsetzen. Sophia Mühling wollte die Arbeit dennoch, auch ohne ihre Schwester. Ich hatte den Eindruck, dass die ihr das übel genommen hat, aber das war nicht mein Problem. Auf unseren offiziellen Terminen hat Frau Mühling immer eine ausgesprochen gute Figur gemacht. Auch fachlich war sie sehr kompetent.«

»Sophia stieß auf Ungereimtheiten in der Stiftung.«

»Ja. Ich sagte es ja. Fachlich sehr kompetent. Sie hatte die Zahlen sehr schnell im Griff. Bedauerlicherweise konnte ich sie nicht davon überzeugen, über diese Sache Stillschweigen zu bewahren.«

»Das heißt, Laura hat ihre Schwester nicht gewürgt, Elias. Es sah nur für dich so aus. Der Hund war das Hindernis. Deswegen ist sie nicht eingestellt worden. Vermutlich hat sie von Sophia erwartet, dass die dann auch einen Rückzieher macht. Aus Solidarität. Und als das nicht passierte, war sie sauer. Aber nicht so sehr, dass sie sie umbringen wollte. Sie hat versucht, sie wachzurütteln. Was aber keinen Zweck mehr hatte.«

Elias sog hörbar die Luft ein. »Sie haben Sophia getötet!«, rief er aufgebracht, drängte mich zur Seite und wollte sich auf Waltraud Krause stürzen. Die riss mit einem Ruck ihren rechten Arm in die Höhe, hielt auf einmal eine Waffe in der Hand und richtete sie auf Elias, der abrupt stehen blieb.

»Junger Mann. Ich mag alt sein, aber ich bin nicht dumm. Meinen Sie wirklich, ich komme in diesen Keller, ohne mich gegen Sie zu wappnen? Gerhard war ein ausgezeichneter Schütze, er hat mir viel beigebracht. Und dieses Schätzchen hier hat mir der freundliche Herr im Geschäft wärmstens empfohlen. Eine Pfefferpistole mit zwei Portionen scharfem Cayennepfeffer. Sehr wirksam. Sehr schmerzhaft. Und nicht zu schwer.« Sie bewegte die Waffe zwischen mir und Elias hin und her. »Wenn es Ihnen hilft – ich habe diesen notwendigen Schritt sehr bedauert. Die junge Frau hätte noch viel erreichen können in ihrem Leben.«

In dieser Frau verbargen sich mehr Abgründe, als ich mir jemals hätte vorstellen können. Mit diesem Teil konnte sie uns zwar nicht töten, aber absolut kampfunfähig machen. Und wie sie dann weiter mit uns verfahren würde, wollte ich mir nicht vorstellen. Erschlagen? Erwürgen? Was auch immer. Sie hatte schon Menschen umgebracht, und sie würde es wieder tun.

Seltsamerweise dachte ich in diesem Moment zuallererst an Rex. Was würde aus ihm werden, wenn Elias und ich tot wären? Dann hätte er niemanden mehr, der sich um ihn kümmerte.

Und Waltraud Krause würde vermutlich mit allem davonkommen. Sie könnte der Polizei erzählen, sie sei auf der Suche nach ihrer Freundin Irmgard Kling, die sie nun schon seit Tagen nicht mehr gesehen hatte, hier im Keller auf deren Leiche gestoßen. Elias und ich hätten sie überrascht und angegriffen. Und da wir diejenigen waren, die die Leiche versteckt hielten, wäre es für sie kaum ein Problem, gegenüber den Kommissaren glaubhaft zu machen, dass wir nicht nur für den Tod meiner Chefin verantwortlich waren, sondern auch alles tun würden, um unsere Entlarvung zu verhindern. Sie, Waltraud Krause, hätte es nur unter Zuhilfenahme der Pfefferpistole, die sie seit dem furchtbaren Mord in unserem Hinterhof immer dabeihatte, und unter Aufbietung aller Kräfte ihres alten, aber zum Glück immer noch wehrhaften Körpers geschafft, uns in dem Keller einzusperren. Das Feuer hätten wir wahrscheinlich selbst gelegt, um unsere Spuren und die Leiche der armen Irmgard Kling zu beseitigen. Von absolutem Vorsatz sei auszugehen. Schließlich hatte ich ja das »Kling und Glöckchen« einfach weitergeführt und überall die Lüge von Irmgard Klings Verwandtenbesuch herumerzählt.

Ich versuchte, mich wieder in den Griff zu bekommen. Atme. Langsam. Ein und aus. Vielleicht gab es ja doch noch eine Chance. Reden.

»Wie haben Sie Sophia getötet?« Elias hatte die Beherrschung schneller wiedergefunden.

»Oh. Das war einfacher, als ich erwartet hatte. Ich bin ihr nachgegangen. Sie hatte während ihrer Arbeitszeit mal wieder einen dieser Anrufe erhalten, bei denen sie immer so geheimnisvoll tat. Sie verschwand dann in dieser Wohnung, auf deren Klingelschild ein fremder Name stand, aber sie hatte einen Schlüssel. Ich habe geklingelt, und als sie geöffnet hat, konnte ich sie überwältigen. Sie erwartete jemand anderen. Sie trug nur Unterwäsche.« Entrüstet schüttelte sie den Kopf. »In der

Wohnung herrschte ein fürchterliches Chaos. Ein paar Kampfspuren mehr oder weniger fielen dort gar nicht auf.« Sie lächelte Elias an. »Das war Ihre Wohnung, richtig? Das habe ich durch die Polizei erfahren und mich über den glücklichen Umstand gefreut. Sie haben mir damit mehr als geholfen. Vielen Dank dafür. Und auch für die zweite Vorlage.« Sie schaute ihn milde an und nickte.

»Welche zweite Vorlage?«

»Nun ja. Frau Mühling war doch so eng mit ihrer Schwester verbunden. Sie hat oft erwähnt, wie nah sie einander stehen und dass sie alles miteinander teilen.«

»Und da hatten Sie Angst, Sophia könnte Laura von den Betrügereien erzählt haben«, warf ich ein.

»Keine Angst, es war eher eine Befürchtung. Ich habe keine Angst, junge Dame. Dazu bin ich zu alt. Die habe ich mir bereits vor langer Zeit abgewöhnt.«

»Die Spuren«, murmelte Elias leise und fügte dann lauter hinzu: »Die Polizei sagte mir, sie hätten Spuren an Lauras Leiche gefunden, die mich als Täter ausschließen. Ich habe mich die ganze Zeit gefragt, wie das sein kann. Es gab ja anscheinend keinen anderen Verdächtigen. Dabei ist es ganz einfach. Weil ich ein Mann bin und Sie eine Frau.«

»Das heißt, Sie haben Laura getötet, nachdem sie in unserem Hinterhof gestürzt war?«

»Es ergab sich. Ich hörte den Lärm und diese Töle, deren Gekläff ich überall wiedererkennen würde. Wie hätte ich mir diese Gelegenheit entgehen lassen können?« Waltraud Krause zuckte mit den Schultern und seufzte wieder. Dann lächelte sie uns an. »Sie werden sicher verstehen, dass ich Sie beide jetzt nicht einfach so laufen lassen kann.« Sie kicherte wie jemand, dem ein besonders schönes Weihnachtsgeschenk für jemanden eingefallen war, und hob ihre Waffe.

Ich schloss die Augen. So hatte ich mir mein Ende nicht vorgestellt. Lahmgelegt und getötet in einem kalten Keller, in dem ich selbst eine Leiche lagerte. Zusammen mit dem Mann, der gerade erst mein Freund geworden war und aus dem mehr hätte werden können, wenn wir denn nur mehr Zeit gehabt hätten. Aber vielleicht hatte auch alles ganz genau so kommen müssen. Womöglich war es die einzig logische Konsequenz, die mein bisheriges Leben für mich bereithielt. Ich dachte an Frau Olga und fragte mich, was sie mir nun raten würde, aber Frau Olga blieb stumm. Dafür hörte ich ein Geräusch, das ich im ersten Augenblick nicht zuordnen konnte. Doch dann erkannte ich es. Es war das Geräusch eines Schlüssels in einem sehr alten und sehr stabilen Schloss in einer sehr massiven Holztür. Ich öffnete die Augen.

Elias und ich waren allein mit Irmgard Kling, Waltraud Krause hatte den Kellerraum verlassen. Sie hatte uns nicht mit dem Pfefferteil abgeschossen. Wir sahen uns kurz an und liefen beide gleichzeitig zur Tür. Rüttelten und zogen mit vereinten Kräften daran. Vergeblich. Elias trat dagegen, nichts passierte. Was hatte sie vor?

Dann rochen wir den Rauch.

Kapitel 22

Zuerst konnte ich es nicht richtig zuordnen. Nur ab und an kroch ein schwacher Schwaden zu uns herein und legte sich über den Geruch, der von Irmgard Kling ausging.

Elias schnupperte.

»Riechst du das auch?«

Ich nickte und dachte an die Sachen, die im Kellerflur standen. Die Holzpaletten, der Stapel mit alten Zeitungen und der Rest des Strohballens von der Schaufensterdekoration. Brennmaterial allererster Güte. Auch wenn die Wände gemauert und an einigen Stellen sehr feucht waren. Mit den Handys Hilfe zu rufen, war keine Option. Das hatten unsere vergeblichen Versuche zu Beginn unseres kleinen Ausflugs bereits bewiesen.

»Das ist nicht gut. Gar nicht gut.« Ich ging zur Tür und schnupperte dicht am Holz. Es roch definitiv nach Rauch. Jetzt konnte ich ihn auch sehen. Er zog am oberen Rand der Tür entlang in den Kellerraum und sammelte sich unter der Decke wie ein drohendes Gewitter. »Wir müssen hier raus. Jetzt.«

Ich sah mich um, auf der Suche nach etwas, womit wir die Tür aufbrechen konnten. In der Ecke stand ein Holzregal.

»Hilf mir!« Mit drei Schritten war ich bei dem Regal, riss es nach vorne, ohne auf die kleinen Kartons zu achten, die dabei auf den Boden fielen. Ich schob sie mit dem Fuß zur Seite und zerrte an der Regalstütze. »Wenn wir die Stütze losbekommen, können wir die Tür damit vielleicht aufstemmen.«

Elias griff nach dem anderen Ende der Stütze. Gemeinsam versuchten wir, sie zur Seite zu biegen, um die Schrauben zu lösen. Leider war auch dieses Regal, wie fast alles hier, sehr stabil.

»Geh mal zur Seite.« Elias stellte sich mitten in das Regal, hob einen Fuß und trat mit voller Wucht gegen die Stütze. Tatsächlich löste sie sich ein Stück. Elias trat wieder mit ganzer Kraft dagegen. Eine Schraube flog quer durch den Raum, aber die Stütze blieb hartnäckig mit dem Regal verbunden.

»Lass uns noch mal versuchen, sie zusammen herauszubiegen.«

Ich kniete mich auf die andere Seite des Regals. Elias packte die Stütze, zog sie nach außen und zerrte sie schließlich weit nach hinten.

»Jetzt noch mal treten.«

Als er traf, rutschte ich ab und zog mir einen dicken Splitter in die Hand. Aber das zählte nicht, denn die Stütze hatte ihre Gegenwehr endgültig aufgegeben und fiel polternd zu Boden. Elias hob sie hoch, rannte zur Tür und suchte einen Punkt, an dem er ansetzen konnte. Der Brandgeruch aus dem Flur wurde immer intensiver, die Rauchwolken unter der Decke immer dichter.

»Bleib unten.« Ich erinnerte mich daran, einmal gehört zu haben, dass man sich besser in Bodennähe aufhielt, wenn es brannte. In dem Rauch konnten giftige Gase sein, die uns innerhalb von Minuten töten würden. »Weg von dem Rauch!«

Es gelang Elias, die schmale Stütze in einen Spalt zwischen Tür und Rahmen zu zwängen.

»Komm her und drück mit mir.«

Ich eilte zu ihm. Wir versuchten, den so entstandenen Hebel zu bewegen. Die Tür rührte sich keinen Millimeter. Drücken. Stemmen. Mit aller Kraft. Ein krachend lautes Splittern erklang, und der Hebel gab nach. Die Stütze war abgebrochen.

»Verdammt!« Elias warf den kläglichen Rest in eine Ecke. Er hustete. Durch den vergrößerten Spalt drang nun mehr Rauch in den Raum. Flammen waren keine zu sehen. Vielleicht schwelte das Feuer nur. Was uns allerdings nichts nutzen würde. Sterben würden wir so oder so, wenn wir nicht schnellstens hier rauskämen.

Ich spürte einen Luftzug. Das Fenster stand nach wie vor offen und wirkte wie ein Kamin, es zog den Rauch aus dem Flur zu uns herein. Aber es zu schließen, war keine Option. Dann wäre der Raum sehr schnell mit Rauch gefüllt, und der würde nach unten sinken und uns die letzte Luft nehmen. Trotzdem lief ich zum Fenster, einen tiefen Atemzug lang. Der Sauerstoff tat gut. Die Gitterstäbe vor dem Kellerfenster saßen fest in der Wand.

»Feuer!«, brüllte ich durch die Stäbe nach oben, obwohl mir klar war, dass mich niemand hören würde. Das Fenster zeigte zum Hinterhof. Hier kam niemand vorbei, und alle Nachbarn, die mich hätten hören können, waren tagsüber entweder nicht zu Hause oder hatten wegen der Kälte ihre Fenster fest geschlossen.

Elias machte sich an der zweiten Stütze zu schaffen. Diesmal gelang es ihm leichter, sie zu lösen. Unsere Versuche vorher hatten das Regal mürbe gemacht.

»Das muss doch gehen«, presste er hervor, während er die zweite Stütze neben dem Rest der ersten in den Spalt schob und drückte. Auf seiner Stirn standen Schweißperlen. Vor Anstrengung traten die Adern an seinem Hals hervor. Wieder hustete er. Das Schloss knackte, blieb aber, wo es war.

»Vielleicht so?« Ich griff nach der Stütze und kniete mich damit auf den Boden. Der Spalt unter der Tür war durch unsere Aktionen an der rechten Seite etwas größer geworden. »Was, wenn wir die Stütze unter die Tür schieben und sie so aus den Angeln heben?«

Elias nickte nur. Für lange Reden blieb keine Zeit. Immer dichter quoll der Rauch durch die Ritzen. Das Atmen wurde schwer. Wenn es uns nicht bald gelänge, die Tür zu öffnen, hätten wir keine Chance mehr, einigermaßen unbeschadet durch den Flur ins Freie zu entkommen.

»Wir brauchen einen Hebel.« Elias sah sich um. »Gib mir das da.« Er zeigte auf die Reste des Regals. »Ein Brett müsste reichen.«

Er stellte das Brett hochkant einen Meter entfernt vor die Tür, setzte die Stütze an und bedeutete mir, das Brett zu stabilisieren. Mit dem ersten Versuch hoben wir die Tür an. Elias positionierte Brett und Stütze neu. Mit dem zweiten Versuch schafften wir es fast, sie auszuheben. Beim dritten sprang sie aus den Angeln. Für einen Moment blieb die Tür aufrecht stehen, nur noch vom Schloss gehalten, dann kippte sie uns entgegen.

Wir hatten Mühe, sie aufzufangen, denn das Holz war schwer. Es knallte, als das Schloss endgültig nachgab. Rauch quoll dick und dicht in den Raum.

»Raus hier!« Elias zog sich seinen Pulli über den Kopf, presste ihn vor sein Gesicht und bedeutete mir, das Gleiche mit meinem Shirt zu tun.

»Der Feuerlöscher steht am Fuß der Kellertreppe.« Ich hustete. Meine Augen brannten. Wir durften keine Minute länger hier unten bleiben.

Tief geduckt liefen wir in den Flur. Alles war voller Qualm. Ich konnte nichts sehen und ging blindlings vor. Elias folgte mir. Ich tastete mich an der Wand entlang. Gleich musste der große Wandhaken kommen, an dem ich mir schon öfter den Kopf gestoßen hatte. Aber er kam nicht. Ich ging weiter und weiter. Verdammt. War ich schon daran vorbei? Mit beiden Händen fuhr ich an der Wand auf und ab, bemüht, nicht zu tief zu atmen. Panik stieg in mir auf. Wo war der Ausgang? Mit dem Fuß stieß ich an etwas Hartes. Es fiel um, schepperte metallen. Ich erstarrte. Das war ein Blecheimer. Aber der stand weiter hinten im Flur.

»Wir gehen in die falsche Richtung!« Mein Herz raste. Der Rauch war so dicht, dass ich kaum noch die Hand vor Augen sehen konnte. Ich hustete, und diesmal wollte es nicht aufhören. Der Rauch brannte in meiner Lunge, meine Augen tränten, mein Herz raste. Ich spürte Elias' Hand in meiner. Er zog mich in die andere Richtung, in der wir die Treppe vermuteten. Wenn es wieder falsch wäre, würden wir hier unten sterben.

Mit einem lauten Rumms fiel ein Stapel Kartons um, die ich vor ein paar Tagen am Fuß der Treppe abgestellt hatte. Wir konnten von Glück sagen, dass das Feuer, wo immer es schwelte, noch nicht bis zu ihnen vorgedrungen war. Die Pappe würde brennen wie Zunder. Jetzt gaben sie mir Orientierung.

Wir stolperten und fielen die Treppe nach oben – und wurden rüde von der geschlossenen Kellertür gestoppt. Waltraud Krause hatte komplett auf Nummer sicher gehen wollen. Zu unserem Glück ging die Tür nach außen auf, und dieses Schloss war nicht so robust wie das letzte. Nach einem gezielten Tritt waren wir frei.

Das »Kling und Glöckchen« lag im Dämmerschlaf. Obwohl bereits Nachmittag sein musste, hatte sich das Licht vor den Schaufenstern nicht über ein wolkenverhangenes Dunkelgrau hinausentwickeln können. Im Schaufenster blinkten und glitzerten einige der automatisch angeschalteten Lichterketten, was aber nur dazu führte, den hinteren Teil noch düsterer erscheinen zu lassen.

Elias riss hustend sein Handy aus der Hosentasche und wählte die 112. Ich rannte durchs Treppenhaus nach oben, packte Rex und war mit dem Hund bereits wieder unten, als Elias gerade den Notruf beendete und mir und Rex entgegengelaufen kam.

»Wir sollen raus aus dem Haus, haben sie gesagt. Sie sind in ein paar Minuten hier. Die Polizei ist auch informiert.«

»Was ist mit Waltraud Krause?«

»Sie sitzt vermutlich schon wieder gemütlich in ihrem Sessel vor dem Fenster und trinkt Tee. Sobald sie die Sirenen hört, wird sie wissen, dass wir uns befreien konnten.«

»Nicht unbedingt.« Zum ersten Mal seit wir uns aus dem Keller befreit hatten, konnte ich wieder klar und systematisch denken. »Es kann ja auch jemand anders den Rauch bemerkt und die Löschtruppe gerufen haben.«

»Sie rechnet vielleicht wirklich nicht damit, dass wir uns befreien konnten.«

»Nein. Sie wollte uns töten.« Ich spürte eine Mischung aus Abscheu und Erleichterung. Elias und ich hatten es geschafft. Ich öffnete die Haustür, um draußen an der frischen Luft auf das Eintreffen der Feuerwehr zu warten. In dem Moment hörte ich ein Krachen. Es musste aus dem Laden kommen, denn es war laut und auch im Hausflur deutlich zu hören. Rex konnte es nicht sein, den hielt ich immer noch fest in meinem Arm. Ich ging zur Zwischentür und öffnete sie, mit der Befürchtung, das Feuer könnte sich einen Weg nach oben gebahnt haben. Aber das war nicht das Feuer. Ein Brand schob keine schweren Sachen durch die Gegend, doch genau so hörte es sich an. Ich setzte Rex auf den Boden. Er spitzte die Ohren, dann rannte er los, durch die geöffnete Tür in den Laden, und verschwand hinter einem der Regale. Er bellte und knurrte.

»Hau ab, du Töle!« Waltraud Krauses Stimme hatte alles Altdamenhafte verloren. Ich hörte einen Knall, und Rex jaulte auf. Er kam auf mich zugerannt, winselte. Ich bückte mich und hob ihn hoch. Zu spät bemerkte ich die ölige Flüssigkeit in seinem Fell und den scharfen Geruch. Sie hatte mit der Pfefferpistole auf ihn geschossen. Zum Glück hatte sie nur seinen Hintern getroffen und nicht den Kopf. Trotzdem musste er das Zeug loswerden. Viel dringlicher war im Moment aber die Tatsache, dass Waltraud Krause im »Kling und Glöckchen« rumorte und mitnichten zu Hause einen Tee trank. Was hatte sie vor?

Wollte sie hier oben auch alles in Brand stecken? Meine Erleichterung verflog und wurde zur Besorgnis, dass die Feuerwehr nicht mehr rechtzeitig eintreffen könnte, um den Laden zu retten. Und zur Abscheu über Waltraud Krauses Verhalten gesellte sich Wut. Große Wut. Ich würde ihr nicht erlauben, das »Kling und Glöckchen« zu zerstören.

»Warte.« Elias hielt mich zurück. »Sie hat noch einen weiteren Schuss in ihrer Pfefferpistole.«

Ich starrte ihn an. Er hatte recht. Wenn ich mich jetzt blindlings auf sie stürzte, wäre ich das perfekte Ziel. Ich brauchte eine Art Schutzschild.

Ich öffnete die Tür ein Stück weiter, sodass wir beide durch den Spalt passten. Wir schlichen in den Laden. Elias hob die Hand und legte den Finger an den Mund. Er zeigte erst auf sich, dann in die Richtung, in der wir Waltraud Krause vermuteten, und machte eine laufende Bewegung mit den Fingern. Ich schüttelte den Kopf. Was nutzte es, wenn er das Pfefferspray abbekam? Mit abwehrendem Handwedeln wollte ich ihn davon abhalten, aber er drehte sich bereits um und schlich in den hinteren Teil des Ladens. Was genau hatte er vor? Waltraud Krause zu überraschen? Dann durfte sie ihn nicht entdecken, bevor er nahe genug an sie herangekommen war. Wie konnte ich ihm helfen? Ebenfalls versuchen, mich anzuschleichen? Nein. Eher nicht. Vermutlich würde ich nur überall anecken, alles aus den Regalen reißen und Waltraud Krause damit warnen, noch bevor einer von uns bei ihr wäre. Womit wir wieder bei dem Punkt wären, dass sie über eine zweite Ladung Pfefferspray verfügte.

Rex winselte wieder. Er wollte sich das Zeug aus dem Fell lecken, aber der scharfe Geruch hielt ihn davon ab. Ich betrachtete ihn. Vielleicht war das die Lösung. Ich musste verhindern, dass Waltraud Krause auf Elias schoss, indem ich sie mit etwas anderem ablenkte. Wenn sie nicht mit ihm rechnete, hatte er vielleicht eine Chance, sie zu überraschen und zu überwältigen.

Ich rannte ins Büro, nahm den Bewegungsmelder, der sofort laut zu hohohoen anfing, und stellte ihn so hin, dass ich ihn leicht aus der Entfernung immer wieder aktivieren konnte. Dann lief ich zu dem Regal mit den fünf singenden Rentieren und drückte die Testtasten. Eines nach dem anderen fing an zu singen, ein Chor ohne Dirigentin, leicht versetzt einen Kanon intonierend, schrecklich schräg und laut. Als Nächstes drehte ich die Spieluhren auf. Das »Kling und Glöckchen« machte seinem Namen nun alle Ehre. Allerdings deutlich weniger weihnachtlich, als zu erwarten gewesen wäre. Es glich eher einer Kakofonie entfesselter Unmusikalischer, deren Noten für die Weihnachtsmatinee durcheinandergeraten waren. Ich setzte alles in Gang, was irgendwie Lärm machte. Bald trommelten kleine Nussknacker, die Rentiere läuteten die zweite Runde ein, und der Schneemann am automatischen Spielzeugklavier legte sich so richtig ins Zeug.

Mein Blick fiel auf die Krippenfiguren. Der heilige Jupp hatte ja nun ein gutes neues Zuhause bei Hildegard Sonius gefunden und konnte nicht mehr als schlagkräftige Unterstützung dienen. Aber seine Frau, die Maria, sah ebenfalls sehr stattlich aus. Durch ihre kniende Position war sie zwar im Ganzen kürzer, dafür am unteren Ende aber deutlich kompakter. Das dürfte gehen. Wenn Waltraud Krause sich von den Rentieren, Nussknackern und dem Hohoho-Mann nicht ausreichend ablenken ließ, damit ich unbemerkt nah genug an sie herankam, musste ich die Maria eben werfen und auf die Wirksamkeit vereinter Frauenpower hoffen. Ich griff zu. Sie war schwerer, als sie aussah. Gut so.

Langsam bewegte ich mich in den hinteren Teil des Ladens. Was um alles in der Welt machte Waltraud Krause da überhaupt? War es nicht vollkommen unlogisch, dass sie sich weiter hier aufhielt? Es wäre doch viel schlauer, das Weite zu suchen und die Unschuldige zu spielen, wenn die Polizei sie später in ihrer Wohnung als Anwohnerin befragte. Sie musste einen Grund dafür haben, den ich nicht verstand. Was wollte sie in diesem Teil des Ladens?

Der Anblick, den sie bot, als ich um das letzte Regal herumspähte, gab mir noch mehr Rätsel auf. Sie stand vor einer Wand und fummelte mit den Händen an irgendwas herum. Ich konnte nicht genau sehen, was sie da machte. Nur dass sie trotz des immer noch anhaltenden Lärms hoch konzentriert bei der Sache war. So viel zum Thema Ablenkung. Entweder war sie Stress gewohnt, oder ihr Hörgerät war ausgeschaltet. Dann hätten wir eine Chance, sie zu überraschen. Im Augenwinkel bemerkte ich eine Bewegung. Elias stand an der anderen Seite des Regals. Ich fragte ihn mit Gesten, ob er etwas sehen konnte. Zur Antwort formte er mit den Lippen stumm das Wort Tresor.

Für einen Moment war ich ehrlich verblüfft. Ich hatte wirklich gedacht, jeden Winkel des »Kling und Glöckchen« zu kennen. Dass sich hinter dem letzten Regal ein Tresor in der Wand versteckte, war auch für mich neu.

Die ersten singenden Rentiere verstummten. Aber ein neues Geräusch gesellte sich dazu. Das An- und Abschwellen einer Feuerwehrsirene. Sie kam schnell näher. Auch Waltraud Krause bemerkte es. Also doch kein defektes Hörgerät. Sie schaute über ihre Schulter in Elias' Richtung. Er duckte sich, aber sie hatte ihn bereits entdeckt. Sie griff seitlich in ein Regal und hielt wieder die Pfefferpistole in den Händen.

»Ich habe Sie gesehen, junger Mann.« Sie machte ein paar Schritte in Elias' Richtung, blieb dann aber stehen und lauschte.

»Und wo Sie sind, ist die kleine Janne sicherlich nicht weit.« Misstrauisch blickte sie sich um.

Die Maria wog schwer in meiner Hand. Aber sie von hier aus zu werfen, hätte ähnliche Chancen auf Erfolg wie die Teilnahme an der spanischen Weihnachtslotterie »El Gordo«. Ich musste zuerst näher an sie herankommen.

Waltraud Krause wandte sich wieder Elias zu. Sie näherte sich seiner Position langsam und gebeugt. Für einen kurzen Moment hatte ich Skrupel. Konnte ich diese alte Frau wirklich einfach so angreifen und sie niederschlagen? Ging es nicht doch anders?

Das Sirenengeheul wurde lauter. Die Feuerwehr würde jeden Moment da sein. Zum Glück. Ich wusste nicht, ob der Rauch, der mir in der Nase brannte, noch der Nachklapp aus dem Keller war. Oder rückte das Feuer jetzt dem »Kling und Glöckchen« zu Leibe?

Waltraud Krause hielt ihre Waffe dicht am Körper. Gleich wäre sie bei Elias, der zwar in Deckung gegangen war, seinen Platz aber nicht verlassen hatte. Ich hob den Arm mit der Marienfigur, zielte und warf. In diesem Moment geschahen drei Dinge gleichzeitig. Mit einem letzten »Pock« des trommelnden Nussknackers verstummte die Geräuschkulisse im »Kling und Glöckchen«. In die Stille hinein lärmte das Splittern von Holz, als die Feuerwehr die Eingangstür zum Hausflur aufbrach. Und die Krippenfigur flog, von mir geworfen, im hohen Bogen auf Waltraud Krause zu und erwischte sie kalt.

Die Getroffene ging zu Boden. Ich wusste nicht, ob ich mich freuen oder mich ärgern sollte. Die Maria hatte nicht das anvisierte Ziel getroffen. Knie statt Kopf. Die Wirkung war allerdings ähnlich. Waltraud Krause stöhnte auf und sank in sich zusammen. Sie ließ die Waffe fallen und umklammerte jammernd ihr Knie. Ich stürzte auf sie zu und trat die Waffe außer Reichweite.

»Ausgerechnet mein linkes Knie. Das ist sowieso das schlimme Bein«, zischte sie mich an.

Ihr Blick wanderte über meine Schulter hinweg, und ihre

Miene veränderte sich schlagartig. Auf einmal sah es so aus, als säße da keine Furie, sondern eine hilflose alte Frau auf dem Boden.

»Herr Wachtmeister! Wie gut, dass Sie da sind. Helfen Sie mir bitte. Diese beiden hier«, sie zeigte auf Elias und mich, »diese beiden hier haben mich angegriffen und zu Fall gebracht.« Sie stöhnte dramatisch. »Wie konnten Sie den jungen Mann auch wieder freilassen, nachdem er doch das Mädchen getötet hat. Jetzt sehen Sie, was dann passiert.« Sie streckte die Hand nach dem Polizisten aus. Doch der rührte sich nicht. Stattdessen winkte er seine Kollegin herbei.

»Sind Sie Waltraud Krause?«

»Ja, die bin ich«, sagte Waltraud Krause empört. »Nun unternehmen Sie doch endlich was. Sie streckte die Hand noch etwas nachdrücklicher nach ihm aus.

»Sie sind vorläufig festgenommen wegen des Verdachts auf mehrfachen Mord und versuchten Mord in insgesamt fünf Fällen sowie Brandstiftung und Veruntreuung von Stiftungsgeldern.«

Kapitel 23

Im Anschluss wurde es, sagen wir mal, turbulent.

Die Feuerwehr löschte nicht nur den Schwelbrand im Keller – zu meiner großen Erleichterung waren das Stroh, die Paletten und auch der Stapel mit alten Zeitungen so feucht gewesen, dass sie nur glimmten und sich dadurch zwar eine ganze Menge Rauch, aber kein richtiges Feuer entwickelt hatte –, sondern sie fand natürlich auch Irmgard Kling. Was etliche Fragen und einen längeren Aufenthalt meinerseits auf der Polizeistation mit sich brachte. Es dauerte seine Zeit, bis sich aus meinen Schilderungen, den Ergebnissen der rechtsmedizinischen Untersuchung und schließlich auch dem Geständnis von Waltraud Krause ein für die Kommissare glaubhaftes Bild ergab.

Zu meinem Erstaunen war das, was ich getan hatte, in den Augen des Gesetzes kein Verbrechen, sondern eine Ordnungswidrigkeit. Ich hatte gegen eine ganze Reihe Gesetze verstoßen, die es im Umgang mit Verstorbenen gab, indem ich den Tod meiner Chefin nicht angezeigt und ihr eine vorläufige private Ruhestätte verschafft hatte. Trotzdem würde ich mit einer Geldstrafe davonkommen, bei deren Festsetzung ich darauf hoffen durfte, dass die Richterin die gesamten Umstände berücksichtigte. Ich hatte Irmgard Klings Leichnam sehr respektvoll und würdig behandelt und schließlich zur Ergreifung ihrer Mörderin beigetragen. Andernfalls hätte es ausgesprochen teuer werden können.

Waltraud Krause versuchte noch eine Weile, ihre Version von »Ich bin hier das Opfer« aufrechtzuerhalten, aber die Polizei ließ sich davon nicht beeindrucken. Elias' und meine Aussagen über das, was sie uns im Keller offenbart hatte, passten zu den Erkenntnissen, die die Polizei bereits gewonnen hatte. Eine gründliche Untersuchung in den Büchern der Stiftung ergab große, geschickt verschleierte Fehlbeträge, die sich direkt zu Waltraud Krause nachverfolgen ließen. Sie hatte schon länger über ihre Verhältnisse gelebt und war wohl der Meinung gewesen, da sie ihr Vermögen der Stiftung zur Verfügung gestellt hatte, müsse diese es ihr auch wieder zurückgeben, wenn sie es brauchte. Dabei musste ihr die Brisanz der Lage durchaus klar gewesen sein, denn sonst wären Sophia und Laura heute noch am Leben.

Ich kümmerte mich endlich um eine ordentliche Beerdigung für Irmgard Kling. Gemeinsam mit dem Bestatter suchte ich eine schön gelegene Grabstelle auf dem Dieckenbecker Friedhof aus. Sie lag auf einem kleinen Hügel mit weitem Blick über die Stadt. So oder so ähnlich stellte ich mir den Ort vor, von dem sie in ihren Briefen an Rüdiger geschrieben hatte. Zur Beerdigung kamen eine Menge Leute, die Irmgard Kling als Inhaberin des »Kling und Glöckchen« die letzte Ehre erweisen wollten.

Frau Olga verstreuten wir an einem Abend im schönsten Rosenbeet des Dieckenbecker Kurparks, ganz so, wie sie es sich gewünscht hatte. Oder genauer so, wie ich mir ihren Wunsch vorgestellt hatte. Im Sommer würde es hier in allen Farben blühen. Ich versprach ihr, mir ihr zu Ehren ab und an eine der Rosen des städtischen Beetes auszuleihen, sie in eine schöne Vase zu stellen und an Frau Olga zu denken.

Elias fiel Emilias Weihnachtswunsch wieder ein, den sie ihm im festen Kinderglauben, er sei der Weihnachtsmann, erzählt hatte. Es kostete uns einige Überredungskünste und den gläsernen Weihnachtselefanten mit dem weißen Udo-Jürgens-Bademantel, bis sich einer der Arbeiter an der Baustelle an meiner Wohnung dazu durchrang, uns zu helfen. So bekam Emilia zwar keinen eigenen Bagger, aber sehr große Augen und die Fahrt auf einem echten Bagger, bei dem sie sogar die Schaufel bedienen durfte.

Das »Kling und Glöckchen« hielten wir weiter geöffnet. Weihnachten rückte schließlich immer näher. Elias und ich räumten auf, säuberten den Keller und versuchten einigermaßen erfolgreich, den Brandgeruch daran zu hindern, auf das Ladenlokal und die Waren darin überzugreifen. Unsere Bemühungen, den Tresor zu öffnen, waren leider von weniger Erfolg gekrönt. Er war durch einen Zahlencode gesichert, und wir hatten schon alle Möglichkeiten, die uns einfielen, ausprobiert. Doch weder ihr Geburtsdatum (ich empfand diesen Versuch nahezu als Beleidigung von Irmgard Klings Intelligenz) noch diverse Kombinationen aus weihnachtlichen Daten noch die Hausnummer des »Kling und Glöckchen« samt der Postleitzahl von Engelskirchen, der Briefannahmestelle des Christkinds, öffneten den Tresor.

Viel Zeit, deswegen Trübsal zu blasen oder überhaupt oft darüber nachzudenken, gab es nicht. Wir hatten jede Menge zu tun. Ob die Menschen nur aus Neugierde über die Morde und Sensationslust kamen, konnte uns letztlich egal sein. Die allermeisten kauften etwas, und die Regale wurden leerer und leerer.

Am Mittag des 24. Dezember verschloss ich die Ladentür von innen, drehte den Schlüssel zweimal herum und sah mich im Laden um.

»Was machen wir jetzt?« Elias kam zu mir. Er stellte sich neben mich und verschränkte die Arme vor der Brust.

»Was essen?«

»Das auch. Aber so grundsätzlich.« Er kratzte sich am Kopf. »Willst du das alles jetzt einfach so aufgeben?«

»Von wollen ist keine Rede. Aber es wird mir nichts anderes übrig bleiben. Ich weiß ja noch nicht einmal, wem der Laden und das Haus jetzt offiziell gehören.« Ich bückte mich und hob Rex auf den Arm. Heute trug er ein kleines gestricktes Rentierkostüm samt Geweih und sah aus wie eine Miniaturausgabe von Rudolph mit der roten Nase. Nur dass seine schwarz war und auch nicht blinkte. Er leckte mir über die Hand. »Ich weiß nur eines: Mir gehören sie nicht.« Ich streichelte Rex über den Rücken. Als er mir voller Begeisterung durch das Gesicht lecken wollte und mir dabei das Geweih um die Ohren haute, stellte ich ihn auf den Boden zurück.

»Was hast du dann vor?«

»Ich weiß es nicht. Vielleicht mache ich mein eigenes Geschäft auf. So etwas wie das hier möchte ich gerne machen.« Ich drehte mich einmal um die eigene Achse und blieb stehen. Es stimmte nicht. Ich wollte nicht »so etwas wie«. Ich wollte *das* »Kling und Glöckchen«. Mit seinen Ecken und Winkeln, mit der alten Kasse, mit dem chaotischen Büroraum, der mir so wunderbar als Ersatzwohnung gedient hatte. »Auf jeden Fall werde ich jedes Jahr an Irmgard Klings Todestag an sie denken. Auch wenn wir uns nicht sehr lange gekannt haben, bedeutet sie mir doch viel, weil sie mein Leben definitiv verändert hat.« Ich erstarrte. Das war es vielleicht. Wir hatten so viele Zahlenkombinationen an dem Tresor ausprobiert, aber diese noch nicht.

Ich ging ins Büro und nahm mein Handy vom Schreibtisch. Nach wenigen Klicks hatte ich die Seite der Stiftung gefunden.

»Mist. Hier steht nur ›im April 1980‹.« Frustriert warf ich das Handy auf die Ladentheke.

»Wenn du mich an deinen Überlegungen teilhaben lassen würdest, könnte ich dir unter Umständen nicht nur folgen, sondern auch helfen.«

»Rüdiger. Rüdiger, Waltraud Krauses erster Ehemann.«

»Was ist mit dem?«

»Wenn er der Rüdiger aus den Briefen ist, die ich gefunden habe, dann könnte es sein, dass Irmgard Kling seinen Geburtstag als Code für den Tresor genommen hat.«

»Welche Briefe?« Elias schaute mich irritiert an.

»Ich habe Liebesbriefe gefunden, die Irmgard Kling an einen Rüdiger geschrieben hat. Sie waren sehr persönlich, deswegen habe ich nichts davon erzählt, weil es auch nicht wichtig schien. Aber eben ist mir aufgefallen, dass dieser Rüdiger ja das Leben von Irmgard Kling mindestens so sehr beeinflusst hat wie sie meins. Und vielleicht hat sie seine Daten als Code genutzt. Die Liebschaft war eine heimliche, wer also sollte sie mit ihm in Verbindung bringen?«

»Aber diese Daten stehen nicht auf der Website?«

»Nein. Nur in welchem Monat und welchem Jahr er gestorben ist. Also auch Fehlanzeige.« Ich stemmte mich hoch und hockte mich rücklings auf die Ladentheke.

»Ich glaube, der Hund braucht dringend mal Auslauf.« Elias holte seine Jacke und die Hundeleine aus dem Büro. »Komm, Rex. Wir beide machen einen kleinen Spaziergang.« Er lächelte mir zu, schloss wieder auf und verschwand mit dem Hund durch die Tür.

Was war das denn? Verblüfft schaute ich ihm nach. Wieso ließ er mich einfach hier sitzen? Was sollte das? Ich ärgerte mich über Elias. Ohne ein Wort loszuziehen, obwohl hier noch viel zu tun war, bevor wir die Tür endgültig schließen mussten. Und was war eigentlich mit ihm? Was hatte er vor, wenn wir hier fertig waren? Er war in den Tagen nach dem Brand und Waltraud Krauses Festnahme mit mir in der Wohnung über dem »Kling und Glöckchen« geblieben. Wir schliefen in einem Bett, und ich musste zugeben, dass das Leben als Paar etliche erfreuliche Seiten aufwies. Aber wir hatten nie darüber gesprochen, was das zwischen uns so ganz genau war. Was zum großen Teil an mir lag, weil ich es, wenn ich ehrlich mit mir war, gar nicht so genau wissen wollte. Und was ich erst recht nicht wissen wollte, war der Grund, warum ich es nicht wissen wollte.

»27. Juli 1934!« Elias stand, von kleinen Atemwölkchen umgeben, im Eingang. An Rex' Rentiergeweih hingen kleine Schneebällchen.

»Bitte?«

»27. Juli 1934.« Er zog die Jacke aus, warf sie achtlos zur Seite und ging zur Wand mit dem Tresor. Wir hatten das Regal nur provisorisch wieder davorgestellt, um den Tresor vor neugierigen Blicken zu schützen. »Der Geburtstag von diesem Rüdiger. Wir waren auf dem Friedhof. Ist ja nicht weit.« Er schob das Regal zur Seite und machte sich an dem Zahlenrad zu schaffen. »Die beiden Männer liegen in trauter Eintracht nebeneinander. Vermutlich, damit sie die Besuche in einem Aufwasch erledigen konnte.« Elias stellte die Codezahlen ein. Nichts geschah. Enttäuscht ließ er die Hände sinken. »Tut mir leid. Ich dachte, das könnte funktionieren.« Er wandte sich mir zu. Ich schob ihn zur Seite und stellte mich vor den Tresor.

»Vielleicht war es nicht der Geburtstag. Kannst du dich an das Sterbedatum erinnern, das auf dem Stein stand?«

»Nur an den Tag. Auch der 27. Das fiel mir auf. Auf den Rest habe ich nicht geachtet.« Er schlug sich vor die Stirn. »Wie blöde kann man sein. Das wissen wir doch!«

»Genau!«

»Zwei, sieben, null, vier, neunzehn, achtzig«, murmelte ich und drehte das Zahlenschloss. Es klackte, und der Tresor sprang auf.

Kapitel 24

Es lag nicht viel in dem Tresor. Ein Umschlag mit Bargeld, von der Menge her eine oder zwei Tageseinnahmen, eine kleine Schmuckschatulle und ein Aktenordner. Wir trugen alles zur Ladentheke. Aus der Schmuckschatulle glitzerten uns ein Paar Ohrringe, ein Armband und zwei Halsketten entgegen. Die Stücke sahen alt und geerbt aus. Wir blätterten im Aktenordner und fanden Irmgard Klings Reisepass, einige Versicherungsunterlagen, ihre Gewerbeanmeldung für das »Kling und Glöckchen« und die Besitzurkunde für das Haus. Ganz am Ende gab es eine Abteilung »Im Falle des Todes«. In der Klarsichthülle hinter der Registerkarte steckte ein einzelner Umschlag.

Ich zögerte. Gleich würde ich Gewissheit haben. Natürlich war es komplett unsinnig und unrealistisch, darauf zu hoffen, als Erbin eingesetzt zu sein. Irmgard Kling hatte mich gerade mal ein paar Wochen gekannt. Auch wenn sie anscheinend große Stücke auf mich gehalten und mit meiner Arbeit zufrieden gewesen war, hatte sie in der Kürze der Zeit sicherlich nicht ihr Testament geändert. Vermutlich stand in dem Testament der Name irgendeiner Nichte dritten oder vierten Grades, die froh sein würde, den ganzen Laden einfach verkaufen zu können. Aber ihn zu übernehmen, würde ich mir nicht leisten können. Wenn nach der zu erwartenden Geldstrafe überhaupt noch etwas übrig bliebe, würde es unter Garantie nicht für den Kauf des »Kling und Glöckchen« reichen.

»Jetzt mach schon auf.« Elias nickte mir auffordernd zu. Ich öffnete den Umschlag. Der Text war kurz und knapp. Im Vollbesitz ihrer geistigen Kräfte und in Ermangelung gesetzlicher Erben vermachte Irmgard Kling ihr gesamtes Hab und Gut der Rüdiger-Gerhard-Stiftung. Als Zeugin unterschrieben hatte Waltraud Krause.

»*Das* hat sie gesucht.« Es stimmte also. Das hätte ich nicht gedacht. Irmgard Kling mochte Waltraud Krause so gern wie der Schneemann die Sonne. Und trotzdem hatte sie die Stiftung als Erben eingesetzt. Weil es ihr um die Sache ging. Der zuliebe stand sie über persönlichen Differenzen.

»Ja klar. Bevor sie hier alles abfackelte, wollte sie das für sie Wichtigste retten.«

»Aber was hätte sie davon gehabt, wenn alles verbrannt wäre? Eine Hausruine ist sicherlich nicht so viel wert.«

»Vielleicht ging es nicht in erster Linie um das Haus.« Elias blätterte zu der Abteilung mit den Versicherungen zurück. »Guck. Da.« Er zeigte auf eine Lebensversicherung. »Das wäre demnächst ausgezahlt worden.«

»Irmgard Klings Rente. Ihre Altersvorsorge.«

»Und als Begünstigter im Todesfall ist wieder die Stiftung eingesetzt.«

»Eine Menge Geld.«

»Dafür kann man eine alte Frau schon mal die Treppe runterschubsen.« Elias biss sich auf die Lippe, kaum dass er den Satz ausgesprochen hatte.

»Der restliche Vorstand der Stiftung wird sich sehr über diesen Geldsegen freuen.« Ich strich mit beiden Händen über das Papier und die Ladentheke. »Sie werden dann auch bestimmen, was mit dem ›Kling und Glöckchen‹ passieren soll.«

»Vielleicht kannst du es mieten?«

»Ja. Vielleicht. Mal sehen.« Ich zuckte mit den Schultern. Das wäre dann sozusagen der Lebenstraum light. Hierbleiben können, aber nicht auf eigene Rechnung wirtschaften. Es wäre nicht meins. Ich holte tief Luft. Aber warum nicht? Besser, als alles aufzugeben, wäre diese Variante allemal. »Wenn der Stiftungsvorstand nicht von allein auf diese Idee kommt, werde ich es ihm vorschlagen. Mit etwas Glück stimmen sie zu.«

»Und wir können in der Wohnung bleiben. Mit neuer Farbe und unseren eigenen Möbeln wird das sicher gut.« Elias nahm mich in den Arm und küsste mich.

»Und Rex bekommt einen eigenen Kleiderschrank, oder wie?«, fragte ich mit deutlicher Ironie in der Stimme, weil ich mich wieder nicht traute, das zu fragen, was ich wirklich wissen wollte. Wie er das gemeint hatte mit dem »Wir können in der Wohnung bleiben«, obwohl er es ja eindeutig formuliert hatte. Was, wenn er gleich auch noch davon redete, was man in naher Zukunft alles mit dem Arbeitszimmer machen könnte?

»Für das Arbeitszimmer habe ich auch schon eine –«

»Stopp!« Ich unterbrach ihn. Darüber wollte ich definitiv nicht nachdenken. Einen festen Freund und einen Hund zu haben, reichte mir erst einmal als neues Lebenskonzept, an das ich vier Wochen zuvor noch nicht einmal im Traum gedacht hätte. Und wenn doch, wäre es vermutlich eher in Form eines Alptraums über mich gekommen. Alles andere musste warten. Vielleicht kam es so. Vielleicht auch nicht.

Die Ladenklingel unterbrach meine Gedanken. Elias hatte nicht daran gedacht abzuschließen, als er von seinem Friedhofsausflug zurückgekommen war.

»Wir haben geschlossen«, sagten Elias und ich wie aus einem Munde, und Rex-Rudolph bellte den Besucher aus sicherer Entfernung an.

»Ich möchte nichts kaufen.« Der Mann stellte seinen Aktenkoffer auf den Boden und nahm seinen Hut ab. »Sind Sie Frau Dianne Glöckchen?«

»Ja.« Was wollte er? Der Mann machte einen sehr amtlichen Eindruck. Hoffentlich kam jetzt nicht die Zustellung der Geldstrafe. Das würden sie einem an Heiligabend doch nicht antun.

»Ich wurde gebeten, Sie persönlich aufzusuchen.«

»Wer hat Sie gebeten?«

Statt einer Antwort beugte er sich zu seinem Koffer hinunter, ließ die Schlösser aufklacken und nahm einen dicken Umschlag heraus. Er überreichte ihn mir. »Für Sie.«

Auf dem Umschlag stand nur mein Name, Dianne Glöckchen, sonst nichts.

Er schloss den Koffer wieder, setzte seinen Hut auf und wandte sich zum Gehen. »Frohe Weihnachten«, wünschte er uns im Hinausgehen und zog die Ladentür hinter sich zu. Ich starrte ihm hinterher, bis das Glockenspiel mit einem letzten »Pling« verstummte.

Den Umschlag legte ich auf die Ladentheke und schob ihn zur Seite. Das Wissen um die Höhe meiner Geldstrafe konnte bis nach Weihnachten warten. Ich wollte mir nicht die Stimmung vermiesen lassen. Es änderte ja nichts, ob die Summe hoch war oder niedrig. Ich musste zahlen, so oder so.

»Willst du ihn nicht aufmachen?« Elias schob den Umschlag wieder in meine Richtung.

»Und mir Weihnachten verderben?«

»Wieso verderben?«

»Das ist doch hundertprozentig der Bescheid über die Höhe des Ordnungsgeldes.«

»Und wenn nicht?«

»Was soll es sonst sein?«

»Keine Ahnung.«

Ich legte den Umschlag wieder beiseite.

»Aber wenn es doch etwas anderes ist und du machst es nicht auf, wirst du dich die ganze Zeit fragen, was es sein könnte.«

»Eher nicht. Ich kann mich beherrschen.«

»Also gut, ich werde mich fragen. Und selbst wenn es der Bescheid ist, dann hättest du Klarheit, und wir könnten überlegen, wie wir es hinbekommen, falls der Betrag sehr hoch ist.«

Ich betrachtete den Umschlag. Vermutlich wäre es wirklich das Beste, ihn jetzt zu öffnen. Aber nicht, weil ich es nicht aushalten würde, sondern weil Elias mich in den kommenden Tagen vermutlich mehr als einmal damit nerven würde.

»Okay.«

»Was okay?«

»Gib her.«

Er nahm den Umschlag, legte ihn auf seine ausgestreckten Handflächen und reichte ihn mir wie der Butler aus dem Film »Der kleine Lord« mit einer tiefen Verbeugung. Ich öffnete das Kuvert. Eine Uhr rutschte heraus. Sie war aus schwerem rötlichen Gold. Kleine Steine funkelten an ihrem Rand. Ich erkannte sie sofort. Meine Kehle wurde eng. Ich schaute in den Umschlag. Da war noch etwas. Ein Brief und ein kleiner Schlüssel.

Ich faltete den Brief auseinander und hielt den Schlüssel fest in der Hand.

*Liebe Dianne,
ich war noch nie eine Frau großer Worte. Deswegen auf diesem Wege nur dies für dich: Der Schlüssel gehört zu einem Schließfach. Die Adresse findest du am Ende des Briefes. Im Schließfach liegt ein Umschlag mit einer anständigen Summe, die dir helfen soll, das im Leben zu tun, was du tun möchtest. Ich habe dieses Geld im Laufe meines Arbeitslebens für meinen Lebensabend zusammengespart. Ich wollte mir ein Häuschen mit Garten für meine Rosen kaufen, aber daraus wird ja nun nichts mehr. Die Uhr war immer als meine letzte Reserve gedacht. Wenn du möchtest, verkauf sie. Aber vielleicht besser nicht an einen Juwelier. Diese Uhren haben Nummern. Letztlich gehört ein großer Teil des Geldes sowieso dir, da ich dir jetzt einfach das zurückgebe, was ich mir von deinen Eltern im Laufe der Zeit an Dingen geliehen habe. Nimm es und mach etwas daraus.
Ich habe es sehr genossen, meine letzte Zeit mit dir zu verbringen. Du warst und bist meine Familie. Danke dafür.
Auf Wiedersehen
Deine Frau Olga*

*PS: Der junge Mann ist ein netter. Du könntest ihn in Erwägung ziehen.
PPS: Pass bitte auf den Hund auf und zieh ihn warm genug an.*

Danke

Es ist jedes Mal ein seltsames Gefühl, ein Buch zu beenden. Als Autorin verbringt man so viel Zeit mit den Figuren, dass eine echte Lücke entsteht, wenn man sich von ihnen verabschieden muss. Noch bevor das erste Wort geschrieben ist, kreisen die Gedanken um die Handlung. Dann werden Ideen entwickelt, Spannungsbögen gebaut und große Steine erdacht, die man den Figuren im Laufe der Geschichte in den Weg legen kann. Es ist wie eine Parallelwelt, die da entsteht.

In diesem Fall war es eine ganz besondere Parallelwelt für mich – eine ohne Coronavirus. Diese Geschichte war meine kleine, vergnügliche Flucht aus der Pandemie, unter der wir alle leiden und die zum Erscheinungspunkt des Buches hoffentlich schon besser unter Kontrolle sein wird als während des Schreibens. Und ich hoffe, Ihnen damit ebenfalls einige unterhaltsame Stunden der Ablenkung schenken und vielleicht sogar ein Lachen entlocken zu können. Wenn mir das mit dem Buch gelingt, habe ich viel erreicht.

Wie immer hatte ich natürlich auch Unterstützer an meiner Seite. Deswegen geht mein großer Dank an …

… Isabella Archan und Angela Eßer. Ihr seid nicht nur tolle Kolleginnen, die mir mit Tipps, Ratschlägen und Zeit für Plot-Besprechungen zur Seite gestanden haben, sondern auch Freundinnen. Ich freue mich darauf, euch bald endlich wieder »live« zu sehen.

… Hildegard Sonius für die Idee, Irmgard Klings Laden »Kling und Glöckchen« zu nennen. Von den vielen kreativen Vorschlägen, die mir nach meinem Aufruf in den sozialen Medien über die unterschiedlichsten Kanäle zugeschickt wurden, gefiel die Idee nicht nur mir, sondern auch dem Verlag so gut, dass wir ihn zum Titel des Buches gemacht haben.

… Janine Binder bereits zum wiederholten Mal für die ausführliche Beratung, was die polizeiliche Arbeit angeht. Alle Fehler, die sich trotzdem eingeschlichen haben, sind der Dramaturgie geschuldet und gehen ausschließlich auf mein Konto.

… Gaby Tatzel (Gab Riela), Unterbrandmeisterin (UBM), für die spontane Beratung beim Kellerbrand. Ich hatte ja keine Ahnung, was man bei so einem Feuer alles falsch machen kann.

… Heike König fürs Testlesen, Kommentieren und diesmal besonders dafür, alle Tassen im Schrank zu haben.

… Susanne Eichner und Taco, den Chihuahua, für die vielen Videos mit dem singenden, bellenden und ausgesprochen gut erzogenen Taco. Rex kann sich da noch ein Scheibchen abschneiden – vor allem was den modischen Auftritt angeht.

… meine Lektorin Marit Obsen, die meine Schreibe nach dem achten gemeinsamen Buch mittlerweile so gut kennt, dass die Zusammenarbeit nicht nur sehr effektiv, sondern immer auch mit viel Inspiration und Freude abläuft.

… den Emons Verlag für die Unterstützung und das in mich und meine Bücher gesetzte Vertrauen.

… meinen Agenten Peter Molden für die langjährige gute Zusammenarbeit.

… und zum Schluss an meine gesamte Familie. Ohne eure Unterstützung und Liebe wäre alles deutlich schwerer.

Köln, im September 2021

Elke Pistor
**MAKRÖNCHEN,
MORD & MANDELDUFT**
Broschur, 272 Seiten
ISBN 978-3-7408-0203-5

Annemie Engel liebt drei Dinge in ihrem Leben: Schlager, ihren Kater Belmondo und ihren Beruf als Konditorin. Andere Menschen hingegen mag sie gar nicht. Am liebsten bleibt sie in ihrer Backstube und backt Kuchen, Torten und vor allem Plätzchen, die ihr Bruder Harald auf dem Weihnachtsmarkt verkauft. Doch als dieser kurz vor Weihnachten bei einer Explosion schwer verletzt und obendrein des Mordes verdächtigt wird, gerät ihre heile Welt aus den Fugen. Um ein altes Versprechen einzulösen, begibt sie sich auf die Suche nach dem wahren Mörder. Dabei ahnt sie nicht, welche Gefahren hinter den friedlichen Kulissen des Niedelsinger Weihnachtsmarktes auf sie lauern.

»Ein richtiger Weihnachtskrimi. Eine Geschichte, die ans Herz geht, Dialoge und Orte, die überzeugen, und mit Annemie Engel eine ungewöhnliche Ermittlerin.« SR 3 Saarlandwelle

www.emons-verlag.de

Elke Pistor
LASST UNS TOT UND MUNTER SEIN
Broschur, 256 Seiten
ISBN 978-3-7408-0671-2

Beschauliche Adventszeit? Von wegen! Für Immobilienmakler Korbinian Löffelholz läuft es gerade richtig schlecht. Er muss noch vor Heiligabend eine alte Dorfvilla verkaufen, sonst ist er seinen Job los. Dumm nur, dass der Mieter der Villa erschlagen im Arbeitszimmer liegt – Hauptverdächtiger: Korbinian. Zum Glück schneidet ein Schneesturm das Dorf von der Außenwelt ab, und die Polizei kommt nicht durch. Um seine Unschuld zu beweisen, macht sich Korbinian selbst auf die Suche nach dem wahren Mörder. Zu spät erkennt er die Gefahr, die hinter der weihnachtlichen Idylle lauert.

»Der neue Weihnachtskrimi von Elke Pistor ist wieder ein literarischer Volltreffer für die jetzt bald anstehende Adventszeit.«
Westdeutsche Zeitung

www.emons-verlag.de

Elke Pistor
111 KATZEN, DIE MAN KENNEN MUSS
Broschur, 240 Seiten
ISBN 978-3-95451-830-2

Kennen Sie Hodge? Wissen Sie, wessen Katze ihren Besitzer zur Erfindung der Katzentür inspirierte? Möchten Sie erfahren, wie Snowball einen Mörder überführte? Welche Katze die Staatsgeschäfte lenkte, eine Stadt lahmlegte oder ganz allein eine ganze Vogelart ausrottete? 111 Geschichten um herausragende Katzenpersönlichkeiten, die Sie unbedingt kennen sollten. Sie werden staunen, lächeln und vielleicht schmunzelnd den Kopf schütteln. Ganz genau so, wie Sie es vom Umgang mit den samtpfotigen Hauptdarstellern gewohnt sind.

»Wer nach der Lektüre dieses Buches kein Katzenfreund ist, dem ist nicht zu helfen.« Schweizer Familie

»Wirklich interessante Geschichten hier – mit ebenso vielen Katzenbildern – in allen Lebenslagen und Gemütsverfassungen.« RadioBERLIN 88,8

www.emons-verlag.de